# Rolando.
## Tac.
### Tac.
#### Tac.

# ANDREW SMITH

# A LENTE
# DE MARBURY

TRADUÇÃO
Bruno Vasconcelos

GUTENBERG

Copyright © 2010 Andrew Smith
Copyright © 2016 Editora Gutenberg

Título original: *The Marbury Lens*

Todos os direitos reservados pela Editora Gutenberg. Nenhuma parte desta publicação poderá ser reproduzida, seja por meios mecânicos, eletrônicos ou em cópia reprográfica, sem a autorização prévia da Editora.

EDITORA
*Silvia Tocci Masini*

EDITORES ASSISTENTES
*Felipe Castilho*
*Nilce Xavier*

ASSISTENTES EDITORIAIS
*Andresa Vidal Branco*
*Carol Christo*

PREPARAÇÃO
*Isabela Noronha*

CAPA
*Rich Deas e Kathleen Breitenfeld (sobre a imagem de Gary Spector [ator] e Brazen Device [óculos])*

ADAPTAÇÃO DE CAPA
*Carol Oliveira*

REVISÃO
*Malvina Tomaz*

DIAGRAMAÇÃO
*Guilherme Fagundes*
*Jairo Alvarenga*

**Dados Internacionais de Catalogação na Publicação (CIP)**
**Câmara Brasileira do Livro, SP, Brasil**

Smith, Andrew
  A lente de Marbury / Andrew Smith ; tradução Bruno Vasconcelos. -- Belo Horizonte : Editora Gutenberg, 2016.

  Título original: The Marbury Lens
  ISBN 978-85-8235-150-5

  1. Ficção norte-americana I. Título.

14-08824                                    CDD-813

Índices para catálogo sistemático:
1. Ficção : Literatura norte-americana 813

A **GUTENBERG** É UMA EDITORA DO **GRUPO AUTÊNTICA**

**São Paulo**
Av. Paulista, 2.073,
Conjunto Nacional, Horsa I
23º andar . Conj. 2301 .
Cerqueira César . 01311-940
São Paulo . SP
Tel.: (55 11) 3034 4468

**Belo Horizonte**
Rua Carlos Turner, 420
Silveira . 31140-520
Belo Horizonte . MG
Tel.: (55 31) 3465 4500

**Rio de Janeiro**
Rua Debret, 23, sala 401
Centro . 20030-080
Rio de Janeiro . RJ
Tel.: (55 21) 3179 1975

Televendas: 0800 283 13 22
www.editoragutenberg.com.br

*Para Liz Szabla*

# Agradecimentos

Obrigado a meus amigos Craig Morton e Dean Shauger, que sempre estiveram dispostos a conversar sobre as partes mais intrincadas da história. Obrigado também aos colegas Michael Grant, Brian James, Bill Konigsberg, Yvonne Prinz e Kelly Milner Halls; ao blogueiro Adam DeCamp; e aos amigos Nora Rawn, Andrea Vuleta, Nevin Mays e Lucia Lemieux – os quais me deram ideias e sugestões quando os procurei.

Como sempre, meus agradecimentos mais sinceros à minha agente, Laura Rennert.

E mais uma coisa. Meu bisavô, do lado norte-americano da família, viveu na mesma época de Seth Mansfield e também foi uma criança abandonada.

# Parte um

## A HORA DA AMETISTA

Acho que no passado, em outros lugares, meninos como eu geralmente acabavam se contorcendo e esperneando no vão embaixo da forca.

Não é de se espantar que eu também me tornei um monstro.

Quer dizer, o que se poderia esperar, afinal?

Todos os garotos que conheço – e todos que já conheci – conseguem se lembrar do momento específico no passado que os tornou quem são, sem a menor hesitação. Normalmente, são momentos que envolvem coisas como jogar bola ou aprender a pescar ou a ajustar o bico das velas do carro com o pai. Coisas do gênero.

Já o meu momento aconteceu no verão passado, quando tinha 16 anos.

Foi quando eu fui sequestrado.

## UM

Vou fazer um esquemão pra você.

É como uma daquelas bonecas russas que você abre e tem outra, aí abre de novo e tem mais uma. E cada peça se torna algo diferente.

Do lado de fora está o universo, pintado de roxo-escuro, enfeitado de planetas, cometas e estrelas. Então você abre e vê a Terra e, quando esta se abre, vemos Marbury, um lugar que se parece com este mundo, exceto pelo fato de que as coisas horríveis de Marbury não são difíceis de ver. Todas elas estão pintadas bem na superfície, ao alcance dos olhos.

A próxima peça é Henry Hewitt, o homem de óculos, e, ao abri-lo, vemos meu melhor amigo, Conner Kirk, pintado como um deus Hindu: braços como serpentes, radiante e de torso nu.

Quando você o abre, surge Nickie Stromberg, a menina mais linda que já vi, e talvez a única pessoa neste mundo, além de Conner, que realmente tenha me amado.

Agora está quase terminando; a próxima peça é Freddie Horvath. Este é o homem que me sequestrou.

Logo depois, há um vulto pálido de um menino, Seth, um fantasma de Marbury que me encontrou e me ajudou. Acho que ele estava me procurando há muito tempo. E, no interior de todas as outras peças, eu: John Wynn Whitmore.

Mas todos me chamam de Jack.

Mas, então, eu me abro também, e o que surge é algo pequeno, preto e enrugado.

O centro do universo.

Brincadeira legal, não foi?

Não sei se o que vejo e faço em Marbury está no futuro ou se vem do passado. Talvez tudo esteja acontecendo ao mesmo tempo. O que sei é que desde que comecei a visitar aquele lugar não pude mais parar. Sei que parece loucura, mas comecei a me sentir mais seguro em Marbury; pelo menos lá as coisas eram mais previsíveis do que o aqui e agora.

Preciso explicar.

## DOIS

Fumaça.
Tudo cheira a cigarro.
O ranço mantém minha mente acordada e meus olhos abertos. Não sei onde estou, mas posso dizer que tem cigarros. A fumaça embrulha meu estômago, mas ao menos é algo com que consigo me conectar – como uma âncora, eu acho, que impede minha mente de ficar à deriva novamente.
Quero me mexer.
Meus braços parecem duas toras.
Estou deitado de costas, certo?
Não deveria sair logo daqui?
Meus olhos estão abertos. Tenho certeza de que senti o líquido viscoso entre as pálpebras ceder, mas é como tentar enxergar dentro de uma piscina. Uma piscina amarela e cinza, onde vejo o vulto de uma janela e o contorno de Freddie Horvath, de pé.
Fumaça.
Adormeço novamente.
Passei meu primeiro dia todo assim.
Consciente por cinco segundos.

## TRÊS

Vou voltar um pouco.

Eu vivia na casa dos meus avós naquela época. Wynn e Stella. Acho que é algo estúpido a dizer, já que nunca morei em outro lugar.

Era uma das maiores casas em Glenbrook. Wynn a construiu quando minha mãe era criança. Fora assentada em um terreno que ocupava mais de quatrocentos acres da melhor terra de vinicultura na Califórnia Central, e era assim que Wynn e Stella ganhavam a vida.

Nasci no chão da cozinha.

Stella disse que eu não aguentei esperar para vir ao mundo. E que por isso tinha saído pelas pernas ensanguentadas de minha mãe direto para o belo piso de madeira da cozinha de Wynn e Stella, enquanto Amy se debruçava sobre o café da manhã, grunhindo, com as pernas travadas pela única contração que teve.

Ela tinha 17 anos.

Só a vi uma vez, de que me lembre, e sempre me incomodavam as duas vezes no ano que me sentia forçado a dizer constrangedores olás pelo telefone.

Algumas vezes (ok, uma porção de vezes), eu ficava olhando para aquele lugar no chão – Stella desenhava círculos imaginários em torno dele quando contava a história – e desejava que Amy estivesse no alto de uma escada, ou algo assim, para que o pequeno Jack batesse a cabeça forte o suficiente para que nunca soubesse da existência de qualquer mundo fora da morna escuridão do útero.

Era o primeiro fim de semana do verão, e todos os meus conhecidos estariam na casa de Conner Kirk naquela noite, se embebedando para comemorar os três meses de férias. É claro que eu estaria lá também. É isso que os jovens fazem.

Mas o mais importante para mim era fugir dali. Wynn e Stella tinham me prometido uma viagem de duas semanas para a Inglaterra, e meu voo partiria em cinco dias. Wynn decidiu que eu visitaria sua antiga escola – a "escola de gramática" de Kent. Ele disse que, se eu gostasse dela o bastante, cursaria o primeiro ano lá. E eu já sabia que gostaria o bastante, pois algo por dentro me incomodava, me fazendo ter uma vontade incessante de ir para o mais longe possível daquele círculo imaginário no chão da cozinha. Conner iria comigo. Como os pais dele também tinham dinheiro, eles fizeram a mesma proposta para que ele estudasse na St. Atticus. *Se* nós dois gostássemos da ideia. Seria uma oportunidade incrível para mim e para meu melhor amigo de fazermos algo juntos que nós provavelmente nunca teríamos a chance de fazer de novo.

Eu podia dizer que seria a viagem da minha vida, mas só porque não conseguia me lembrar claramente de como era estar nu e molhado, lutando para respirar no chão da cozinha, enquanto Amy gritava e xingava, "finalmente esse bebê maldito nasceu!". Pelo menos era assim que imaginava que tudo tinha acontecido.

No fim das contas, Conner e eu acabamos ganhando mais do que havíamos barganhado, eu achava.

Mas, naquela manhã de sábado no início do verão, tudo parecia ter mudado quando acordei: senti que alguma coisa mudou, ficou diferente. Fazia um calor infernal e dava para saber que seria um dia longo e muito entediante. Saí da cama cedo e olhei pela janela, como sempre fazia, vesti uma camiseta e uma bermuda e peguei uma braçada de roupas para ficar um dia ou dois na casa de Conner. Troquei apenas uma palavra ou outra com Wynn e Stella enquanto passava pela cozinha.

Não sei ao certo por que me afastei tanto dos dois. Não os odiava, de forma alguma, mas talvez pensasse que fossem me abandonar também, então fazia o melhor possível para que nem me notassem.

"Vou ficar na casa do Conner até segunda. Os pais dele vão viajar no fim de semana."

Wynn levantou os óculos, olhando para mim, como se tivesse esquecido de me vestir, ou algo assim. Apertei a trouxa de roupas debaixo do braço.

"Ele pode vir dormir aqui, se quiser", disse Wynn.

*Ah, pois é, ia ser legal, Wynn.*

Dei de ombros. "Estou levando o celular."

"Divirta-se", disse Stella. "Nós te amamos, Jack."

"Até segunda."

Empurrei a porta e cruzei o gramado molhado até minha caminhonete. Iria pelo viaduto e desceria até a praia. Acabei saindo no sentido oposto, por nenhum motivo especial, em direção a Paso Robles, margeando as estradas de terra que traçavam quadrados perfeitos pelos vinhedos de meu avô.

Liguei para Conner. Sabia que jamais estaria acordado às sete e meia de um sábado e já estava preparado para desligar quando ouvisse aquela voz irritante da caixa postal.

Conner atendeu. Apenas um grunhido.

"Fala, Con."

"E aí, Jack? Cara!" Podia ouvi-lo se revirando na cama. "Sete da manhã. Você foi preso ou o quê?"

"Estava entediado e resolvi ir à praia, mas acabei pegando o caminho dos vinhedos até Paso. Não sei por quê."

"Talvez porque você está sempre perdido", Conner respondeu.

"Quer ir à praia?"

Virei o volante com o joelho, segurando o telefone com uma mão enquanto passava a marcha com a outra.

Conner grunhiu novamente.

Parecia um *não*.

"Estou indo praí. Ok?"

"Quando chegar, me acorda", disse Conner. "E me traz um Starbucks."

A casa de Conner era uma de uma série de casas de estuque enormes, muradas, sem jardim e com telhas falsas. Ficavam tão perto umas das outras que, segundo Conner, dava para mijar na privada do vizinho se ele deixasse a janela bem aberta. Ainda bem que usavam ar-condicionado. Tenho certeza de que Conner teria tentado. Nunca tinha visto a luz do sol chegar ao chão entre aquelas casas, mas era assim que as pessoas na Califórnia gostavam de viver agora. Sentindo meus dedos queimarem enquanto segurava os dois copos de papel com café, e a trouxa de roupas debaixo do braço, abri a porta da frente com o cotovelo e fui até o quarto de Conner no andar de cima. Sabia que ele ainda estaria dormindo.

Joguei as roupas sobre uma cadeira e deixei os cafés no criado-mudo perto da cama.

"Trouxe o café."

Conner descobriu o rosto e se sentou. Olhou para mim, acenou, conferiu as chamadas não atendidas do celular e tomou um gole do café.

"Valeu, cara." Bocejou enquanto coçava embaixo de um dos braços. "Parece que temos uma longa festa, tipo, pelas próximas duas semanas."

Minha viagem pela Inglaterra seria de pouco mais de duas semanas — dois dias a menos para Conner. Eu iria antes e ele me encontraria lá.

Admito que estava bastante nervoso por ir sozinho sem conhecer ninguém, mas jamais confessaria para Conner ou para os meus avós. Tudo deveria seguir o plano de Wynn e Stella, e Conner não podia ir comigo porque seu irmão, que estava na universidade, viria visitá-los. Coisas de família. Como se eu entendesse disso.

Quando penso nisso agora, era como se todos os envolvidos estivessem olhando nos olhos uns dos outros para ver quem piscaria primeiro.

"Não preciso voltar para casa até segunda. Dá tempo de arrumar minhas coisas para a viagem", falei para Conner.

"Quer sair para comer? Não quero bagunçar lá embaixo antes da festa."

"Sem problema", respondi.

"A Lauren está vindo. Talvez você ganhe o mesmo presente de despedida que a Dana vai me dar. Assim não vou ter que aguentar por duas semanas um virgem frustrado no mesmo quarto que eu, fingindo que nem pensa em sexo."

Ele sabia como eu me sentia atraído por Lauren, por mais que eu não ligasse para namoro.

"Você já pensa demais nisso por nós dois", respondi.

Conner saiu da cama, cabelos desgrenhados, não usava nada além de um *shorts* vermelho e largo. Pegou o café e, descalço, contornou a parede de vidro entre o banheiro e o quarto e entrou no chuveiro.

"É rápido", ele disse.

## QUATRO

Estava todo mundo na festa de Conner, até quem a gente não gostava. Mas é assim que as festas são depois que a notícia se espalha. Enquanto a maior parte dos convidados já começava a se embebedar fazendo brincadeiras e joguinhos, eu tentava ficar sóbrio, pelo menos por um tempo.

Eu gostava de pensar que um dia Lauren e eu teríamos um encontro, ou algo assim. Alguns colegas também acreditavam nisso, até mesmo alguns dos caras que sempre me chamavam de gay. Não sou gay. Não que isso fizesse alguma diferença. Mas às vezes parecia que até Conner ficava me testando, e eu só queria que me deixassem em paz. Porque eu até posso ser estranho, realmente não me interessava por sexo. Para falar a verdade, tinha até um pouco de medo, por mais que achasse Lauren incrível.

Então quando ela chegou com outras meninas de Glenbrook, fiquei observando enquanto ela cruzava o pequeno gramado de Kirk, e fui sorrindo até a porta para encontrá-la.

Quando atravessamos a sala, Brian Fields me viu e gritou, "Jack e Lauren, sentem e joguem!"

Brian era um amigo em comum. Éramos todos da mesma equipe de *cross-country*: Conner, Lauren, Dana e eu. Ele estava com outros cinco caras no sofá. Devia ter umas vinte latas de cerveja na mesa de centro, então estavam jogando alguma coisa envolvendo bebida.

Olhei para Lauren.

Ela disse, "Ok!".

E foi só isso que Jack precisou ouvir. Ficamos um pouco competitivos demais no jogo de Brian, "A Torre", algo que envolvia cinco copos de shot com cerveja, empilhados com descansos de papelão entre eles, e um dado.

Nem percebi, mas em algum momento Lauren se levantou do sofá e não voltou.

Conner e Dana passaram depressa pela sala e acenaram para mim.

Ninguém mais estava jogando, então me levantei de repente.

A casa estava muito cheia e quente.

Tinha bebido demais e estava um pouco enjoado. Precisava mijar, o que só piorava as coisas. Mas havia uma longa fila de garotas esperando para usar o banheiro.

A maioria dos caras nas festas simplesmente mijaria no quintal, mas não queria fazer isso. Vi Brian e outros caras da escola sentados numa rodinha, fumando maconha, mas também não queria que me chamassem.

Subi, então, para o quarto de Conner. Eu só queria usar o banheiro dele e dormir.

Fui aos tropeços pelo corredor, apoiando as mãos nas paredes para me equilibrar. Abri a porta e entrei. A luz do banheiro estava acesa, preenchendo o quarto com o tênue reflexo quadriculado da parede de vidro.

"Tranca a porta, mané!"

Era Conner.

Fiquei ali parado, com as costas apoiadas na porta e a mão no trinco.

Conner estava na cama com Dana. Estava deitado, enquanto Dana, montada sobre os quadris dele, de costas para Conner e segurando seus joelhos, ia para frente e para trás e para cima e para baixo. Ela sorriu para mim, com os olhos quase fechados.

Estavam pelados. As roupas, espalhadas pelo quarto. Conner me observava, com um sorriso confiante e os braços dobrados atrás da cabeça, como se estivesse deitado em uma rede. Ele disse, "Vai ficar aí olhando ou vem se divertir com a gente? A Dana não vai achar ruim."

Era uma daquelas situações em que não há uma resposta certa a se dar.

Dana continuava a deslizar sobre Conner, gemendo.

Ambos me observavam.

"Foi mal, Con. Eu... eu só queria um lugar para..."

Me virei e voltei para o corredor. Fechei a porta atrás de mim e pude ouvir Conner me chamado, "Jack! Ei! Deixa de ser bundão!".

Esfreguei os olhos, voltei até a porta e me perguntei, *o que tem de errado comigo?*

Não sabia o que fazer. Talvez devesse ter voltado para o quarto, só para acabar com aquilo de uma vez por todas e provar que não era o que pensavam de mim – quem sabe assim o meu melhor amigo me deixaria em paz. Mas também estava aliviado por ter saído. Quando me virei, cambaleante, para a escada, ouvi Dana do outro lado da porta, e Conner me chamou mais uma vez.

Quase rolei escada abaixo, pensando, *eu devia ter ficado com eles.*

Eu queria ir embora.

E eu havia deixado minhas chaves e meu telefone no quarto de Conner.

Talvez tenha sido melhor assim.

No andar de baixo, a música estava tão alta que eu sentia as pernas vibrarem. O jogo agora era "virar o copo". Vi Lauren encolhida no canto do sofá, dormindo.

"Jack, Jack", alguém chamou. "Vem dançar. Nenhum menino quer dançar."

Era uma das meninas que tinham vindo com Lauren. Eu nem mesmo sabia seu nome. Ellen ou Eileen, alguma coisa assim.

"Já volto. Preciso mijar", eu disse. Saí pela porta da frente, para longe do barulho.

Foi bom me afastar da agitação da festa. Vi uns caras mijando perto da casa. Nada de mais. Eu sabia que não ia voltar lá para dentro. O chão parecia vir na direção dos meus pés a cada passo. Vi minha caminhonete estacionada na rua e quis ir embora, mas demorei alguns minutos até me lembrar de que as chaves estavam no quarto de Conner, com as roupas que tinha trazido pela manhã. Tentei apagar a cena de Conner e Dana da memória.

"E aí, Jack, vai uma cerveja?"

O cara que estava mijando perto de mim estendeu uma cerveja que estava no bolso de trás de sua calça.

"Valeu."

Peguei a lata e segui pelo gramado, bebendo, enquanto ia, aos tropeços, pela calçada, em direção à minha casa, que ficava a uns dez quilômetros dali. A noite estava tão quente que eu suava, mesmo de bermuda e camiseta.

Não sei que fim levou aquela cerveja, mas sei qual foi o meu fim naquela noite. Não cheguei nem mesmo ao terceiro quilômetro. Adormeci em um banco no Steckel Park.

## CINCO

"Ei, garoto."
Senti uma mão em meu ombro, me chacoalhando.
"Tudo bem com você, menino?"
Vi um rosto se aproximar do meu. Senti o calor de seu hálito.
"Precisa de alguma ajuda? Está machucado ou algo assim?"
"Hã?", cobri os olhos com a mão. Minha cabeça doía. O sujeito olhava bem dentro dos meus olhos, buscando algum sinal de consciência.
"Você tomou alguma coisa esta noite, garoto?"
Não sabia ao certo onde estava, tive de pensar, me lembrar. O homem cheirava a café e cigarros. Estava todo vestido de verde, talvez fosse um médico. Pensei que talvez estivesse em um pronto-socorro, mas estava muito escuro para ser um hospital.
"Onde estamos?"
"Pois é", ele disse. Ouvi ele me cheirando. "Bebeu muito?"
"Hã?"
"Consegue ficar sentado?"
"Estou bêbado."
O homem me levantou. Tinha mãos mornas e cuidadosas. Quando me sentei, tudo rodou como uma bússola em um corredor de ímãs.
"Sabe onde está?"
*Não.*
"Estava em uma festa. Estava tentando voltar para casa", – respondi.
O homem olhou por cima dos meus ombros. Pensei que ele estava tentando ver se havia outros garotos ali, como se alguém soubesse o que fazer comigo. Eu podia ouvir música vindo de algum lugar. Lembrei que o parque ficava em frente ao Java & Jazz. Era jazz.
O homem ainda me olhava fixamente.
"Você vai vomitar?"

"Não."

"Onde você mora?"

"Glenbrook."

Tentei levantar, mas era como se minha cabeça estivesse sem sangue. Caí sentado sobre o banco novamente.

"Sou médico, trabalho no Regional. Se quiser uma carona, vou para aqueles lados."

Passando os braços debaixo dos meus, o homem me colocou de pé. "Mas nada de vomitar no meu carro!"

"Não, está tudo bem", eu disse. "Dá para ir andando."

Ele me soltou. "Tem certeza? Não tem problema, posso te levar."

"Está tudo bem", repeti.

O homem se virou. Perdi o equilíbrio e, de repente, estava no chão, apoiado sobre as mãos e os joelhos.

Ele se virou para mim novamente. "É melhor eu ligar para alguém." E já estava pegando o celular preso no elástico da calça verde e larga.

"Não", eu disse. "Você pode me dar uma carona, então?"

Ele sorriu e me ajudou a ficar em pé de novo. "Claro."

Ele me disse que se chamava Freddie Horvath. Até me deu seu cartão, talvez para provar algo. Não sabia o que fazer com o cartão de um médico, então o coloquei na carteira, que caiu no chão quando tentei guardá-la no bolso. Freddie riu, pegou a carteira do chão e me devolveu.

"Eu me lembro como era ser um moleque. Você vai ficar bem."

Ele estava sendo prestativo, e confiei nele. Mas estava bêbado e agindo de forma estúpida.

Apaguei novamente na Mercedes de Freddie. Acordei com o tranco que minha cabeça deu para frente. O carro tinha parado em algum lugar que eu não conhecia. Precisava pensar, de novo, sobre onde estava, juntar os acontecimentos desconexos da festa: tinha encontrado Conner e Dana e acabado, não sabia como, dormindo no carro que estava agora parado na porta de uma casa escura que eu nunca tinha visto.

"Que idiota", disse Freddie. "Esqueci meu crachá em casa. Já volto."

Abriu a porta. Eu poderia jurar que ele estava usando um crachá quando me encontrou no parque.

"Onde estamos?"

"Não se preocupe", respondeu. "Já devemos estar bem perto da sua casa. Já volto. Quer água? Deve estar com sede, não?"

Minha cabeça latejava. Minha boca estava seca.

"Obrigado", eu disse.

Ele fechou a porta do motorista e deu a volta no carro. Fiquei observando enquanto ele vinha abrir a minha porta.

"Quer entrar?"

Sei que fui idiota, jamais deveria ter aceitado a ajuda dele. Mas, como era um médico, acabei ignorando o fato de se tratar de um completo estranho. Ainda assim, tudo o que eu queria era chegar em casa; queria apressá-lo também.

"Obrigado", eu disse. "Vou esperar aqui."

Freddie sorriu. "Não vou demorar, John."

*John?*

Não tinha dito meu nome a ele. Ao menos eu achava que não. Imaginei que talvez tivesse olhado minha licença de motorista quando deixei a carteira cair, porque nunca diria que meu nome era *John*.

Passei a mão sobre o bolso. A carteira ainda estava lá.

Acenei e agradeci, "Obrigado".

Freddie não demorou a voltar com seu crachá preso à camisa e uma garrafa de água. Ele entrou, ligou o carro e me entregou a garrafa.

"Está se sentindo bem?", perguntou.

Eu estava com sede. "Estou, sim. Obrigado."

Abri a garrafa e bebi.

Eu já estava inconsciente antes mesmo de Freddie ligar o carro.

## SEIS

Foi assim que acabei naquele quarto enfumaçado.

Freddie fumava um cigarro atrás do outro.

Só depois de quase 24 horas - já era domingo à noite – que recuperei a consciência e entendi que estava em uma situação surreal, como aquelas coisas que você vê na TV, mas acha que nunca vai acontecer com você.

Mas estava acontecendo.

*Tem alguma coisa machucando meu pé.*

Esse é o primeiro pensamento claro que tenho: *está doendo.*

Me sento. Sinto algo se apertar cada vez mais ao redor do meu tornozelo à medida que tento puxar minha perna. É isso que está me prendendo. Estou deitado em uma cama sem lençol, sinto as ranhuras do colchão.

Minhas mãos estão livres. Eu sento e esfrego meu tornozelo. Parece que estou preso por um daqueles lacres grossos de plástico que a polícia usa. É isso mesmo. Sinto onde a parte denteada se prende.

Vejo um estreito facho de luz no chão. Uma porta.

Passo as mãos pelo corpo. Verifico tudo. Aparentemente, não estou machucado. Não acho que ele tenha feito nada comigo. Não fez. Tenho certeza disso. Mas estou aqui, despido de tudo que me lembrava estar vestindo, exceto pela minha cueca, a mesma que usei para ir à festa de Conner.

Há quanto tempo estou aqui?

Tento pensar enquanto tateio ao redor da cama procurando minhas roupas, minha carteira, ou alguma coisa para cortar aquele maldito lacre...

Nada. Passo os dedos pela beira da cama até o máximo que alcanço, minha mão espremida entre o colchão e o estrado, tentando achar algo no chão gelado. Não acho nada, mas consigo alcançar bem longe. Enfio a mão entre as molas. Sinto algo metálico. Alcanço o objeto com os dedos e começo a puxar.

Uma sombra passa debaixo da porta.

Tem alguém lá fora.

Volto a me deitar. Meu tornozelo arde. O movimento me deixa sem ar. Estou suando, meus olhos bem abertos; observo a luz que vem da fresta da porta.

Ela se abre.

Fecho os olhos.

Ouço se aproximar da cama. Ele coloca a mão aberta sobre meu peito.

"Eu sei que você está acordado, John."

Abri os olhos.

"Como você está?"

Pensei, *como esse filho da puta acha que eu estou?*. Queria gritar, urrar, mas permaneci calado. Mais que tudo, eu queria fazer várias perguntas. Elas estavam martelando em minha cabeça, mas não queria dizê-las.

*Que porra é essa que você tá fazendo comigo??*

"Aposto que você está com sede", Freddie disse.

E estava.

"Quer um gole, John? Chamam você de Johnny ou só de John?"

*Jack, seu filho da puta!*

"Prometo que desta vez é só água", ele continuou.

Freddie saiu e deixou a porta aberta. Meus olhos se ajustaram à luz. Ele ainda usava o traje de médico. Vi também o crachá. Ele nem ao menos tinha escondido o nome. Isso era ruim, pensei. E ele parecia enorme, como se eu nunca pudesse lutar contra ele, mesmo se fosse muito forte.

Logo, Freddie Horvath voltou, empurrando uma cadeira de escritório com rodinhas. Havia algumas caixas de plástico sobre o assento – não conseguia ver o que tinha dentro delas – e uma garrafa de água mineral, da mesma marca que ele tinha me dado na noite anterior.

Um cigarro apontava da boca dele em minha direção. A fumaça subia através do cabelo despenteado que cobria um de seus olhos. Tentava guardar cada detalhe de Freddie, mas eu virava o rosto sempre que olhava para mim. Ele devia ter uns trinta anos. Talvez menos. Sua boca e seus olhos pareciam mortos, como se ele estivesse entediado.

Retirou as caixas da cadeira e as colocou no chão, ao lado da cama. Tragou o cigarro e, afastando-o da boca, exalou duas nuvens cinzentas pelas narinas.

"Eu sei", ele sorriu, "um médico que fuma."

Ele segurou a garrafa de água à sua frente e sentou-se.

*Eu podia voar no pescoço desse escroto!*

"Está com sede?"

Estendi a mão, mas Freddie afastou a garrafa.

"Primeira lição, John." Deu outra tragada e continuou, através da fumaça. "Você tem que pedir."

Eu olhava para ele, seu crachá e a água.

Ele se recostou na cadeira.

"Você tem que pedir."

"Posso, por favor, beber um pouco de água?" Minha voz soava débil e distante do meu corpo.

"Muito bem", disse. "É assim que se faz."

Então, me estendeu a garrafa.

"Viu?" Freddie disse. "Está fechada. Não fiz nada."

Bebi e derramei um pouco sobre meu pescoço e sobre o colchão.

"O que você fez comigo?", perguntei.

"Não fiz nada, você é quem fez a si mesmo."

Tampei a garrafa.

*Então é assim, seu filho da puta?!*

"Essa coisa está machucando meu tornozelo." Estava tentando medir as reações dele. Precisava ser cuidadoso. "Poderia me soltar, por favor?"

Freddie se inclinou sobre a cama. Colocou uma mão no meu calcanhar e a outra sobre o meu pé. A maneira como girou meu pé e olhou para mim realmente era a de um médico.

"Então para de puxar", ele sentenciou. "Posso passar uma pomada para não infeccionar. Amanhã talvez troque o lacre para o outro tornozelo, se você quiser."

Talvez me forçasse a pedir "por favor" por aquilo também. Ele se abaixou até o chão. Ouvia ele mexendo em alguma coisa, o barulho de uma tampa de plástico se abrindo. Tirou o cigarro dos lábios com os dedos, estendendo-o em minha direção.

"Quer?"

Desviei o olhar.

"Achei mesmo que não ia querer. Seu negócio é beber, não é?"

Freddie deixou o cigarro em algum lugar. Eu não conseguia ver. Espremeu uma pomada transparente de um tubo prateado na ponta de seus dedos e a aplicou sobre meu tornozelo ferido. Cuidadosamente. Olhei para a janela, imaginando o que havia lá fora.

"Melhorou?"

Não respondi. Tomei outro gole e tampei a garrafa.

"Quer ir ao banheiro? Aposto que você precisa mijar, não é, John?"

Minha bexiga estava prestes a explodir.

"Meu nome é Jack."

Olhei bem para ele em busca de qualquer reação. Seus olhos não diziam nada, era assustador. Sabia que eu tinha de cooperar para que nada pior acontecesse, mas tudo o que queria era avançar sobre ele e bater o mais forte que conseguisse. A única explicação para ele me chamar de John era se tivesse vasculhado minha carteira. Fiquei imaginando o que ele teria feito com ela e com minhas roupas. Como tinha me levado até aquele quarto. Sabia que a culpa de estar ali era minha e que ninguém tinha dado falta de mim.

Conner provavelmente achava que eu ainda estava chateado.

Devia ter ficado com ele e com Dana quando me chamaram.

Eu me sentia enjoado.

"Você me deixa levantar para ir ao banheiro?"

Freddie se inclinou e pegou algo no chão: um recipiente de plástico branco que parecia uma garrafa, de boca larga, com uma tampa de borracha vermelha presa a uma alça, por onde o segurava. Quando retirou a tampa, vi a guimba de seu cigarro lá dentro.

"Urinol masculino", explicou. "Cortesia do hospital, como deu para ver." Ele inseriu o dedo na boca do urinol, apontando para baixo. "Assim. Pode usar."

Meu estômago embrulhou. Freddie estendeu o objeto para mim, mas o afastou provocativamente quando tentei pegá-lo.

"Tem que pedir."

Comecei a pensar se ele não iria me machucar. No quanto iria doer. Me perguntei se ele iria me matar. E quando.

"Posso, por favor?", repeti.

"Muito bem."

Então, ele entregou o recipiente. Não queria usá-lo ali, bem na frente dele, mas não tive escolha. Sabia que era algum jogo doentio para que me sentisse como um animal acuado, mas estava a ponto de me molhar todo. Não queria dar a ele essa satisfação.

Tentei não olhar para ele me assistindo, deitado, mijando naquela coisa de plástico. Tentei me imaginar bem longe dali, mas era impossível.

Freddie acendeu outro cigarro enquanto me observava enchendo o urinol.

"Jack, seus pais são hippies ou o quê?"

Estava nervoso, não conseguia dizer nada. Não sabia o que ele queria de mim.

Freddie apontou o cigarro para as minhas mãos. "Você sabe. Não foi circuncidado."

Parei, subi a cueca. Engoli seco. "Nasci no chão. Nunca entrei em um hospital na vida."

Não consegui terminar. Molhei a cueca. Tentei cobrir o círculo úmido com uma das mãos. Fiquei com medo de que ele visse e ficasse nervoso. Comecei a tremer. Nunca tinha tremido de medo. Era como se estivesse testando meus próprios limites: tinha ouvido falar de pessoas que tremiam incontrolavelmente quando estavam assustadas, mas não acreditava. Até aquele momento.

Freddie pegou o urinol. Colocou a tampa e levantou, agitando, cheio mais da metade. Eu podia ver o vulto negro da guimba do cigarro boiando lá dentro. Ele me mediu de cima a baixo como se fosse fazer um caixão. "Você vai precisar de um banho amanhã. Vou lavar a sua cueca também, mas só se você se comportar e pedir por favor."

Então, ele deu um impulso com os pés e deslizou a cadeira para longe da cama e se levantou. Colocou o urinol quase cheio sobre a cadeira, pegou a caixa de plástico que tinha deixado no chão. Colocou outro urinol vazio, uma garrafa de água cheia e um penico ao lado da cama.

"Você poderia me devolver minhas roupas?"

"Por quê? Está com frio?"

Eu suava. Ele sabia que não estava com frio. Não disse nada.

"Por favor?"

"Preciso ir agora, Jack. Mas você me verá em breve. Prometo. Não faça nada estúpido. Não tente gritar porque ninguém vai ouvir. Bem, se alguém ouvir, serei eu. E você não quer me deixar nervoso, não é? Você tem sido um bom garoto até agora, Jack Wynn Whitmore, que acabou de fazer 16 anos em abril. Bom garoto. Continue assim."

Todo o meu corpo tremia. É claro que Freddie via o quanto eu estava assustado, mas não dava a mínima. E dava para perceber – eu sabia – que ele tinha feito aquilo outras vezes.

"Quer que eu te dê alguma coisa para relaxar?"

"Não, por favor."

Tinha de forçar as palavras para fora, meu queixo travava.

"Se quiser, eu posso te dar", respondeu.

Então virou a cadeira e a deslizou em direção à porta.

Então gritei, "Vai se foder, seu filho da puta!", E joguei a garrafa de água nele. Não consegui evitar. A garrafa o acertou entre os ombros e caiu no chão.

Freddie parou e deu meia volta. Pegou algo em cima da cadeira, um objeto preto e metálico.

Uma arma de choque.

Freddie disse, "Você está fazendo essa parte durar mais que os outros".

Tentei desviar, mas, antes que eu pudesse reagir, as pontas de metal já estavam encostadas na minha barriga.

Era como ser esfaqueado mil vezes. Tentei gritar e me mexer, mas estava mudo e paralisado. Ainda assim, em meio à dor que latejava em meus ouvidos, ouvi Freddie gritar, "Vou te matar agora, é isso que você quer? É isso que você quer? É só pedir! É só pedir, Jack!".

Ele parou.

Meu corpo estava a ponto de ceder.

Sentia lágrimas correndo pelo rosto enquanto tentava encher os pulmões e me recuperar dos espasmos.

Mas Jack não chora.

Nunca chorou.

Fechei bem os olhos. Então, Freddie colocou o aparelho debaixo do meu braço e me eletrocutou mais uma vez, por mais tempo ainda.

Pensei que fosse morrer.

Quando ele parou, eu estava me esforçando para não chorar. Freddie colocou a arma de volta sobre a cadeira, como se estivesse me dando um presente. "Quer morrer agora, Jack?"

"Não."

"Tem que pedir."

"Por favor, não quero morrer, doutor."

Freddie estalou a língua. Talvez não gostasse de ser chamado de doutor. Então ouvi a cadeira sendo empurrada para fora do quarto.

Permaneci de olhos fechados. Estava com muito medo. Quase pude sentir a sombra de Freddie sobre mim quando ele voltou e parou ao pé da porta. Abri os olhos e virei o rosto para ele. Segurava uma seringa e tinha a arma de choque no bolso.

"Agora vai ser do meu jeito, Jack."

Se aproximou da cama.

Eu tremi.

Ele apoiou a mão na minha coxa e puxou minha cueca para cima. Senti o álcool gelado sobre a pele.

Virei a cabeça e senti a seringa penetrando o músculo.

"Pode ficar tranquilo", ele disse. "Só vai te acalmar um pouco. Só isso."

Retirou a agulha e esfregou o lugar da injeção. Depois lambeu minha perna, bem devagar. Tive vontade de vomitar enquanto sentia seus dentes e a sua língua sobre minha pele, mas meu estômago estava vazio.

Pude ouvi-lo engolir, ao terminar.

"Tenta ficar calmo, Jack."

Ele pousou a mão sobre minha testa e depois mediu meus batimentos cardíacos.

Correu os dedos pelos meus cabelos.

Fechei os olhos e virei o rosto.

Freddie tentava me levantar pelos ombros e me virar de bruços. "Preciso que você deite de barriga para baixo. Faça isso."

Eu podia sentir o efeito da injeção. Estava leve, estranho.

"Não! Me deixa em paz!!"

"Jack?"

Ele passou a arma de choque pela minha garganta.

Eu não ia suportar outro choque. Fiquei encolhido, contendo os soluços. Mas, estranhamente, de repente nada mais parecia ter importância. Era tudo uma grande piada, afinal. Eu me sentia como se estivesse derretendo. Comecei a me virar sobre a cama e Freddie me empurrou até eu ficar completamente de bruços, com o rosto quase enfiado no colchão. Tentava fingir que nada estava acontecendo, que estava em algum outro lugar. Era assim que me sentia mesmo. Então, a outra mão dele deslizou por minhas costas e puxou a cueca para baixo.

Freddie afastou minhas pernas, a cueca já estava dependurada no lacre que me prendia. Sua mão, coberta por algo gelado e escorregadio, subia por dentro das minhas coxas. Tentei me afastar, mas estava preso. Não me importava mais. A culpa era minha. Começava a perder a consciência enquanto ouvia um telefone tocar ao longe.

Ele tirou as mãos de mim. Ouvi Freddie limpá-las no colchão.

"Porra, você me atrasou."

Freddie me agarrou pelos cabelos e apertou meu rosto contra o colchão.

Saiu batendo a porta.

## SETE

O barulho de uma televisão vinha de algum lugar da casa. Era um daqueles canais de compras. A *Hora da Ametista*. Eu estava desorientado, mas bem. A cama era confortável. Não sentia meu tornozelo doer. Tentei subir minha cueca.

*Você não pode dormir, Jack.*

*Agora não.*

Parece que fiquei ali, olhando para as cortinas, sem piscar, sentindo um leve formigamento sob a pele, como se tivesse borboletas dentro de mim batendo as asas sem parar, me sentindo tão relaxado, tão relaxado, por horas. Mas talvez tenha sido apenas alguns minutos. A voz da televisão parecia repetir a mesma frase sem parar.

Até que ouvi algo diferente. Tive a impressão de que vinha de debaixo da cama. Imaginei um menino rolando uma bola de madeira e depois batendo com ela no chão.

Rolando.

Tac. Tac. Tac.

Achei que estava ouvindo coisas. Mas o som me era familiar, como se fosse uma mensagem que eu entendia inconscientemente, mas não conseguia traduzir em palavras, irritante como um espirro que não sai.

*Você está ficando doido, Jack.*

*Mexa-se.*

*Levante-se.*

*Jack, levanta daí.*

Rolando. Tac. Tac. Tac.

*Acho que aquele desgraçado já foi embora.*

Com dificuldade, consegui me sentar. Quase caí da cama. Torci o corpo para o lado, enfiei a mão através no forro do estrado do box da cama, tateando entre as molas. Eu lembrei que havia algum motivo para procurar algo ali. Senti algo metálico na base da cama.

Um pedaço de mola ou uma presilha de algum tipo. Abaixei a cabeça e a apoiei no chão para olhar embaixo da cama: escuridão total. Meus dedos estavam descoordenados. Senti um puxão forte no tornozelo.

*Isso.*

*Peguei.*

Algo que conseguia entortar. Para frente e para trás. Para frente e para trás. Cortei a mão. Não doía. Sentia o sangue escorrer pelo pulso, caindo em espessas gotas no chão de Freddie.

Exatamente como nascer de novo.

*Eu estava fazendo aquilo durar mais.*

*Ele tinha feito isso antes. Qual tinha sido o fim dos outros garotos? Por que não lutaram? Como o filho da puta conseguia sair impune todas as vezes?*

*O que aconteceu com os outros?*

Eu estava prestes a desmaiar. Soltei a mola e me alavanquei de volta para a cama. O sangue estava subindo para a cabeça. Precisava me mexer e fiz abdominais. Era ridículo. Não por estar me contorcendo seminu, preso a uma cama, mas pelo que tinha feito para terminar ali. Torci o corpo para o lado mais uma vez e derrubei o urinol com o movimento. Comecei a entortar a mola novamente.

*Pic.*

Ele era muito idiota.

Devia ter me deixado em paz no parque.

Com aquele pedaço de metal, arranquei o lacre de nylon do pé em cinco segundos.

O sangue escorria da minha mão e do meu tornozelo, cobrindo a quina da cama. Coberto de sangue, eu devia parecer um assassino, se alguém me visse. Não tinha percebido o quanto aquele lacre tinha ferido meu tornozelo.

De ouvidos atentos, me levantei.

Silenciosamente, tateei pelo quarto. Não havia nada, a não ser a cama. Eu me deparei com uma porta corrediça dupla, que deduzi que fosse um armário, e por baixo da única porta do recinto vinha um resquício de luz. Eu me abaixei e colei o rosto no chão, tentando enxergar pela fresta. Não via nada, apenas uma lâmpada acesa refletida no chão. Senti que estava adormecendo, e me pus de joelhos.

*Tontura.*

*Espere.*

Abri as cortinas. Havia um lado de fora do outro lado da janela, e era noite lá. Vi um telhado mais abaixo. O quarto em que estava preso ficava no segundo andar. Na luz difusa, consegui vislumbrar uma cerca branca, uma caixa de correio, carvalhos e luminárias sobre pilares de tijolos na entrada de uma garagem.

Tinha de sair por ali, não podia me arriscar a sair pela porta e passar pelo interior da casa. Era de lá que Freddie vinha, arrastando aquela cadeira, era lá que a *Hora da Ametista* ainda estava passando.

Encostei o rosto no vidro gelado. Tentei pensar. Queria minhas roupas, minha caminhonete, meu celular.

Queria poder pedir ajuda a Conner.

Queria que estivessem preocupados comigo ou ao menos tentando me ligar.

*Fuja.*

Queria chorar, queria até deitar de novo naquela cama e ficar ali morrendo de medo.

Mas Jack não chora.

*Talvez.*

Abri o armário e enfiei a mão lá dentro. Nada. Estava escuro. Fiquei de joelhos, tateando o chão. Um pano. Talvez fosse apenas um pano de chão, nada mais. Peguei e fui para a janela. Eram calças verdes de médico. Havia manchas escuras de sangue em uma perna. Eram da minha mão.

Enquanto vestia as calças e amarrava o cordão, tentava não pensar em quem as teria usado antes de mim.

Abri o trinco, empurrei a janela e pulei para fora.

Era boa a sensação das telhas sob meus pés descalços.

Quando pulei do telhado, não dava para ver o chão. A queda foi forte. Bati o queixo num dos joelhos e fiquei tonto novamente. Tive de me sentar no gramado por alguns segundos. Olhei para o sangue espalhado pelas calças dele e para a entrada da garagem onde ele tinha estacionado para buscar aquela garrafa d'água.

A entrada da garagem estava vazia.

Eu era o único por lá.

Sai dali e peguei e a rua à direita.

A casa mais próxima ficava a uns quinhentos metros. Não queria ver ninguém, nem ser visto. Ao longe, podia enxergar as luzes embaçadas e o som abafado dos carros passando pela rodovia 101.

## OITO

    Quase gritei quando vi minha caminhonete Toyota estacionada na calçada da casa de Conner. Alívio. Era como se voltasse para o mundo real. Como se tivesse rastejado para fora de um pesadelo.

    Mesmo descalço, sem camisa e drogado como estava, tinha caminhado até a casa do meu melhor amigo antes do nascer do sol. E a cada passo temia que Freddie me encontrasse, então me escondia quando via a luz de qualquer farol. Cheguei a pensar que já estava morto e que era apenas a minha alma que vagava pelas redondezas de Paso Robles naquela noite de verão, à procura de um lugar para descansar.

    Esmurrei a porta até Conner descer. Ele estava só de cueca e empunhava um taco de beisebol.

    "Jack!" Conner abaixou o taco e abriu toda a porta "Caralho, o que aconteceu com você?!"

    "Algo muito ruim, Con."

    "Mas o quê?"

    Entrei e me sentei na escada. Com a cabeça entre os joelhos, olhei para a barra da perna direita da calça encharcada de sangue.

    "Não sei. Preciso tomar um banho e trocar de roupa. E dormir."

    "Tudo bem, Jack, tudo bem."

    Dormi na cama dele. Fiz Conner prometer que ficaria comigo até eu acordar, e também o fiz prometer que não falaria comigo nem me perguntaria nada até que eu conseguisse dormir e colocar a cabeça no lugar. Ele concordou.

    De noite, abri os olhos e entrei em pânico. Precisei apalpar os lençóis para ter certeza de que não tinha sonhado e de que minha perna não continuava presa. Tirei as cobertas de cima de mim com tudo e olhava para os lados freneticamente, e então vi Conner, que tinha se arrastado para a cama e dormia ao meu lado. Adormeci novamente.

Quando acordei, havia dois copos grandes de café da Starbucks sobre o criado-mudo. Acho que olhei para eles por um bom tempo. Conner me observava, na cadeira de sua escrivaninha com os pés apoiados. Ele deu um chute de leve no meu pé.

"Pedi pra entregarem", ele disse. "Paguei cinquenta contos pro cara vir aqui."

Desviei o olhar para ele.

"Pode acreditar", Conner insistiu. "Eu disse que não sairia. Tome."

Ele se levantou, pegou um dos copos e me deu.

Sentei e me recostei.

"Que horas são?", perguntei.

"Três da tarde. Meus pais devem chegar antes da meia-noite. Todo mundo está tentando ligar para você. A bateria do seu telefone morreu."

"Todo mundo?"

"Bem, não todo mundo. Seus avós."

"O que você falou pra eles?"

"Falei que a bateria do seu celular acabou e que você voltaria quando meus pais chegassem. Está tudo bem. Você sabe, eles confiam em você."

Conner se sentou na cama, ao meu lado. "Você se enfiou em alguma encrenca?"

"Não."

Ele chegou mais perto, como se estivesse se confessando, quase sussurrando. "Ficou bravo comigo? Pelo que aconteceu na festa? Tipo, eu só queria... sei lá. Desculpa se eu te deixei puto, Jack."

"Não fiquei bravo com você, Con."

Ele sentou ereto, suspirando. "Ok! Porque eu... você sabe, não quero que você fique estranho comigo logo antes da viagem. Sério, cara, vou te arrumar uma mulher lá, você vai ver."

Ele deu um sorriso amarelo.

Conner encostou os lábios no copo de café e os afastou rapidamente. "Essa porcaria não esfria nunca!" Ele deu outro sorriso constrangido. "Então, cara. O que aconteceu?"

## NOVE

"Vamos matar o filho da puta", disse Conner.

Eu sabia que ele não estava falando sério. Conner nunca levava nada a sério. Era por isso que nunca se alterava, como quando o encontrei fazendo sexo com Dana. Tudo para Conner era um jogo, e ele sempre me testava para ver se jogaria também.

Contei tudo o que tinha acontecido, com o máximo de detalhes que pude lembrar, desde quando peguei a cerveja daquele cara que nunca vi depois de mijar, até quando apareci na porta da casa dele. Conner balançava a cabeça enquanto eu contava tudo o que Freddie fez, como se fosse difícil de acreditar. Eu quase não conseguia acreditar em mim mesmo, mesmo as palavras saindo de minha própria boca.

Em determinado momento, Conner perguntou, "Ele... você sabe, ele... te estuprou?"

"Não", eu atalhei. Parei, esperei, tentei engolir. "Na verdade, não. Mas, depois de me dar uma injeção, ele tentou. Nessa hora o telefone tocou, ele ficou puto e foi embora. Daí, tive que me esforçar para não apagar. Foi quando consegui tirar um pedaço de metal que achei debaixo da cama e fugi daquela merda de lugar." Engoli em seco e continuei. "Ele tinha uma conversa de 'eu que mando' e me forçava a pedir 'por favor' pra tudo."

Mostrei as bolhas que a arma de choque tinha feito em minha pele, na minha barriga e debaixo do braço. Também mostrei o furo da agulha.

"Minha carteira e minhas roupas ficaram lá. E o tênis que eu tinha acabado de comprar."

"Você devia denunciar o cara."

"Não", eu cortei. "Não vou contar nada para ninguém, exceto para você, Con. O que é que eles podem fazer, afinal? Eu só ia me encrencar por estar bêbado e drogado. Não quero que ninguém saiba que fui tão idiota. Ainda mais Wynn e Stella. Vou viajar na quinta, Conner. Não quero que isso estrague as coisas. Só quero esquecer."

"Mas e se ele sequestrar outra pessoa?"

"Não fui o primeiro", disse. "Vão acabar pegando o cara. Não vamos estragar as nossas férias com isso, Con. A culpa é minha, eu fui burro."

Conner deu de ombros. "Você podia pelo menos dar um susto nele."

"Não conta para ninguém, tá?", pedi.

"Sem problema. Todo mundo acha que você é gay mesmo."

Conner viu que sua piada não tinha graça e empurrou meu pé.

"Para, só tava brincando! Vai passar, Jack. Vamos esquecer esse assunto, se é o que você quer. Acho que também não contaria para ninguém se um escroto fizesse isso comigo. Só para você. É foda."

## DEZ

"Se divertiu no Conner?", Stella me beijou na bochecha enquanto tentei passar despercebido, vestindo a mesma bermuda de basquete e a camiseta que usava no sábado de manhã, quando tinha saído.

Sabia que parecia abatido e me sentia culpado, como se carregasse uma placa com os dizeres "Jack fez algo horrível" e, do outro lado, "dá para ver que o Jack foi dopado e quase estuprado, não é?".

Vi Wynn no fim do corredor, sentado no sofá, assistindo a um jogo de beisebol na sala de estar. Ele olhou na minha direção e acenou.

Acenei de volta e abaixei a cabeça.

"É, foi legal", respondi.

Quase engasguei.

Stella apoiou as mãos em meus ombros, me olhou de cima a baixo e disse, "O que vai ser de nós sem você aqui, Jack? Estava tão sozinha. Senti sua falta no fim de semana."

"Deixa menino em paz pra fazer o que quiser, Stella! Ele está indo bem, pelo menos até agora!", interrompeu Wynn, da sala.

"Jack, deixa o celular sempre carregado quando estiver na Inglaterra, por favor", ela pediu.

"Prometo que vou deixar, Stella. Desculpa."

Tentei passar por ela para ir logo para o quarto.

"O jantar sai em uma hora", ela avisou.

Comecei a subir a escada.

"Vou sair com o Conner. Preciso comprar roupas para a viagem."

Parei. "Ah, perdi minha carteira. Acho que vou precisar de outro cartão de crédito."

"Estou vendo como você está indo bem", Stella falou alto para que meu avô ouvisse, mas ele não ouviu.

"Desculpa, Stella."

Continuei a subir.

"Jack, meu bem, o que aconteceu com o seu pé?"

Travei. Eu não mentia bem, e Stella sabia. Não tinha pensado em como responder àquela pergunta.

"Enrosquei o pé em alguma coisa", respondi. "Correndo... com o Conner."

"Parece até que foi arame farpado."

Senti meu rosto ficar vermelho e torci para que estivesse escuro o suficiente para que ela não notasse.

"Bom, passa uma pomada para não infeccionar", ela disse.

"Já passei."

"Quer ir ao médico?"

"Não precisa."

Subi.

Sozinho no quarto, sentei-me na quina da cama e me olhei no espelho estreito do closet. Era a primeira vez que realmente sozinho desde que fugi de Freddie. A caminhada assustada até a casa de Conner não contava, porque aquilo foi como nadar contra uma correnteza de pânico, com a presença de Freddie por todo o caminho.

E eu nunca choro. Aquilo na casa de Freddie não foi choro. Era mais como se meu corpo estivesse se preparando para morrer.

Por que naquele momento, a morte parecia mesmo inevitável.

Olhei para meu tornozelo. Estava muito machucado.

Tirei a camiseta e joguei pela porta. As marcas na barriga tinham se tornado dois pequenos hematomas, como uma mordida de cobra. Meu cabelo estava todo desarrumado. Tinha duas manchas escuras sob os olhos e parecia ter perdido cinco quilos. Eu consegui ver minhas costelas.

Tirei a bermuda e desfiz o nó do cordão, puxando por um lado até ele sair por inteiro. Joguei a bermuda no chão e me sentei apenas de cueca. Olhando no espelho, enrolei o cordão em volta do meu tornozelo. Era como assistir a um filme bizarro.

Bem apertado.

A dor era boa. Um alívio.

Amarrei o tornozelo ao pé da cama e fiquei ali, encarando meu reflexo patético no espelho. Puxava o cordão, abrindo mais a ferida, até quase gritar de dor.

Mas não chorei.

*Por que ele tinha feito aquilo comigo?*

*O que ele queria de mim?*

Eu sei que é estranho, mas parte de mim queria voltar para a casa de Freddie. Como se tivesse deixado alguma coisa para trás, que só recuperaria se voltasse àquele quarto, para aquela cama.

Era como se aquele fosse o meu lugar.

Era como se eu merecesse aquilo.

Fiquei ali até que estivesse escuro demais para ver no espelho o reflexo daquele cara sem roupas, sujo e doente.

Foi a primeira vez na vida em que quis me matar.

"Que porra é essa, cara? Tá doido?" Ouvi o sussurro desesperado de Conner enquanto ele se espremia pela porta entreaberta de meu quarto e a fechou com as costas.

Eu continuava sentado, sua voz era como uma corda me puxando das profundezas de um abismo.

"Jack?", Conner acendeu a luz. O filme recomeçava no espelho.

"Ah. Caralho! Foi mal, Conner." Balancei a cabeça e cobri os olhos com a mão.

"Tira essa merda do pé." Conner começou a desatar os nós em torno do meu tornozelo. Meu pé já estava roxo e sangrava novamente. "Cara, você precisa de ajuda. Tira essa porra do pé!"

Deitei na cama enquanto Conner desenrolou o cordão encharcado de sangue e foi até a porta do quarto.

"Vou pegar alguma coisa pra fazer um curativo."

Cobri o rosto com o braço.

"E para com essa merda, Jack, senão vou chamar alguém. Vou falar com Stella."

"Não!"

Conner saiu.

Não tinha notado o tempo passar. Talvez ainda estivesse drogado. Tinha esquecido que ia sair com Conner naquela noite.

Ele voltou do banheiro com um kit de primeiros socorros nas mãos e se ajoelhou ao pé da cama. Espalhou uma pomada antibiótica sobre os cortes e, cuidadosamente, espalhou com a ponta dos dedos, como se queimasse ao encostar em mim, ou como se eu fosse tóxico. Depois, enrolou gaze em torno do meu tornozelo, fechando o curativo com esparadrapo. Eu não disse nada durante todo o processo.

"Você não acha melhor ir ao hospital, Jack? Eu te levo. Acho que você devia ir."

"Não... Sei lá." Eu me sentei e olhei para ele. Meus olhos deviam estar horríveis. "Acho que essas drogas que ele injetou em mim estão me deixando doido. E não como nada faz dois dias. Vou ficar bem, Con. Valeu."

"Vem cá. Levanta e troca de roupa. Vamos comer."

Conner me levantou para que eu pudesse andar.

Mantive o olhar distante do espelho.

## ONZE

Stella ligou para o banco para emitirem outro cartão de crédito para mim. E me deu dinheiro – ela sempre tinha dinheiro pra mim –, então fui com Conner a uma cervejaria que servia pizza e hambúrger. Comecei a me sentir melhor, acho, mas não conseguia evitar o sentimento de vazio, como se tivessem tirado algo de mim, deixando um buraco.

O centro do universo.

Enquanto comíamos, meu olhar se perdia no vazio, e as imagens de tudo o que tinha acontecido se repetiam, muito irreais. Conner percebeu o que acontecia e me chamou de volta, "Jack, para com isso. Tem certeza que não quer que eu conte pra ninguém?".

Ficamos no shopping até a hora de fechar, às dez. Comprei mais roupas e um tênis, mas nada disso substituía o que Freddie Horvath tinha roubado. Tentava de toda forma parar de pensar naquilo, mas não conseguia.

Na volta, passamos em frente ao Java & Jazz. Vi a Mercedes conversível de Freddie estacionada em um beco entre o café e a cerca de arame das quadras de basquete do Steckel Park.

Tinha quase certeza de que Conner tinha escolhido esse caminho de propósito: ele ficava olhando para mim à medida em que nos aproximávamos do parque. E, quando finalmente passamos pelo Java & Jazz, eu disse, "O cara que me sequestrou está aqui. Aquela Mercedes é dele."

Conner parou a picape no meio da rua e olhou para onde eu apontava. O carro de trás quase bateu na gente. Ouvi a freada estridente, e quando o carro nos contornou, dedos médios esticados saíram das duas janelas.

"Vai se foder também!" Conner respondeu.

"O que está fazendo?"

"Vamos foder esse filho da puta!"

"Não, cara!"

Mas Conner não estava ouvindo. Eu sabia só de olhar para ele. Éramos amigos desde antes do jardim de infância, e eu conhecia aquele olhar competitivo de Conner Kirk. Aquilo dizia que ele não ia desistir até ganhar o jogo. Ele estendeu o braço por trás do banco do carro e pegou um canivete.

Ele o abriu.

Senti meu estômago embrulhar, e Conner disse, "Lâmina versus pneus igual a uma luta injusta.".

"Não, Conner."

"Como assim, cara? Você tem que fazer alguma coisa. É o que você precisa." E continuou. "Lâmina versus teto de tecido da Mercedes igual a carneirinho na boca do lobo."

Conner ria.

Eu suava.

"Con, para com isso."

Ele desligou os faróis e aproximou a picape do carro de Freddie.

"Foda-se, Jack! Agora eu já estou envolvido. Ninguém fode com a gente. Ninguém!"

Abriu a porta e deixou o carro ligado.

"Anda logo, Jack! É hora de uma pequena vingança."

Minha cabeça estava a milhão quando fiquei ao lado de Conner olhando para o carro. Sem perder tempo, ele cravou o canivete no teto da Mercedes. Pulei como se tivesse sentido a punhalada e ouvi o som de Conner retalhando a capota acima do banco do passageiro.

"São as minhas coisas ali", eu apontei.

Conner parou.

Minhas roupas estavam dentro da Mercedes. A bermuda, as meias e a camisa que usava na festa, embolados e jogados em cima do Vans que eu tinha usado apenas uma vez. Conner subiu no capô, enfiou o braço através do teto rasgado e abriu a porta. Não tinha alarme. Aquele carro devia ter pelo menos uns trinta anos.

Comecei a ofegar quando ele abriu a porta. Vi que Conner também estava assustado. E sabia que ele estava assim porque no fundo não havia acreditado totalmente no que eu tinha contado – talvez ele tivesse medo de admitir que coisas assim acontecessem a garotos normais como eu e ele –, mas, ver minhas roupas no banco de passageiro daquele carro tinha trazido todo aquele mundo horrível à tona.

"Pega as roupas", Conner mandou.

Quase passei mal de tocar minhas próprias roupas e meu tênis. Abri minha carteira. Estava tudo lá, mas fora do lugar.

Exatamente como o Jack.

Quando peguei as roupas, vi uma caixa plástica que me era familiar. "Olha só, Con", sussurrei.

Dentro dela, havia alguns lacres, iguais ao que Freddie tinha usado para me prender. Conner pegou dois deles, e enrolou as fitas pretas e grossas entre os dedos. Na caixa, estavam ainda a arma de choque de Freddie e uma cartela de comprimidos. E também agulhas hipodérmicas e um recipiente contendo um líquido claro, com os dizeres do rótulo cobertos por rabiscos grossos de caneta preta.

"Caralho!" Do jeito como falava, parecia que Conner tinha desenterrado uma tumba. Pegou a arma de choque, apertou o gatilho duas vezes e guardou no bolso. "Esse cara é doente. Isso é sedativo." Ele segurou as pílulas sob a luz fraca que vinha das quadras.

"Acho que foi isso que ele misturou na água naquela noite", eu disse.

"E foi essa merda que ele injetou em você." Conner girava o frasco entre os dedos.

"Vamos nessa, Conner."

"Eu quero ver ele."

Parecia que meu coração ia sair pela boca.

"Con..."

"Me mostra quem é o cara", ele insistiu. "Preciso ver esse escroto."

"Estou ficando com medo."

"Eu sei. É por isso que eu quero saber quem é ele. Porque aí você nunca mais vai ter que ter medo, cara. Me mostra o filho da puta!"

Eu não disse mais nada. Voltei para a picape de Conner, entrei e sentei, segurando minhas coisas no colo. Não conseguia olhar para elas, apenas para a luz do poste no fim do beco. Fechei a porta e Conner colocou a cabeça pela janela.

Ele suspirou. "Beleza, Jack. Vamos nessa, então."

Naquele momento, ele deve ter percebido a mudança no meu olhar, que ficou vidrado na esquina logo à frente.

Freddie Horvath vinha em nossa direção, trazendo um café, vestido para mais uma noite de trabalho.

"Ele está vindo."

Conner se abaixou entre os carros, se escondendo do homem que aparentemente tinha visto a gente ali, naquele lugar escuro. Eu tremia mais a cada passo que ele dava. Tinha certeza de que Freddie me veria, mesmo que fosse quase impossível. Era como se ele tivesse o poder de sentir minha presença onde quer que eu estivesse.

"Vamos embora, Conner", sussurrei. Meu pé tremia. Eu não via mais o Conner. Pensei que ele já tivesse dado a volta e fosse abrir a porta da picape, mas, logo que Freddie notou o teto de seu carro todo retalhado, Conner atacou seu pescoço com a arma de choque e gritou alguma coisa.

O café voou da mão de Freddie, espalhando-se sobre o capô da picape de Conner, e ele bateu a cabeça na porta da Mercedes antes de cair no chão. Conner se ajoelhou e eu o perdi de vista. Fiquei aterrorizado, só queria sair dali.

"Conner."

"Vem cá, Jack."

"Con, vamos embora."

"Vem cá e me ajuda."

Fiquei parado, sem saber o que fazer. Tudo estava tão silencioso e escuro. Por fim, joguei minhas roupas e o tênis no chão do carro, entre meus pés. Saí da picape para a escuridão do beco novamente.

Conner tinha amarrado as mãos e os pés de Freddie com os lacres que tinha guardado. Os olhos de Freddie estavam fechados e ele tinha um corte serrilhado na testa, e havia um pequeno círculo de sangue no pavimento perto do pneu da frente da Mercedes. Com o polegar, Conner forçava os comprimidos pela garganta de Freddie.

"Conner, já chega."

"Já era", Conner sussurrou. "Ele engoliu tudo. Agora vem cá me ajudar."

"Ele se machucou muito?"

"Ele não está machucado. Só está desmaiado, eu acho...", disse Conner, enquanto limpava na camiseta a saliva de Freddie em seu dedo. "Mas ele vai continuar desmaiado, com certeza."

Conner olhou para mim e sorriu. Tinha aquela típica expressão no rosto: estava ganhando o jogo. Olhei para baixo, para Freddie Horvath. Ele parecia frágil e doente, nada parecido com o monstro que ocupava minha mente desde que tinha fugido.

Chutei as costelas dele o mais forte que consegui. Ele abriu os olhos por um momento, como se fosse um balão de água que quase explodiu com o chute.

"Isso, porra!", disse Conner.

Chutei de novo e Freddie deu um leve gemido. Cuspi nele.

Fiquei ofegante, estava empolgado e, ao mesmo tempo, tenso. Olhei rapidamente para os lados, mas de repente me senti mais acordado e mais cheio de energia do que tinha me sentido desde a noite da festa de Conner.

Fiquei de joelhos, escondido ao lado de Conner entre os carros. Sussurrei, "O que fazemos com ele agora?".

"Você lembra onde ele mora?"

"Fui a pé de lá até sua casa. Nunca vou esquecer. Ele mora em Dos Vientos Ranch Estates."

"Jack, vamos colocar esse escroto na picape e jogá-lo na casa dele. Daí ligamos para a polícia e denunciamos as merdas que esse filho da puta faz."

"Temos que revelar nossa identidade?"

"Não, eu disse que não ia contar pra ninguém. Desse jeito ele vai ser pego e vamos dar o troco." Conner pegou a caixa de plástico. Depois, tirou a camiseta e começou a limpar as partes em que tinha encostado no carro de Freddie. Olhou para mim rapidamente, me entregou a caixa e disse, "Você dirige".

Manobrei a picape de Conner e parei com a carroceria bem perto de onde Freddie estava desmaiado. Então Conner abaixou a tampa da caçamba e juntos levantamos Freddie, cada um segurando debaixo de um braço. Nunca tinha carregado um corpo antes, e Freddie Horvath era muito mais pesado do que parecia. Nós jogamos o corpo dele e Freddie caiu de cara no chão da carroceria. Acho que quebrou o nariz.

Ninguém viu nada.

Ninguém soube de nada.

Ele não se importou comigo, e eu não me importaria com ele – era assim que funcionava.

Enquanto fazíamos aquilo, ouvia o jazz que vinha do café.

Depois que finalmente terminamos, assumi o volante. Deixei os faróis apagados e saí lentamente pelos fundos do Steckel Park, pelas íngremes colina à oeste da rodovia 101, em direção à casa que Freddie havia me levado.

As janelas estavam abertas. Conner tocava clipes no DVD do carro. A música estava alta e fazia me sentir livre. Conner também estava empolgado – com o braço para fora da janela, cantava junto com a música. Eu dirigia sorrindo.

"Isso, porra!", ele disse."É assim que a gente resolve essas merdas."

Levantei a mão direita para que ele batesse, mas Conner a apertou tão forte que doía, mas eu não ia soltar. Apertei também o mais forte que consegui.

Estava feliz por ter feito aquilo, convencido, em meio à empolgação do momento, que Conner era o melhor amigo que eu poderia ter. Tinha certeza de que ele faria qualquer coisa por mim, e eu nem precisaria pedir.

Mas, só quando chegamos à entrada da garagem daquele desgraçado, em Dos Vientos Ranch, nós notamos a carroceria da picape vazia.

Freddie Horvath não estava mais ali.

"Ai, meu Deus do céu!", disse Conner.

Voltamos pelo mesmo caminho.

O que parecia ser um monte de cobertores velhos jogados no meio da Nacimiento Road, na escuridão, era na verdade Freddie Horvath.

Desliguei os faróis e parei a picape de Conner no acostamento, debaixo de um enorme carvalho.

–"Porra", disse Conner. Ele ria, nervoso.

"Ele deve ter se levantado, sei lá", concluí.

"Será que ele morreu?"

"Que merda, Con!"

Ficamos ali, no escuro, por não mais que um minuto. Não conseguíamos dizer nada. Não precisávamos. Estávamos apavorados e sabíamos.

Abri a porta.

Fomos devagar até o local onde Freddie estava estirado. As mãos e os pés ainda estavam amarrados, e sua cabeça estava sobre um refletor laranja na faixa central da rua. Os pés estavam virados para trás. Os olhos, vidrados, e a poça negra de sangue ao redor de sua cabeça refletia as estrelas do céu noturno. Ele expirou uma vez, e mais nada.

"Meu Deus, Conner", sussurrei. "Matamos o cara."

"Não fizemos nada. A culpa é dele."

"E agora, o que a gente faz?"

"Não encosta nele, Jack. Vamos embora antes que alguém chegue."

Fiquei olhando para Freddie, boquiaberto e estático.

Conner me puxou pelo ombro. "Me dá a chave e entra na picape."

Enquanto saíamos do local em que deixamos o corpo de Freddie Horvath, voltando pela Nacimiento Road em direção a Glenbrook – a estrada estava completamente deserta –, Conner virou para mim e disse, "Nem começa, Jack! A culpa não foi nossa, então trata de esquecer o que aconteceu. Ninguém vai ficar sabendo.".

Exceto nós.

## DOZE

Stella provavelmente achou que a viagem era o motivo de eu estar tão fechado nos dias que se seguiram. Na quarta-feira, noite anterior à minha partida, os jornais começaram a noticiar sobre o médico que tinha sido assassinado e abandonado no meio da rua, e como a busca em sua casa o ligara a um garoto de 14 anos, desaparecido desde o verão passado. Suspeitavam da existência de outros, mas disso eu já sabia.

Conner tinha até um pouco de orgulho daquilo. Mesmo que ele tivesse tanto medo quanto eu de sermos descobertos, ele falava sobre como éramos heróis por termos encerrado a carreira de um escroto. Me assustava pensar naquilo, porque me sentia como um animal sendo caçado, então pedi a ele para não tocar mais no assunto.

Não dormi nas três noites seguintes ao que fizemos com Freddie Horvath; devia estar parecendo um morto-vivo quando Conner e meus avós me levaram até o aeroporto de São Francisco. Fiquei muito dividido ao longo de todo o trajeto: não queria ir sozinho, mas também não queria ficar em nenhum lugar perto de onde eu e Conner acidentalmente matamos alguém. Não importava se a vítima também era um assassino.

Stella e Wynn pediram para esperar pelo avião comigo.

"Vamos tomar um café", Stella propôs.

"Quero tentar dormir no avião." Tentava mantê-los bem longe de mim, como se estivessem me segurando à beira de um abismo no qual eu quisesse que me deixassem cair.

"Café é uma boa ideia", disse Wynn.

Olhei o celular. Faltavam duas horas para o voo.

"Preciso ir ao banheiro primeiro", eu disse. "Já volto."

"Vou com você", sugeriu Conner.

Suspirei. "Tanto faz."

Deixei minha mala de mão com Stella e Conner e eu abrimos caminho entre as centenas de rostos anônimos que iam e vinham. Senti cada um deles nos olhando, como se soubessem o que tínhamos feito.

"Estou passando mal." Apoiado na pia, eu joguei água fria no rosto. Conner me observava pelo espelho, logo atrás de mim.

"Vai ficar tudo bem, Jack. Quanto mais a gente deixar o tempo passar e nos afastarmos daquela segunda..." A voz dele sumiu. "Vamos ficar bem. Eu sei disso."

Dei de ombros e peguei algumas toalhas de papel.

Eu não queria olhar para o meu amigo, e ele sabia. Conner me segurou pelo ombro e deu uma chacoalhada.

"Olha só. Vamos tentar nos divertir o máximo que der quando eu chegar lá. Vamos tentar, cara. Só alguns dias e eu vou estar lá com você!"

"Não sei se vou dar conta, Con. Não consigo nem dormir."

Não tínhamos notado, mas um homem carregando no braço uma jaqueta cinza dobrada tinha saído da cabine e ficou ali, parado, nos observando em silêncio. Conner olhou para mim, depois para o homem e sorriu para mim dizendo, "A gente é gay mesmo, e daí? Algum problema, seu escroto?".

O homem desviou o olhar para o chão, envergonhado, e tratou de sair.

Empurrei Conner, de leve.

"Seu sem noção!"

Conner riu. "Vai dizer que não achou engraçado?! Você viu como aquele cara tava olhando pra gente?"

Tentei sorrir de volta.

Amassei as toalhas molhadas e as joguei no cesto. Saí e fui ao encontro de Wynn e Stella.

Nunca andei sobre um lago congelado. Só consigo imaginar como seria – enfrentar a possibilidade de a qualquer momento afundar os pés entre pedaços afiados de gelo e ficar submerso em águas escuras, lutando contra o frio, tentando enxergar, contorcendo-se para achar o caminho de volta à superfície e temendo que tudo aquilo aconteça novamente nos próximos passos.

Era exatamente assim que me sentia enquanto me afastava de Conner e meus avós para passar pelo primeiro portão a caminho do embarque.

Não tinha volta.

Até a tripulação do avião, que me cumprimentou quando entrei segurando a passagem na mão trêmula, parecia saber quem eu era. Como se cochichassem uns para os outros enquanto eu passava pelo corredor de embarque, "Olha, o menino que matou o doutor Horvath".

Senti que estava pálido.

Coloquei a mala debaixo do assento e um travesseiro entre meu ombro e a janela de plástico. Olhei para o céu da Califórnia do lado de fora, preso entre dois mundos, no meio de lugar-nenhum, naquele avião que me levava para outro dia em outro lugar.

Então, o homem que há pouco tempo olhava para mim e para Conner no banheiro se aproximou e me cumprimentou. Enfiou sua jaqueta cinza no compartimento de bagagens acima do assento e sentou-se bem ao meu lado.

Então é assim que vai ser daqui em diante, não é?

Tentei me convencer de que era absurdo pensar que todos sabiam e que estavam me seguindo e observando. Lutava para respirar, eu suava e sentia o estômago embrulhar novamente.

"Viajando sozinho?", perguntou.

Encarei o homem, na esperança de que me deixasse em paz. Ele cheirava a sabão de banheiro público e tinha a mesma aparência de todos os executivos de meia-idade que você poderia ver em um avião.

"Vai para Londres sozinho?", ele insistiu.

"Vou estudar. Em Kent." Minha voz soava distante, como se outra pessoa respondesse por mim.

"Ah, é?", ele disse. "Seu amigo não vem junto?"

"Na próxima segunda."

*Vai embora.*

Olhei em torno, na esperança de encontrar um assento vago na classe executiva. Todos ocupados. Fingi que estava tentando dormir.

"Bem, vocês vão se divertir bastante."

Algo sobre como ele disse aquilo me deu muita raiva. Sabia o que ele queria dizer.

Ele continuou, "Tenho um escritório em Londres. Se é a sua primeira vez lá, posso mostrar todos os lugares legais no fim de semana." Ele estendeu a mão. "Meu nome é Gary."

Não apertei a mão dele.

Ele se aproximou, quase sussurrando, "Conheço as melhores boates, se é que você me entende."

Sussurrei de volta, "Me deixa quieto, porra." Pluguei o fone de ouvido no celular, dei as costas para aquele *Gary* e fechei os olhos.

Teria uma longa viagem pela frente.

Acordei quatro horas depois quando a aeromoça me perguntou o que queria para jantar. Gary estava com a mão debaixo do meu cobertor, afagando minha perna. Estava tentando desabotoar minhas calças.

Pensei, *Por que isso está acontecendo comigo?* Não sabia o que a aeromoça tinha dito, então respondi apenas sim, abaixei a bandeja, olhei bem nos olhos de Gary e disse em alto e bom som para todos ouvirem: "Se você não tirar agora a mão do meu pinto eu vou te matar, seu cretino".

Em um movimento rápido, Gary puxou a mão e olhou para frente, fingindo não saber o que estava acontecendo. A aeromoça ficou preocupada, talvez um pouco assustada. Ela se afastou do carrinho sem servir comida a nenhum de nós dois, seguiu para a frente da cabine e deu uma olhada rápida através da cortina que nos separava da primeira classe.

Gary pigarreava e dedilhava nervosamente sua bandeja.

Se pudesse, eu teria pulado da janela. Tentei pensar em Conner, que nos encontraríamos em alguns dias, que nos divertiríamos novamente; mas acabava por me ver de novo na casa de Freddie, preso à cama –, e depois via o corpo dele contorcido no meio da rua.

Pânico.

Senti que estava prestes a perder o controle e fazer algo absurdo. Lembro-me de me encolher no assento, pensando por que tinha entrado naquela droga de avião, convencido de que não iria suportar as próximas duas semanas. Gary empurrou o carrinho da aeromoça e foi em direção ao banheiro. Vi a luz de "ocupado" se acender no painel acima de mim.

A aeromoça veio. Seu olhar era suave e focado em mim.

"Querido, temos um lugar vazio na primeira classe", ela disse. "Vamos pegar suas coisas e você vem comigo. Tudo bem para você?"

Concordei com a cabeça.

"Tudo bem."

Ao longo de toda a viagem, senti que ainda estava sob o efeito das drogas que Freddie tinha me dado. Não assisti a nenhum filme; cochilei algumas vezes durante o resto da noite e no começo da manhã.

Não sonhei.

Nunca mais vi Gary. A tripulação deixou que eu saísse do avião antes dos outros passageiros, e eu me apressei pelos corredores intermináveis de Heathrow até desaparecer na multidão de pessoas que esperavam na fila de imigração no enorme salão de desembarque.

Após pegar a mochila, tive de ir até a alfândega. Uma série de homens uniformizados me olhava, talvez procurando um sinal claro de que havia algo errado com aquele garoto pálido que tinha aparecido ali sozinho. E como não encontrariam? Eu estava totalmente perdido, nada fazia sentido. Fixei o olhar na placa amarela com uma seta apontando para o embarque de trens e me concentrei em continuar andando, com medo de olhar pra trás, com medo de parar.

Meu Deus, eu estava passando muito mal.

Foi naquele momento que comecei a perder o controle.

Agora eu sei.

## TREZE

Olhei o celular. Um dia tinha se passado, e eu estava do outro lado do planeta. Realmente, me sentia como se tivesse sido arrancado do meu mundo, mesmo que ainda permanecesse aquele vazio – como se tivesse de esperar o resto de mim me alcançar.

Se é que alcançaria.

O trem até Londres estava vazio, pelo menos onde eu me sentei. Wynn insistiu para que comprasse um bilhete de primeira classe no Heathrow Express, mas percebi que os viajantes normalmente optavam por meios de transporte mais baratos até a cidade. Senti que estava dentro de um ovo ou de uma bolha. Minha atenção se voltava para o repórter da TV à frente e o estranho mundo verde e cinza que passava rapidamente pela janela ao lado.

Meus avós tinham reservado um quarto para mim e Conner em um dos melhores hotéis da cidade. Ficava próximo ao Regent's Park, a poucos metros da estação Great Portland Street. Foi fácil encontrá-lo, mesmo sendo a minha primeira vez na cidade.

Quando entrei no quarto, joguei a mochila na cama. Minhas costas suavam com o calor úmido do verão londrino. O quarto era até bom, mas nada do que estava acostumado nos Estados Unidos. Era muito pequeno, claustrofóbico.

Tinha só uma cama, que era enorme e estava forrada com um edredom grosso e vários travesseiros. A cabeceira era tão alta quanto eu e tinha um espelho circular no centro. Pensei, *Que ótimo, vou ter que dividir a cama com o Conner.* Com uma mesa de computador, um armário com uma TV de tela plana, uma poltrona, um espelho de chão e dois criados-mudos, quase não dava para ver o piso. Tirei os tênis – os mesmos Vans que usava na noite em que fui sequestrado por Freddie Horvath. O homem que havíamos matado.

*Chega, Jack.*

Fui até o banheiro. Também era pequeno. Percebi que só dava para abrir a porta do chuveiro se a porta do banheiro também estivesse aberta – ou eu teria de subir pela banheira que tinha quase um metro de altura.

Estranho.

Enchi um copo de água da torneira e bebi. Era meio viscosa.

Conferi o fuso-horário no celular. Estava muito cedo para ligar para Conner e ainda não queria conversar com Stella.

Fui até a janela.

Havia algo no céu londrino que parecia plano e sufocante. Estava muito acostumado às montanhas e às colinas da Califórnia. Então o horizonte de Londres me fazia sentir que estava atrás de uma lente. Mas o ar era muito mais leve. Definitivamente, não tinha o mesmo cheiro da Califórnia. Uma cerca alta delimitava o parque do outro lado da rua. Em comparação a onde eu morava, as coisas pareciam perfeitas demais. Tudo era bem cuidado, verde e vivo. Vi grupos de pessoas correndo, entrando e saindo pelo portão de ferro.

Boa ideia.

Abri a mochila. Estava com sono, mas decidi ficar acordado até a noite para começar a me ajustar à mudança de horário. Peguei minhas roupas de corrida e me despi. Por um momento, fiquei sentado na cama olhando para o espelho, mas sacudi a cabeça – como um cão molhado – e amarrei meus tênis de corrida.

Se conseguir fazer isso, disse a mim mesmo, já devo estar melhorando.

O saguão do hotel era como uma caverna com terraço. Do elevador, tive de descer um lance curto de escadas até o salão principal, que estava lotado. Todos ali pareciam estar vestidos para algum evento formal. Tentei me convencer de que olhavam para mim só porque não esperavam ver um menino cansado, franzino e despenteado, usando apenas uma bermuda e uma camisa furada em um lugar como aquele.

Percebi, então, que não tinha bolsos para guardar o cartão do quarto. Fiquei nervoso só de pensar em deixá-lo com alguém. Olhei para o balcão da recepção. O sujeito atrás dele olhava para mim, sorridente. Parecia saber o que eu estava pensando. Coloquei o cartão dentro do forro da bermuda, torcendo para que não caísse. Nada confortável. Ele continuava me olhando.

Fui até a entrada onde homens uniformizados estavam de pé. Tentei manter meu olhar no chão. Madeira escura. Igual ao do piso onde eu tinha nascido, pensei. Eu estava tão envergonhado por algum motivo, era como se minha pele queimasse sob tanta atenção.

*Parem de olhar para mim, caramba!*

Os porteiros estavam a postos. Com suas luvas brancas, indicavam a saída.

Passei pelo bar do saguão.

Alguma coisa me fez parar.

Aquela foi a primeira vez em que vi o homem dos óculos roxos.

E, apesar de não ter percebido naquele momento, era a primeira vez que via o outro lado.

Acho que preciso desacelerar um pouco aqui para me lembrar exatamente como tudo aconteceu.

Como as coisas começaram a desmoronar para Jack.

## CATORZE

Alguma coisa naquele homem de óculos roxos me amedrontava e, ao mesmo tempo, me deixava tranquilo. É difícil explicar, mas era mais ou menos o mesmo que eu sentia quando olhava para Freddie Horvath.

Ele estava ali, obviamente me observando e, quando eu o olhava, ele não virava o rosto. Apenas continuava me observando através dos óculos, com um sorriso no canto dos lábios, como se já estivesse esperando por mim.

E, considerando onde estávamos, ele parecia tão deslocado naquele lobby quanto eu: usava um sobretudo desbotado e um suéter, apesar do calor, e tinha um chapéu surrado na mão. Parecia ser novo, uns vinte e poucos anos, mas também parecia muito cansado, como se estivesse viajando há meses. A barba por fazer, castanho-clara e irregular, dava àquele homem um ar quase infantil e parecia que ele não lavava o rosto há semanas. Quando passei, ele se levantou do banco do bar onde tomava uma cerveja, tirou rapidamente os óculos do rosto e disparou em minha direção, como se tivesse me reconhecido de algum lugar. Tentei me convencer de que estava sendo paranoico e precisava relaxar para confiar em alguém novamente.

O que mais chamava a atenção nele – e agora eu sei, depois de tudo que passei, mesmo que tivesse ignorado no momento – eram os óculos roxos. Porque eles não eram somente roxos, havia algo diferente neles. Quando o flagrei olhando para mim, podia jurar ter visto, somente por um segundo, algo do outro lado daquelas lentes.

Algo branco e acinzentado, com quinas e dobras.

Algo como dois grandes buracos que se estendiam para dentro de uma coisa que eu nunca tinha visto antes. Algo grandioso, como abrir uma daquelas bonecas russas e encontrar algo que não parecia caber ali dentro.

E posso jurar que, por uma fração de segundo, vi também pessoas do outro lado das lentes.

Ao longo de toda semana fiquei pensando que as drogas que Freddie Horvath tinha me dado poderiam ter arruinado alguma coisa em meu cérebro.

Olhei duramente para o sujeito. Estava farto de pessoas me encarando.

Aquela merda nos óculos dele não deveria ser nada além de reflexos dos velhos esquisitos que vagavam pelo saguão do hotel.

Nada além disso.

Que se foda este lugar.

Os porteiros abriram as pesadas portas de vidro.

Comecei a correr antes mesmo de sair do hotel.

## QUINZE

Eu corria.
Meu tornozelo ardia. Provavelmente, estava sangrando dentro da meia. Não olhei. A ferida não tinha sarado por completo.
*Pois é, eu me lembro de você, Freddie.*
*Vai se foder, também.*
*Assim que eu te esquecer, você estará realmente morto.*
Eu corria muito rápido. O suor pingava do meu queixo e dos meus cotovelos. Às vezes, olhava para trás para ver se não tinha deixado cair uma trilha de moedas escuras pelo caminho.
O parque parecia se estender infinitamente ao longo de um enorme gramado onde homens de branco jogavam críquete. Toalhas desenhavam retângulos vermelhos e amarelos pelo gramado onde casais enamorados dormiam aninhados sob o sol, após esvaziarem todas aquelas garrafas de vinho.
*Conner e Dana.*
E todos pareciam olhar para mim.
*Chega, Jack!*
Uma torre de pedra do outro lado das árvores à minha esquerda ostentava um enorme relógio em seu topo. Cinco em ponto. Tinha de calcular que horas realmente eram para mim.
Corri sobre uma ponte e pelas margens do lago onde velhos jogavam migalhas aos pássaros que pousavam no gramado entre a água e a pista. Contornei o perímetro do parque por trás do zoológico, em sentido horário, de volta até a entrada.
Em sentido horário.
Parei diante de um pequeno jardim cercado, repleto de flores coloridas e cintilantes margeando o cascalho da trilha. Estava encharcado de suor. Minha camiseta colava à pele. Tirei ela, levei ao rosto e me abaixei, apoiado sobre o joelho.

"Está machucado?"

Assustado, deixei a camiseta cair e me levantei.

Um velho bigodudo se curvou em minha direção. Era um dos que jogavam críquete. Cheirava a tabaco.

Fumaça.

"Hã?"

"Seu pé", ele disse. "Precisa de ajuda?"

Minha meia estava coberta de sangue no ponto onde o tênis roçava contra o que restava da marca que Freddie Horvath tinha deixado em mim. Nem tinha notado.

"Ah!" Peguei a camiseta, desconcertado. "Machuquei faz algum tempo, achei que já tinha sarado."

"Cuide disso, então", disse o velho. "Até mais."

Ele se afastou.

Encontrei o caminho de volta até a entrada do parque e virei à direita na Marylebone Road.

O homem dos óculos esperava por mim ali.

Parado, com as costas apoiadas na cerca de ferro do parque, ele observou quando passei a camiseta encharcada pela cabeça. Estava sem os óculos, o que achei estranho, já que estávamos em um ambiente aberto e os óculos eram escuros. Ele ainda tinha aquele olhar, como se me conhecesse ou quisesse me dizer alguma coisa.

Meu estômago embrulhou. Tinha certeza de que estava sendo seguido pelo que Conner e eu tínhamos feito.

Olhei feio para ele novamente, virei o rosto para a entrada do hotel e continuei a corrida, deixando-o para trás.

Tirei os tênis e as meias. Abri a janela, descolei a camisa molhada do corpo e a dependurei sobre a dobradiça. Me alonguei na cama.

No celular, uma ligação perdida de Conner. Era bom ver o nome dele.

Ele nem disse "oi" ou algo assim. "Jack, como estão as coisas aí?"

"Oi, Con. Sei lá. Acabei de chegar. É bem legal. Só que tudo é diferente. Estranho. É bem fácil achar os lugares. Acabei de dar uma corrida de treze quilômetros no parque. Você vai ver o quarto que arrumaram pra gente. É meio esquisito."

"Tipo o quê?"

"Ah, tem uma cama só."

"Não conta pra Dana. Você sabe que ela te acha meio gay."

"Você não contou nada pra ela, né? Sobre o que aconteceu comigo."

"Sem essa, Jack. Você sabe que eu não faria uma coisa dessas."

Suspirei e me sentei na cama, como se visse o quarto com os olhos de Conner. "E você tem que deixar a porta do banheiro aberta para conseguir entrar no chuveiro."

"Nossa, que gay!"

"E a água tem gosto de peixe."

Conner riu.

"Fora isso e o povo estranho, acho que vai ser legal. Vou te buscar no aeroporto na segunda."

"Então está tudo bem com você, Jack?"

"Con, sinto que tem alguém me seguindo."

Silêncio.

Olhei pela janela, minha camiseta molhada pendurada ali, convencido, agora, de que talvez alguém ouvia tudo o que eu dizia.

*Chega, Jack.*

Conner quis descontrair. "Rá, você? Feio desse jeito, só se você pagasse pra alguém te seguir!"

Então me lembrei do sujeito do banheiro. Gary.

"Estou meio paranoico", continuei. Respirei fundo. "Mas acho que essa viagem vai ser boa para mim, e para você também. Estou evitando dormir para me acostumar ao fuso-horário. Vou tomar um banho e comer."

"Cara, não fica aí preso dentro do hotel. Sai pra tomar uma cerveja."

Nós dois tínhamos identidades falsas do estado de Idaho. Não que fizesse alguma diferença. E tínhamos ouvido falar que era fácil comprar cerveja por aqui.

"É, pode ser", eu disse, como se não quisesse, apesar de achar uma boa ideia. "Ah, Con, você pode fazer uma coisa pra mim?"

"O quê?"

"Esqueci o carregador do celular. A Stella vai me matar. Pode passar em casa e pegar pra mim?"

"Caraca! Você precisa colocar a cabeça no lugar."

"Eu sei."

"Bom, me dá uma ligada antes de a bateria acabar."

"Ok."

"E, Jack? Tá tudo bem agora, viu? Fica tranquilo."

## DEZESSEIS

Deixei a televisão ligada enquanto tomava banho. Ainda não conseguia entender como aqueles quartos eram projetados, porque não havia como entrar ou sair da banheira com a porta fechada, a não ser que você se espremesse por debaixo da porta de vidro do box. Era muito ridículo ter de fazer aquilo, pensei. Mas dava para ver a imagem invertida do jogo de futebol que passava na TV pelo espelho, então até que tinha sua vantagem.

Já estava escuro quando me vesti e desliguei o telefone após conversar com Stella. É claro que ela reclamou por eu ter esquecido o carregador do celular. Wynn repetia ao fundo: "Fala com o Jack que a visita dele e Conner ao St. Atticus está marcada para quinta". Pelo menos tinha uma desculpa para encerrar logo a conversa, precisava economizar a bateria do celular.

Segui para leste assim que saí do hotel naquela noite e encontrei um lugar perto da Warren Street chamado The Prince of Wales, um pub onde caras que pareciam ter a minha idade tomavam cerveja e comiam.

Percebi como estava com fome, e como seria bom estar num lugar que serviria cerveja para mim, então entrei.

Foi meio estranho ficar ali sozinho. Tive de me sentar em uma mesa comprida com garotos barulhentos que riam e bebiam. Depois de comer um sanduíche com batatas fritas, tomei coragem e pedi uma cerveja que, como pacientemente tinha me explicado uma menina da mesa, devia ser pedida pelo nome, para que eu não "desse uma de turista".

Todos me cumprimentaram e perguntaram se eu era da Califórnia, por causa da minha bermuda, então me ignoraram depois de me desejarem uma boa estadia nas minhas "férias". Saíram quando eu estava na segunda cerveja. Finalmente me senti relaxado, quase feliz, por ter superado todos os percalços e ter chegado até ali.

Queria ligar para Conner e contar o que estava fazendo, mas deixei o celular cair quando o tirava do bolso. Quase tive que me arrastar por baixo da mesa para alcançá-lo. Enquanto olhava rente ao chão, vi o homem dos óculos roxos entrar no pub e se sentar perto do bar, de frente para mim..

Ele continuava a me observar.

Endireitei o corpo e guardei o celular no bolso. Ele afastou os óculos do rosto. Tinha certeza de que ele estava me seguindo, e agora eu estava encurralado. Era como se estivesse sendo descoberto por todas as coisas horríveis que já tinha feito na vida, e não conseguia deixar de pensar que aquele sujeito sabia o que eu tinha feito com Freddie Horvath, que talvez estivesse planejando fazer algo pior comigo.

Senti vontade de vomitar.

Peguei o dinheiro na carteira e deixei ao lado do prato. Quando comecei a me levantar do banco para sair dali, o homem se levantou com uma cerveja na mão e ficou de pé perto da mesa, bem à minha frente.

De repente tudo ficou quieto.

"Olá." Sua voz era amigável, e ele tinha sotaque inglês. "Posso me sentar aqui, Jack?".

Meu coração quase parou quando ele disse meu nome.

O que eu podia fazer?

Sentia minhas costas escorregando pela parede atrás de mim, talvez em um desejo involuntário de escapar através dela.

O homem se sentou e colocou a cerveja na mesa. Ele sorriu para mim, como se esperasse que o reconhecesse. Mas nunca o tinha visto antes, a não ser pelas poucas vezes naquele mesmo dia.

"Você me conhece?" Eu girava automaticamente o copo de cerveja em cima da sobre a mesa. Em sentido horário. Já estava vazio.

O homem olhou para trás, em direção ao bar. "Você quer outra cerveja?"

"Não."

Sufoquei de pânico; meu coração disparou enquanto eu era estrangulado por uma mão invisível. Me sentia como se estivesse amarrado novamente. Pensei em sair correndo.

"Só queria saber se você me conhecia", ele disse. "Não queria incomodar."

Olhei para ele. Ainda havia algo de humano naqueles olhos, não eram como os de Freddie. Os olhos de Freddie Horvath não se importavam com nada.

"Não te conheço", eu disse. "Por que você está me seguindo?"

O homem tomou um gole.

Pensei que estava prestes a ser preso, ou pior.

"Peço desculpas se fui mal-educado", ele disse. "Não era minha intenção assustar você." Então ele estendeu a mão por cima da mesa e se apresentou. "Meu nome é Henry Hewitt"

Era como cair de um penhasco. Apertei sua mão.

"Sério", ele continuou, "você parece estar com medo de mim. Posso te garantir..."

"De onde você me conhece?", perguntei. Olhei bem em seus olhos e fiz o que pude para intimidá-lo.

Henry aproximou o rosto. "Conheço você há muito, muito tempo, Jack. Não de Londres. De Marbury. Quando te vi, quando finalmente te encontrei em Heathrow, sabia que era você."

Deve ser uma coincidência, pensei. Talvez ele conhecesse alguém parecido comigo de algum outro lugar.

"Acho que você se confundiu", respondi. "Não conheço nenhum lugar com esse nome."

"Marbury?"

"É, onde fica esse lugar?"

"Tem certeza, então?"

"Tenho. Deve ser outro Jack."

"Mas você se chama Jack", ele insistiu, como se pedisse satisfações ou tentasse provar a si mesmo quem eu era. Ou tentar me convencer. "Jack Whitmore."

Meus olhos lacrimejavam. Eu reprimi um bocejo e bati de leve com a mão na mesa. "Olha só, eu estou muito cansado. Passei o dia todo no avião. Vou embora. Desculpa, mas você se confundiu, tá legal?"

Quando comecei a me levantar, Henry sacou seus óculos do bolso atrás da lapela do casaco. Quando vi o brilho das lentes, a luz parecia cintilar de forma peculiar dentro delas.

Henry colocou os óculos e olhou para mim por um segundo, como se tirasse uma foto. Em seguida, ele os dobrou e os deixou sobre a mesa sem dizer uma palavra.

Henry virou a cerveja.

Olhei para os óculos e depois para aquele homem do outro lado da mesa.

"Jack, por favor, cuide bem dos seus amigos por lá. Quero dizer em Marbury."

"Nunca estive nesse lugar, já falei."

"Olha só", ele disse, aproximando o rosto. "Tem certeza de que não quer tomar outra cerveja comigo?"

Meus pensamentos estavam embaralhados. Precisava dormir, mas algo me mantinha ali, conversando com ele.

"Não, mas obrigado."

"Acho que vou beber mais uma", Henry declarou, enquanto voltava para o balcão do bar.

Os óculos estavam à minha frente. Ele era definitivamente estranho. Havia algo se mexendo dentro deles. Eu podia ver, mas tinha medo de olhar. Queria encostar neles, abri-los, mas sabia que isso seria meio rude. Ainda assim, alguma coisa me dizia que ele era um objeto único e interessante – e ele estava na mesa à minha frente, como se Henry estivesse me tentando.

Olhei para o bar.

Henry Hewitt não estava mais lá.

Somente um copo cheio de cerveja sobre o balcão e um garçom olhando para mim, de braços cruzados.

Fiquei de pé. Estava tonto. De repente, o lugar tinha ficado vazio. Havia apenas dois homens mais velhos, sentados em um canto escuro ao lado dos banheiros. E mais ninguém.

Perguntei ao garçom, "Você conhece o sujeito que pediu a cerveja? Sabe aonde ele foi?"

Ele levantou o queixo. "Ele pagou uma para você, camarada."

Ele empurrou a cerveja para mim. O copo gelado deixou um rastro úmido sobre o balcão de madeira do bar, como uma lesma.

Um cartão de visita estava preso pela borda debaixo do copo.

Saí do pub, olhei para os dois lados da rua, mas nem sinal de Henry. Entrei de novo.

"Vai querer a cerveja?", perguntou o garçom.

Peguei o cartão. Era um cartão branco. Nada além de rabiscos de tinta preta, letras de forma borradas pela força da escrita: NÃO ME PROCURE, JACK. CUIDE-SE. LEMBRE-SE DO QUE EU DISSE. – H.H.

"Não, obrigado."

Fui até minha mesa, guardei os óculos no bolso da bermuda e voltei para o hotel.

Não estava entendendo.

Henry disse que me conhecia há muito tempo. De um lugar chamado Marbury. Mas eu nunca tinha ouvido falar de lá. Ele só podia estar errado.

Ele tinha me seguido o dia todo. Não podia ser por coincidência que ele deixou os óculos na mesa. Tudo parecia muito proposital, planejado. Mas eu não conseguia entender a mensagem. Seria um jogo psicológico de um cara maluco? Ou um programa de TV?

Bebi demais, pensei.

*Freddie Horvath deixou minha cabeça assim.*

Às vezes, quase podia ouvir sua voz tentando me assustar, mas sabia que estava imaginando coisas.

*Você ainda não conseguiu escapar.*

## DEZESSETE

Meia-noite.
Fazia frio, fechei a janela. Deixei as cortinas abertas e tirei minha roupa para dormir. Deitado ali, olhava para o quarto que quase brilhava sob o luar prateado refletido pelo vidro irregular da janela antiga.
No meio da noite, ouvi algo se mexendo dentro do quarto.
Primeiro, o ruído de alguma coisa rolando debaixo da cama.
Como na cama de Freddie.
*Melhor olhar logo, Jack.*
Devia ser algo pequeno e esférico, de madeira – talvez um carretel de linha, talvez uma noz. Enquanto o objeto rolava, media a distância pelo som que fazia. Parecia ir de um lado ao outro da cama. Rolava e parava. E então, três batidas. Depois rolava para o outro lado.
*Ele deixou minha cabeça assim.*
*Melhor olhar, Jack.*
Rolava e dava três leves batidas. Cruzava o chão, traçando uma linha horizontal imaginária bem no centro de minha barriga.
Silêncio.
Rolava e... Tac.
Tac.
Tac.
Como se alguém estivesse batendo na porta, mas tinha certeza de que o barulho vinha de debaixo da cama.
Afastei as cobertas e acendi o abajur. Sei que foi um reflexo ridículo, mas a primeira coisa que fiz foi olhar para meu pé, para ter certeza de que não estava preso novamente. Passei as mãos sobre o tornozelo e depois me agachei para ver o que havia debaixo da cama.
*O que você está procurando, Jack? Alguma maneira de fugir?*
*Não se engane, Jack. Você ainda não conseguiu escapar de nada.*

Não via nada. Tudo escuro. Estiquei o braço para trazer o abajur para perto. Ele ficou dependurado no criado-mudo, balançando lentamente. De joelhos, apoiei o rosto e as mãos no chão.

Piso de madeira.

Ouvi um sussurro sibilante, como se alguém fizesse "shhh", ou dissesse algo. Era muito real.

*Ele deixou minha cabeça assim.*

Não havia nada lá.

*Não se engane.*

*Você ainda não conseguiu escapar de nada.*

Permaneci no chão. Estava tão cansado. Voltei para a cama e apaguei o abajur.

Dormi.

# Parte dois

## MENINOS ESTRANHOS

## DEZOITO

Acho que nunca dormi tão bem quanto naquela primeira noite em Londres. Quando acordei, fiquei deitado por alguns minutos, meu corpo afundava na cama macia sob o pesado edredom de penas, que parecia ser a única coisa que mantinha meu corpo coeso. Olhei para a perfeição do dia do outro lado da janela.

Talvez tenham sido ratos, pensei. Não importava, não tinha ouvido mais nada depois de dormir. Nem mesmo tinha sonhado.

Me levantei e abri a janela.

Mais tarde, depois de tomar o café da manhã e sair para correr, enquanto desajeitadamente me vestia para sair do hotel e explorar a cidade, sacudi a bermuda que tinha usado na noite anterior para procurar o celular, e os óculos de Henry Hewitt caíram nas dobras do lençol em que acabara de dormir.

Peguei os óculos e me sentei na cama. Eram muito antigos e frágeis. Tinham hastes metálicas douradas, delicadamente trabalhadas com fios entrelaçados e pequeninos altos-relevos pintados de preto. As lentes pareciam ser bem mais pesadas que o normal, como discos de rocha cristalina. Em uma delas, havia uma pequena lasca na borda, a coloração era irregular: roxo-claro e leitoso em algumas partes, e um tom de púrpura escuro e intenso em outras.

A HORA DA AMETISTA.

*Chega, Jack.*

Desdobrei a haste e estiquei os braços, levantando os óculos para ver a luz da janela através das lentes.

Ouvi novamente aquele som de algo rolando, mas dessa vez era mais alto.

Quando olhei através das lentes, vi algo estranho, era difícil entender. Vi um inseto, grande, preto, brilhante e molhado. Abaixei os óculos. Não ouvi mais o barulho.

Pensei que os óculos funcionavam como um telescópio se segurados à distância. Procurei por um inseto que poderia estar caminhando pela janela.

Mas eu havia deixado a janela aberta.

Mesmo assim, pensei, o inseto estaria andando por ali em algum lugar. Pelas paredes, talvez pelas cortinas...

Fui até a janela. Examinei cada lugar e balancei as cortinas, mas não encontrei o inseto. Ele seria fácil de achar, era bem grande. Não poderia ter desaparecido assim, de repente.

Estava lá, eu vi.

Sentei de novo.

Levantei os óculos.

E os coloquei.

*Você ainda não conseguiu escapar de nada, Jack.*

Não me lembro nem de ter abaixado os braços depois. E por que me lembraria? Após colocá-los, já não estava mais no hotel.

Lá estava o inseto.

O céu era como um domo acima da minha cabeça, como o teto de uma catedral, claro e quente.

Eu estava de pé, perto de um muro, olhando o inseto sair de um buraco vermelho-escuro do tamanho de uma ameixa podre. O ar era denso, úmido e fétido; adocicado e putrefato ao mesmo tempo. Estava fascinado por aquela coisa repugnante. Se o pegasse, o bicho era mais comprido que minhas duas mãos juntas. Nunca tinha visto nada parecido, nem mesmo em pesadelos. Ouvia a criatura mastigando enquanto desenhava um círculo em sentido anti-horário em torno da borda carnosa da concavidade de onde tinha saído, emitindo leves cliques molhados. Então, mais dois deles saíram do mesmo buraco úmido. Um deles caiu perto do meu pé, fazendo um barulho abafado. Dei um passo para trás.

Foi quando percebi que comiam a carne de dentro da órbita ocular de uma cabeça humana.

O corpo não estava lá, somente a cabeça como se estivesse pronta para conversar, fincada ao muro, na altura dos meus olhos, por uma grossa estaca de madeira que trespassava a outra órbita.

"Caralho!" Dei outro passo para trás enquanto o vômito subia pela minha garganta.

Tropecei em algo sólido porém macio e caí com as mãos abertas na terra. Ainda assim, não consegui tirar os olhos daquela cabeça presa ao muro cinzento que se impunha diante de mim. Um dos insetos escancarava sua carapaça negra e envernizada enquanto rasgava uma das narinas com as mandíbulas. O verde vivo de suas asas vibrava, e ele zumbia como o crepitar de uma carga elétrica. O sangue brotava do pescoço em nervuras, formando ramificações abruptas e reluzentes que entravam pelos sulcos do muro.

Senti algo nas costas da mão.

Mais um daqueles bichos.

Olhei para baixo, tremendo. E que roupas eram aquelas que eu estava usando? Não eram minhas.

Então eu o reconheci.

A cabeça no muro era de Henry Hewitt.

Fiquei ali, sentado na terra cinzenta. O resto do corpo de Henry estava bem próximo a mim, minha mão esquerda, aberta, apoiada sobre seu peito enrijecido.

Suas mãos também tinham sido decepadas. As mangas de seu casaco estavam encharcadas de vermelho até os ombros.

"Jack! Jack! Temos que sair daqui! Agora!"

Me virei. Reconheci aquela voz. Alguém chamado Miller. Ben. Tive de pensar, não tinha certeza de onde conhecia aquele nome. Não consegui ver de onde vinha a voz.

Um zunido, e três flechas, de penas negras como as carapaças daqueles insetos, alvejaram o muro, bem acima de mim.

"Jack! Aqui! Jack!"

De joelhos, rastejei para longe do corpo de Henry. Olhei para aquele muro apenas mais uma vez. Estava coberto de cabeças empaladas, além de membros e órgãos apodrecidos: mãos, corações, pés, orelhas, pênis.

Que porra de lugar era aquele?

*Bem-vindo ao lar, Jack.*

*Você ainda não conseguiu escapar de nada.*

Eu rastejava no chão. Mais flechas cortavam o ar por cima da minha cabeça. Pensava estar indo em direção à voz de Ben, mas não via nada. Tudo naquele lugar era um grande amálgama: o céu branco, o solo cinzento, sem sombras, calor, neblina, o cheiro, o som de algo rolando como aquele que vinha de debaixo da cama.

"Por aqui! Vem!"

Levantei o queixo, olhei para o chão entulhado. Havia a carcaça de um cavalo, sua barriga aberta e suas entranhas espalhadas pelo chão. A parte de baixo do corpo de um homem tinha sido enfiada pelo corte no corpo cavalo: o ato final e obsceno de uma performance grotesca.

Só o pé esquerdo estava calçado.

Onde estaria o resto daquele corpo?

Ben Miller vinha em seu sobretudo cinza-claro, sujo de borrifos de sangue, trazendo dois cavalos cansados, segurando as rédeas firmemente com sua mão ferida. Ele estava atrás de uma ravina onde uma avalanche de pedras tinha esmagado cadáveres e ossos. As pedras chegavam à altura dos ombros, empilhadas ao pé do muro de um assentamento.

Sabia quem era aquele menino, e também tinha uma vaga lembrança de onde estava.

De onde o conhecia?

Fiquei de pé e comecei a correr.

A flecha veio, silenciosamente. Me atingiu do lado direito, bem abaixo de minhas costelas.

Entrou.

Saiu.

A haste penetrou e passou, com aquelas penas negras horríveis, e vi meu sangue colorir de vermelho o chão desbotado, como se fosse alguma piada de mal gosto. Mas sentia muita dor. Como a dor de ser eletrocutado por Freddie, aumentada mil vezes e ainda mais.

*Você ainda não conseguiu.*

Caí de joelhos. Tentei impedir a queda com a palma das mãos, mas meu rosto acabou no chão, de lado, assistindo a um daqueles insetos voar em minha direção.

"Jack! Jack!"

O garoto, Ben Miller, corria em minha direção.

## DEZENOVE

Subitamente, levantei as mãos e senti um choque.

Lá estava eu, sem camisa, encharcado de suor, sentado na beira da cama olhando pela janela aberta, onde uma de minhas camisas tremulava etereamente com a brisa gelada, dependurada no fecho. Devo ter saído para correr. A camisa estava ensopada.

Era noite.

Minhas mãos tremiam.

Olhei para meu lado direito e esfreguei o local atingido com a mão.

Os óculos roxos estavam caídos no chão perto do meu pé. Com os cotovelos sobre os joelhos, apoiei a cabeça nas mãos. Estava coberto de suor. Fechei os olhos bem apertado e senti o ardor provocado pelas gotas de suor que escorriam sobre eles.

Ok.

*Que merda era aquela, Jack?*

Vamos pensar: o que tinha acontecido jamais poderia ser real. Freddie Horvath deixou minha cabeça assim.

*Freddie Horvath deixou minha cabeça assim e preciso pedir ajuda.*

Tinha de pensar. Colocar a cabeça no lugar.

Me deu vontade de tomar uma cerveja. Seria bom. E real. Fui até o frigobar e abri uma garrafa. Wynn e Stella ficariam sabendo. Stella ficaria furiosa. Aquilo seria bom, também. Wynn e Stella. Eles eram reais. Bebi. Não desceu bem.

*Calma, Jack.*

Acendi cada luz daquele pequeno quarto, de interruptor a interruptor.

Aqui

Eu estava aqui.

Deste lado: Inglaterra. Nove da noite. A última coisa de que me lembrava era de estar sentado na cama depois do café da manhã, e de sacudir as cortinas à procura de um inseto.

Insetos.

Daquele lado: As piores coisas que já tinha visto na vida. A cabeça de Henry Hewitt empalada em um muro. Um muro de corpos dilacerados. Flechas. Um menino chamado Ben Miller gritando o meu nome, puxando dois cavalos atrás de cadáveres e rochas. E eu, atingido por uma longa flecha negra. Ainda podia sentir a dor, a vibração da haste que oscilava a cada respiração e pulsação de meu sangue, a dor, queimando, esfaqueando cada nervo do meu corpo.

Corri até o vaso e vomitei.

Sentei na beira da cama. Não vestia nada além da cueca, e estava todo molhado. Fechei a janela e tomei outro gole daquela cerveja quente e espumante. Meu cabelo pingava água sobre os ombros e o chão de madeira. Fui ao banheiro novamente e dei uma conferida no ambiente. Tinha tomado um banho. Uma toalha, tênis de correr, a bermuda e as meias espalhados pelo chão. As roupas estavam úmidas e cheiravam a suor. Provavelmente eu tinha saído para correr de novo.

*Por que não consigo me lembrar?*

*Freddie Horvath fez alguma coisa com a sua cabeça e é melhor pedir ajuda, Jack.*

Procurei as roupas que ia usar depois do café da manhã e esvaziei os bolsos da calça sobre a cama.

Os óculos. No chão. Pensei nos óculos. Não queria olhar para eles, então tateei ao redor. Senti que meus dedos tocaram a haste fina dos óculos, então eu os peguei e os enfiei dentro de uma das meias suadas.

Não queria ver aqueles insetos novamente.

A cerveja começava a subir. Queria outra. Sentia-me culpado por beber, mas também me sentia bem.

*Porra! O Jack se sente culpado por tudo.*

Abri outra cerveja e voltei para a cama.

A bateria do celular tinha acabado. Tentei lembrar se tinha conversado com Conner, com qualquer um que pudesse confirmar que eu estava ali hoje. Passaporte, dinheiro, papéis dobrados. Encontrei o cartão todo borrado que Henry Hewitt tinha deixado no pub debaixo de um copo de cerveja.

Enquanto tomava outro gole, peguei o papel e esfreguei a tinta preta com o polegar. Balancei a cabeça.

*Devo estar ficando louco.*

*Não, estou completamente maluco.*

Havia um pedaço de papel amarelo, do tamanho de um cartão, guardado entre as folhas do passaporte. Era um bilhete de um passeio de barco pelo Tâmisa, e tinha sido emitido naquela tarde.

*Muito bem. Aparentemente, Jack Maluco tinha ido passear de barco.*

Liguei a câmera. Fiquei atordoado, como se fosse perder os sentidos. Eu me ajoelhei e apoiei cotovelos na cama, como se fosse rezar, segurando a câmera na altura dos olhos. Avançava as fotos uma a uma: Marylebone Street em frente ao parque, uma foto borrada da estação de metrô, barcos no rio e as Câmaras do Parlamento. Depois, fotos de um barco coberto por um teto de vidro: a London Bridge e, finalmente, eu, sorridente, de pé em um dia ensolarado, apoiado em um corrimão vermelho no convés de um barco, sob o céu azul perfeito da cidade.

Acho que fiquei olhando aquela foto por meia hora, examinando cada detalhe.

Eu parecia feliz ali, de pé, de calça jeans larga e camisa branca com os dizeres COLÉGIO GLENBROOK, CROSS-COUNTRY, as mãos no bolso, com um boné virado para trás, o cabelo caindo sobre um dos meus olhos, desalinhados por uma brisa que sentia que me lembrava de sentir, que me relaxava. Sorrindo.

Fiquei me perguntando quem teria tirado a foto?

Tentei ligar o celular novamente, irracionalmente esperando que ele ligasse.

Vesti uma camiseta e calça jeans. Então guardei os óculos de Henry, ainda enrolados na meia, no bolso de trás. Calcei meus Vans.

E então voltei ao Prince of Wales.

## VINTE

Isto é real.
Meu pé dentro do tênis.
O barulho dos carros na rua.
Enfio a mão embaixo da camisa e aliso o lado direito do meu tronco.
Isto é real.
Os óculos de Henry estão enrolados na meia e sei que estão no bolso de trás.
Não consegui fugir de nada ainda.

Sábado à noite.
O pub estava cheio; um trio tocava folk com violão, bandolim e tambor, em um palco improvisado ao fundo. Vi o mesmo garçom da noite anterior e, assim que comecei a ir em sua direção, senti alguém colocando a mão sobre meu ombro.
Era um toque delicado. Me parou e virou meu corpo.
"Achei que você não vinha mais. Quase fui embora."
Senti que estava ficando pálido, como se todo sangue fosse drenado de meu corpo, e meus olhos encontraram os dela.
"É a Nickie, com i-e", explicou, soletrando devagar. Naquele momento me lembrei que tinha salvado o número dela no celular, mais cedo, antes de a bateria acabar. Foi ela que tirou minha foto, após nos conhecermos no barco. Lembrava agora, como ela tocara de forma tão suave minha mão enquanto eu fotografava, perguntando se eu queria que ela tirasse uma foto minha, já que eu estava sozinho, para enviar aos meus amigos. Nickie.
*Que raios está acontecendo comigo?*
Suspirei e sorri. "Des... desculpa. Não vi o tempo passar. Acho que é o jet lag... Vou melhorar."

Ela sorriu de volta.

"Que bom que você chegou", ela disse, e acrescentou, "Jack."

Então segurou minha mão.

Engoli em seco. Provavelmente era a menina mais bonita que já tinha conversado comigo.

Ela usava uma daquelas calças jeans que são apertadas nos tornozelos e um suéter cor-de-rosa que marcava sua cintura e que tinha um decote V que deixava à mostra a pele perfeita e macia do seu colo. E olhava para mim com doces olhos azuis – e um leve sorriso em seus lábios, e o brilhante cabelo negro se esparramando sobre os ombros –, como se quisesse me contar um segredo.

Nickie.

"Quer beber alguma coisa? Comer algo?", gaguejei.

"Está muito cheio aqui, Jack", ela disse "Vamos dar uma volta?"

Olhei para trás, em direção ao garçom. Ele nos observava.

*Todos estão olhando para você, Jack.*

Segurei a mão de Nickie. "Vamos."

Na calçada, Nickie passou o braço por baixo do meu e perguntei, "Para onde?"

Nickie sorriu e disse, "Vem, vou te mostrar um lugar".

Enquanto caminhávamos em direção ao metrô, decidi ficar calado e deixar Nickie falar. Afinal, não era todo dia que um cara como eu deixava uma garota como ela esperando. Quanto menos eu falasse, melhor. Senão, acabaria assustando a menina.

*Ei, Nickie, já te disse que fui sequestrado por um maníaco chamado Freddie Horvath? Pois é, ele injetou umas drogas em mim, me eletrocutou e achei que ele fosse me matar? E, ah, depois ele tentou me estuprar também.*

*Mas eu fugi dele.*

Você ainda não conseguiu escapar de nada, Jack.

*Freddie Horvath deixou minha cabeça assim.*

*E, então, eu e meu melhor amigo, Conner, matamos o cara. Foi um acidente, mas o fato é que o filho da puta acabou morrendo. Te contei isso, Nickie? Ou te contei que não consigo nem lembrar como te conheci porque fiquei a tarde toda alucinando pessoas sendo esquartejadas e devoradas por insetos gigantes. Achei até que tinha levado uma flechada.*

*Contei sobre essas coisas, Nickie?*

*Porque dessas coisas eu lembro.*

Passei a mão sobre o bolso de trás e senti o volume daqueles óculos.

Ela me levou até Hampstead, a região de Londres onde morava com a família. Comemos comida tailandesa em um café e depois fomos de metrô até Piccadilly.

Nickie me flagrou enquanto eu a observava no metrô. Na verdade, eu não olhava diretamente para ela, olhava para a janela, para as manchas e reflexo que passavam. Vi meu rosto refletido, e em alguns momentos eu parecia assustado.

Então Nickie disse, "Você tem um segredo, não é, Jack?"

Desviei o olhar, desconcertado.

"Não sei, o que você acha?"

"Por mim, tudo bem."

Ela disse aquilo como se soubesse, como se pudesse me curar. Talvez fosse apenas meu desejo de que aquilo fosse verdade, porque já não sabia mais em que acreditar.

Eu disse, "Obrigado por jantar comigo, Nickie. Estou começando a me sentir bem, menos sozinho".

Estava quente e úmido, e nos sentamos nos degraus sob a estátua de Eros, olhando para as luzes e para os carros. Eu ficava muito à vontade com ela, mas, ao mesmo tempo, era como se não estivesse totalmente ali.

"Por que você fez aquilo?", eu disse. "Perguntar se eu queria que você tirasse aquela foto, quero dizer?"

Nickie estava sentada ao meu lado, a perna dela encostada na minha.

"A Rachel apostou que eu não teria coragem."

Então lembrei. Ela estava com uma amiga. Estavam de vestidos, uniformes, como se tivessem saído da escola.

"Ah, a Rachel."

"Era só de brincadeira." Nickie sorriu. "Quer dizer, a gente nunca faria um passeio turístico em qualquer outro dia. Mas, quando vi você na fila, precisava te seguir."

"Você *me* seguiu?"

*Todos estão te seguindo.*

"Você chamou a minha atenção. Não sei por quê, mas tinha que ver o que você estava fazendo ali, sozinho. A gente riu observando sua tentativa de pedir um café no barco. Quando o garçom perguntou se você queria um americano você ficou todo perdido e disse, 'eu sou americano'. Aquilo foi tão... bem..."

A voz dela foi sumindo devagar, se misturando aos sons daquela praça e daquela noite de verão perfeita.

*Isto é real.*

*Não é?*

"Bom, seja como for, o café era horrível", eu relembrei.

*Como você pode se lembrar do gosto do café e não de Nickie?*

*Freddie Horvath deixou minha cabeça assim.*

*Você precisa de ajuda.*

"Então, imagino que você pensou que eu precisava de ajuda ou algo parecido."

"Eu disse que te achava interessante", Nickie confessou. "E Rachel apostou que eu não conseguiria nem te cumprimentar."

"Interessante?"

Nickie riu. "Ah, você sabe, um charme algo assim. Bem. Você é muito bonito. Quando eu finalmente me aproximei, você foi simpático e aberto. E não fez cerimônias para pedir meu telefone."

"Não pude evitar."

Ela pegou a minha mão.

"Por que você não compra um carregador para o seu celular amanhã, Jack?"

Pensei por um momento. "Acho que não. Não quero ficar muito conectado ao mundo lá de casa. E o Conner vai trazer meu carregador na segunda."

"Se quiser, pode ligar para ele do meu celular", ela disse, enquanto conferia as horas em seu relógio. "Ainda não é noite lá. E já está ficando tarde aqui."

Ela me estendeu o telefone.

"Podemos fazer algo amanhã?", perguntei.

"Vou à igreja com meus pais de manhã. Posso ligar para o seu hotel à tarde."

"Que horas?"

Peguei o celular dela.

"Às três", disse Nickie.

"Estarei lá, sem falta."

"Não me deixe esperando de novo, Jack. Vem cá, vou colocar o código." A mão de Nickie se apoiou sobre a minha enquanto ela digitava o código dos Estados Unidos. Olhei para seu rosto e, quando teclei o telefone de Conner, ela se aproximou um pouco e seu cabelo roçou meu rosto.

"Pronto", ela disse.

Quase esqueci o telefone de Conner.

"Alô?", ele atendeu.

"Fala, Con", eu parecia chocado, até mesmo pra mim.

"Jack? O que aconteceu? Já sei. Sua bateria acabou de novo."

"Pois é."

"Tentei te ligar. Tudo bem, aí?"

"Tudo bem. Fala pro Wynn e pra Stella que está tudo bem. Estou ligando do celular de uma amiga."

"Uma amiga? Quem?", Conner perguntou.

"Conheci uma menina hoje."

"E aí, cara, se deu bem? Já posso contar pra todo mundo que você não é gay? Acho que a Dana vai ficar chateada."

"Deixa de ser babaca, Con." Afastei o celular do ouvido. "Vou te colocar no viva-voz."

Segurei o celular à frente de Nickie e ela apertou um botão.

"Tá me ouvindo?", perguntei.

"Estou."

"Conner, essa é a Nickie."

"Oi, Conner", Nickie cumprimentou. "Acho que você tem um amigo muito legal!"

"Nossa!", foi tudo o que Conner disse. E então, "Jack, me tira do viva-voz."

Estava com vergonha, coloquei o celular ao ouvido novamente.

"Que foi?"

"Cara", ele disse. "Voz de mulher gostosa!"

Senti que estava ficando vermelho enquanto olhava para Nickie. Tenho certeza de que ela sabia o que ele estava dizendo.

"Ela é, Con."

"Qual que é o *defeito* dessa mulher? Ela tem um olho só ou o quê?"

"Até segunda, seu babaca."

Já era quase meia-noite, e chamei um táxi para Nickie voltar para Hampstead.

"Até amanhã", eu disse. Soltei meu braço do dela e fiquei olhando para seus olhos enquanto o taxista esperava com a porta aberta.

Era tão estranho. Queria beijá-la na boca, mas nunca tinha beijado ninguém.

"Boa noite, Jack", ela disse.

Nos abraçamos, e eu fiquei olhando para Nickie enquanto ela se afastava de mim em direção ao carro. Estávamos os dois frustrados, imagino. Quando o táxi partiu, eu chutei o chão. Me odiava. Devia ter dado um beijo de boa noite e agora ela nunca vai ligar para mim amanhã.

## VINTE E UM

Tentei encontrar uma estação de metrô, mas a mais próxima estava fechada. Comecei a andar pelas ruas, sem direção. Percebi, então, que não fazia mais ideia de onde estava. Decidi voltar para a estátua onde estávamos mais cedo, ou pelo menos *acreditava* estar indo para lá, na esperança de encontrar uma estação aberta, ou talvez um táxi.

Mas não me importava. Me sentia finalmente feliz. Era a primeira vez em que sentia algum alívio.

Ainda que não fosse durar.

A rua se alongava à minha frente, escura e estreita. As casas, espremidas umas nas outras, se elevavam retas e sisudas por trás de cercas de ferro e árvores esmaecidas. Não via ninguém. Talvez tivesse virado a esquina errada.

Ouvi um barulho. Baixo, como uma pequena bola de madeira rolando sobre um piso de tacos.

Comecei a correr, na esperança de que os sons de minha respiração desesperada e das pisadas cada vez mais duras abafassem a pergunta insistente: *por que isso tudo está acontecendo comigo?* Continuei seguindo na direção das luzes que via e finalmente cheguei a um cruzamento de ruas movimentadas. Uma escada levava ao subsolo, o metrô, pessoas, barulho.

*Você ainda não conseguiu escapar de nada, Jack.*

Ao longo de todo o caminho de volta ao hotel, fiquei com a mão dentro do bolso de trás, sobre a meia que embrulhava os óculos roxos. Pensei em deixá-los no vagão, jogá-los no rio, em mil formas de me livrar deles, mas era tarde demais.

Precisava deles.

Precisava deles para ter certeza de que não estava ficando louco. Ou talvez para me lembrar de que o que eu tinha visto ficava do outro lado das lentes, porque de fato *estava* perdendo a noção da realidade.

Pedi ao recepcionista um pedaço de fita adesiva e ele olhou para mim como se estivesse imaginando que tipo de drogas precisavam de fitas adesivas. Ainda assim, me entregou um rolo. Prometi devolver pela manhã.

Dentro do quarto, fechei a janela e as cortinas. Descalcei os tênis e me sentei à escrivaninha. Deixei os óculos dentro da meia sobre a cama. Peguei, então, o bloco de notas do hotel e comecei a escrever bilhetes para mim mesmo.

Jack: Não saia do quarto.
Jack: Nickie vai ligar às 3 da tarde.
Jack Wynn Whitmore

Colei todos os bilhetes na porta, bem à vista.

Ouvi novamente o som de algo rolando.

Algo estava para acontecer.

Rolava.

Tac.

Tac.

Tac.

Vinha de debaixo da cama, de novo.

Olhei para o relógio sobre o criado-mudo. Escrevi as horas em outro papel:

12h37

Rolava.

Tac.

Fiquei de joelhos e olhei debaixo da cama.

Ouvi uma voz. Um sussurro:

"Seth."

*Seth.*

*Freddie Horvarth deixou minha cabeça assim e preciso de ajuda.*

Respirando com dificuldade, me joguei para cima da cama e me recostei na cabeceira, descalço, vestindo jeans e uma camiseta. Em outro papel, fiz uma lista das roupas que estava usando.

Peguei a meia e enfiei meus dedos nela. Senti os óculos lá dentro.

Puxei os óculos para fora.

Rolava e... Tac. Tac. Tac.

"Não vai acontecer nada", disse para mim mesmo.

*Você ainda não conseguiu escapar de nada.*

Coloquei os óculos.

## VINTE E DOIS

Dor.

Doía muito. Eu estava passando mal, sentia a febre ardendo dentro de mim.

Abri os olhos e estava deitado no interior do que parecia ser uma caverna, enrolado em um cobertor fedido que estava encharcado com meu suor. Podia ver o céu branco e chapado através das reentrâncias pontiagudas de uma fenda lá no alto, e eu não sentia minhas pernas. Tudo o que sentia era uma agonia insuportável.

Virei a cabeça para vomitar.

Vi sombras. Outras duas pessoas estavam ali comigo. Garotos. Eu os conhecia.

Mas como? Sabia tudo sobre eles: Ben e Griffin. Meio-irmãos. O pai de Ben tinha morrido no começo da guerra, quando a peste se espalhou. Era uma doença que não nos contaminava. Griffin tinha nascido quando a escuridão já tomava conta de tudo.

Ben Miller sentou-se ao meu lado. Ele se inclinou quando viu eu me mexer. Quando vomitei, foi como se um animal escavasse um túnel para fora do meu corpo. Gritei.

"Ei! Faz ele parar de gritar!", ouvi Griffin Goodrich vindo em nossa direção do lugar em que estava perto da entrada.

"Shhh...", Ben passou um pano molhado no meu rosto. "Calma, Jack."

Depois ouvi dizer, "Ele está acordando."

"É bom mesmo, Ben. Ou vou deixar ele aqui. Vocês dois. Dois dias aqui é tempo demais. A gente tem que ir embora."

"Vai ficar tudo bem", Ben tentou acalmá-lo.

"Se encontrarem a gente, não vai, não! Você quer acabar com a cabeça fincada na porra de um muro como Hewitt e os outros?

O cheiro de vômito na minha cara me fez querer vomitar de novo, mas eu tentava me controlar. Minha barriga se contraía involuntariamente, como se rasgassem meus órgãos. Passei a mão pelo peito até o quadril. Estava molhado e pegajoso. Então me lembrei da flecha negra, mas ela não estava mais cravada em mim. Com a ponta dos dedos, senti os nós de uma sutura improvisada com o que parecia um cadarço."O que aconteceu?"

"Como está se sentindo, Jack?", Ben perguntou.

Tentei me sentar, mas não consegui. Respondi com um, "Uh".

Ben limpou meus lábios e colocou a mão embaixo do meu braço. Ele olhou para Griffin.

–"Vou tentar te tirar dessa poça que você fez, Jack. Tente não fazer isso de novo se conseguir, cara."

Ele me arrastou para que minha cabeça ficasse mais próxima da luz que vinha da entrada da caverna.

Griffin segurou uma garrafa de plástico acima do meu rosto.

"Foi o que sobrou", ele disse.

Ele abriu a garrafa e despejou um pouco de água turva e quente em meus lábios.

Engoli.

"Valeu, Griff." Me lembrei de que todos – pelo menos os que restavam – chamavam o menino de Griff. Ele tinha só 12 anos. Ben tinha 14. Pelo que sabíamos, agora éramos apenas os três. Apenas meninos. E não víamos uma menina havia anos. Pelo menos nenhuma menina viva. Ou um ser humano que fosse.

Sabia onde estava.

Marbury.

Griffin tampou a garrafa e voltou para a entrada da caverna.

Com esforço, levantei o corpo, me apoiando sobre os cotovelos.

"Quero ver se está muito feio, Ben."

Ben Miller veio até mim e se agachou ao meu lado."Não está tão feio", ele disse. Afastou a coberta do meu peito. "Passou por onde haveria gordura, se você tivesse um pouco. Mas não fica com raiva de mim. Foi o Griff que te costurou. Você sabe que não conseguia nem olhar, Jack, estava tão assustado que achei que você fosse morrer.

A ferida se dobrava para fora, como dois beiços inchados, costurados por um fio sinuoso. A pele em volta também estava muito escura, exatamente como a ferida das costas.

"Tivemos que rasgar sua camisa toda para conseguir aquele fio. Ela já estava destruída mesmo."

Afastei a coberta. Eu vestia só uma calça larga e rasgada nas pernas. Nada além de uma calça. Havia uma enorme faca de lâmina reta no chão, ao meu lado. Sabia que era minha."

"O que aconteceu?", perguntei.

"Você não lembra?"

"Não estou conseguindo me lembrar de nada", disse. Fechei meus olhos, tentei imaginar Conner, Nickie, Londres.

Conner e Dana na cama naquela festa.

Freddie Horvath.

Que merda está acontecendo comigo?

*Você ainda não conseguiu escapar de nada, Jack.*

"Foi há dois dias, perto do assentamento de Bass-Hove. Nós encontramos. Mas já estavam nos esperando, sabiam que estávamos indo. Pegaram quase todos." Baixou a voz até sussurrar. "Agora somos só nós três."

Ben olhou para Griffin. "O que a gente faz agora, Jack? Estou com medo e não temos para onde ir."

"Porra!", gritou Griffin. Então ouvi o som de duas pedras pesadas batendo uma contra a outra.

Ben se levantou de uma só vez.

"Os necrófagos estão vindo", disse Griffin. "Eu sabia! Tem alguma coisa morta nessa caverna. A gente tinha que ter procurado melhor. Agora esses malditos sabem onde a gente está!"

Griffin levantou a pedra que tinha usado e a jogou novamente no chão, esmagando um inseto que acabava de invadir nosso esconderijo.

Eu sabia que logo milhares deles viriam. Milhões. E também sabia o que viria atrás deles.

Ben me alertou, "Você vai ter que cavalgar, Jack. Pega os cavalos, Griff."

Sem dizer nada, Griffin deixou seu posto novamente e desapareceu no véu branco da neblina.

"Me ajuda a levantar."

Estendi a mão para Ben.

"Fica aqui. Deixa eu pegar os sapatos primeiro.

Eram botas de trabalho, de pares diferentes, tinham o couro bem surrado. Ben me calçou e amarrou os cadarços segurando cada pé entre os joelhos.

"Você vai aguentar, Jack? Não sabemos o que fazer sem você."

Levantei o tronco até conseguir me sentar.

Doeu.

"Acho que vou."

Rolando e... Tac. Tac. Tac.

Aquele barulho.

Ainda segurando meu pé entre as pernas, Ben virou o rosto em direção ao ruído.

Então vi, de pé no fundo da caverna, ao lado de Ben Miller, um menino pálido e descalço, de olhos fundos e negros, que parecia ter a minha idade.

Ben disse, "Maldito fantasma! Tudo que a gente precisava. Por isso aquele necrófago encontrou a gente tão fácil."

O menino se sentou e abraçou os joelhos contra o peito. Ele parecia assustado.

Pensei que havia chorado, mas sentou lá e ficou me observando; e entendi que ele também me conhecia e que estava me seguindo, esperando que alguma coisa acontecesse.

Podia ver as rochas da caverna através de seu corpo. Então ele foi ficando mais rarefeito até se dissipar em um tipo de névoa, espalhando-se pelo chão onde estava sentado.

Ben olhou para mim. "Nunca fiz isso antes. Ouvi dizer que funciona. O Henry disse que já tinha feito, você se lembra?"

"Não."

Não me lembrava bem das coisas.

Ben virou o rosto para o fundo da caverna onde a névoa acinzentada pairava sobre o chão quente e disse, "Se você pode ajudar, então faça isso logo, seu moleque! Por sua causa temos que fugir de novo, então é o mínimo que você pode fazer. E, se não fizer nada, os necrófagos vão te pegar".

A névoa se condensou, como um tapete, e o menino estava lá de novo, agora de pé.

Rolando e... Tac.

Ele era bem magro, quase esquelético, descalço. Vestia só uma calça rasgada presa à cintura por uma corda, que já começava a se desmanchar, sem camiseta ou chapéu. Estava sujo e malcuidado. Seu cabelo repicado e claro descia pelo rosto, para baixo das sobrancelhas.

"E então?", Ben perguntou, impaciente. "Se não vai ajudar em nada, pra que está seguindo a gente, porra?"

O menino desapareceu no ar, formando novamente a névoa sobre o chão. A fumaça veio serpenteando em minha direção e, antes que eu pudesse reagir, se infiltrou entre os pontos da ferida.

A névoa era morna, podia senti-la preenchendo cada parte do meu corpo. Eu sabia quem ele era.

Ouvi dizer seu nome mais uma vez:

"Seth."

## VINTE E TRÊS

Involuntariamente, levei a mão ao ferimento.
Não senti os pontos.
Os óculos estavam desdobrados sobre o travesseiro ao meu lado e a cama, encharcada com meu suor.
Precisava vomitar, lutei para tirar minhas pernas da cama e colocá-las no chão. Tropecei e vi os bilhetes que tinha colado na porta.
*Que merda está acontecendo comigo?*
Engasgando, cheguei ao vaso bem a tempo.
Quando acabei, lavei o rosto com água fria e voltei para a cama.
Olhei as horas no relógio sobre o criado-mudo.
12h37
Nem mesmo um minuto tinha se passado desde que colocara os óculos.
Aquilo não podia ser real.
*Freddie Horvarth deixou minha cabeça assim, preciso pedir ajuda.*
*Já chega, Jack. Hora de dar um fim nessas malditas lentes.*
Agora.
Dobrei os óculos, coloquei-os na meia, e depois enfiei no fundo da mochila. Precisava de tempo para pensar. Precisava de ar. Abri a janela e olhei para as luzes que passavam pela rua.
Quem eu estava enganado? Não conseguiria me livrar daquelas lentes.
O vidro da janela espalhava a luz que vinha do parque.
Espalhar a luz.
É isso. Talvez aqueles óculos fossem algum tipo de prisma que filtrava o que podíamos ver, que separava a superfície, como abrir aquelas bonecas russas, e revelassem o que estava acontecendo em outro lugar.
Dentro
Marbury.

Era a única explicação.

*O centro do universo.*

*Cacete, você está ficando doido, Jack.*

Queria olhar através das lentes novamente, mas me segurei.

Precisava me segurar.

*Porra, é loucura demais, Jack.*

Corri até o vaso e vomitei mais uma vez. Caí de joelhos. Sentia frio e tremia, coberto de suor. Apoiei o rosto sobre os braços cruzados, pairando sobre a água turva. Ouvi alguma coisa rolando pelo chão, bem atrás de mim. Tinha passado tão perto que sua vibração fez cócegas em meus pés descalços.

Tac. Tac. Tac.

Levantei a cabeça. Nada.

Se Conner achasse que minha aparência estivesse pior do que naquela noite que fugi de Freddie Horvath, pálido, coberto de suor e cheirando a vômito, seria difícil de imaginar. Estava exausto. Olhei dentro dos meus olhos – não sei por quanto tempo – e disse: "Seth?"

Ouvi o estrondo surdo de um murro na parede do banheiro.

Sussurei, "Você está aqui?"

Dei um passo pela porta.

Clique. Clique.

Todas as luzes se apagaram. Então, minha mochila caiu sozinha debaixo da janela e alguma coisa veio rolando dela, pelo piso, e parou diante dos meus pés.

Um papel embolado, bem amassado.

Abri. Era o bilhete que eu tinha colado na porta – aquele com o meu nome. Abaixo dele, com letras de fôrma infantis e traços trêmulos, estava escrito Eu me chamo Seth.

Fiquei parado. Tudo ficou silencioso e inerte.

Desamassei o papel e o deixei sobre o criado-mudo. Entrei embaixo das cobertas, tremendo, sem me trocar, e aguardei no silêncio até que, exausto, dormi.


O dia se alongava em uma sucessão infindável de perguntas e dúvidas, até que se aproximou a hora que Nickie tinha combinado de me ligar. Durante a corrida, pela manhã, tinha decidido pedir ajuda, ainda que nem soubesse como começar.

*Ei, Nickie, você conhece algum psiquiatra bom? Porque o Jack aqui perdeu a noção da realidade e pode até ser uma ameaça para você.*

*Só para você saber.*

*Freddie Horvarth me deixou assim e nunca vou me recuperar.*
*Chega, Jack.*

Tentei ficar longe do quarto, com medo de ceder e usar novamente os óculos. Caminhei para o mais longe que pude. Fui até o metrô para comprar bilhetes para buscar Conner no aeroporto de Heathrow pela manhã.

Vaguei pela cidade.

Procurei ocupar a cabeça com qualquer coisa que não fosse Marbury ou Freddie Horvath, mas não conseguia pensar em nada que não levasse a um dos dois.

Por fim, voltei ao hotel para tomar banho. Ainda era início da tarde e o telefone do quarto começou a tocar assim que a abri o chuveiro.

Corri para atender, deixando pegadas molhadas pelo caminho e respingos sobre a escrivaninha. Tirei o fone do gancho. Tentei falar normalmente enquanto recuperava o fôlego. Tinha deixado o chuveiro ligado. O barulho da água parecia chuva.

"Alô?"

"Oi, Jack."

Não era a Nickie.

"Sou eu. Henry."

Puxei a cadeira e me sentei. Olhei para as duas poças que se formavam sob meus pés com a água que escorria de minhas pernas no piso de madeira.

Era como nascer.

"O que foi?", perguntei.

"Só queria saber como estão as coisas."

"Uma merda."

Acho que ele deu uma risada.

"Tenho algo que é seu. Acho que preciso te devolver", disse a ele.

"Eles não me servem de nada agora. Você já deve estar sabendo... Ou ainda não foi para lá?"

"Fui, sim." Ouvia a água, olhei para o vapor que saía pela porta do banheiro. "Mas nunca mais volto."

"Você não faz ideia de quantas vezes jurei a mesma coisa, Jack. Mas você precisa voltar."

"Por que você ligou?"

"Para saber como você está, já disse. Mas quero perguntar uma coisa também."

"O quê?"

"Quantos ainda estão vivos?"

"Ben e Griffin. Mais ninguém."

"É uma pena." Pude ouvi-lo expirar. Suspirar, talvez. Ou talvez fumasse um cigarro. "Cuide-se, Jack. Ah, só quero ter certeza de uma coisa. Como estão as coisas em Marbury?"

"É um deserto branco."

"Certo."

"Henry?"

"Hmm?"

"Aquilo é real?"

"Você sabe tão bem quanto eu, Jack. Claro que é. Tão real quanto qualquer outra coisa. Cuide-se. Talvez ainda nos falemos. Deste lado, é claro."

"Não pode me ajudar?"

"Foi por isso que disse para não me procurar, Jack. Não há nada que eu possa fazer. Você sabe disso. E não há mais ninguém capaz de ver através das lentes a essa altura. Tentei encontrar Griffin e Ben, mas não consegui. Fique bem. Você sabe o que deve fazer. Tenho certeza."

Henry desligou.

Fui até o banheiro e entrei novamente na água morna.

Nickie me encontrou no saguão. Ela trouxe uma cesta de piquenique, estendemos uma toalha no gramado do parque e tomamos chá juntos. Foi um dia perfeito.

Por mais que eu tentasse, não conseguia agir naturalmente perto dela. Então, após várias tentativas desengonçadas de conversa – perguntando-lhe sobre a da igreja, como ela dormira depois de nosso jantar –, ela começou a suspeitar que alguma coisa estava me incomodando.

"Tudo bem com você, Jack?"

Deitei-me sobre a toalha e olhei para o azul do céu, imaginando se ele era mesmo azul.

"Eu gosto de você, Nickie."

Ela encostou a mão no meu ombro. Era tão bom, nunca tinha sentido algo como aquele toque. "Também gosto de você. Quer dizer, para um americano você é até bem legal", ela riu. "Bem misterioso... e parece ser inteligente, também."

"Aconteceram umas coisas muito ruins comigo", suspirei.

Nickie aproximou o rosto e ficou bem perto de mim. Seus cabelos caíram sobre mim e fizeram sombra nos meus olhos.

"Que coisas?"

"Alguém fez algo. Horrível. Não sei se consigo te contar ainda. Mas queria dizer pelo menos alguma coisa. Acho que tem algo errado comigo depois do que aconteceu e não quero que isso atrapalhe tudo." Desviei o olhar, observei os cabelos dela. Queria que eles me cobrissem inteiro. "Espero que você tenha paciência comigo."

"Posso ser paciente. Mas até certo ponto."

"Desculpa, Nickie."

Ela colocou a mão sobre a minha e se sentou de frente para o pequeno lago.

"Quando você quiser falar, eu vou escutar."

"Tudo bem."

Nickie tentou mudar de assunto, mas senti que ela se sentia mal por mim, talvez sentisse pena.

"Você deve estar empolgado para ver seu amigo amanhã, não é?"

Pensei um pouco. Ainda me sentia muito culpado pelo que eu e Conner tínhamos feito e nem sabia como contar para ele sobre Henry e os óculos. Talvez fosse melhor não dizer nada.

"Estou", respondi.

"Sabe, vou a Blackpool com a Rachel amanhã durante o feriado. Acho que vou sentir muito sua falta, Jack, até eu voltar para Londres no fim de semana que vem."

"Que ótimo!", ironizei. "Agora o Conner vai pensar que eu inventei a história toda de ter conhecido você."

"Se você também sentir a minha falta, vocês podem ir encontrar a gente em Blackpool. É muito bonito lá. Aí apresentamos o Conner para a Rachel."

"Você tem certeza que quer fazer isso com a sua amiga?"

Ela riu de novo. Parecia um passarinho cantando.

Também me sentei, com o ombro encostado no dela. Já não tinha mais medo. Não havia mais motivo. Não após o que eu tinha visto. Finalmente consegui dizer:

"Nickie, eu nunca beijei ninguém na vida. Você acha isso muito estranho?"

"Não sei. Deixa eu pensar."

Naquele momento, me esqueci de tudo. Era como se nada mais existisse além do espaço entre mim e Nickie.

"Não, não acho", ela respondeu.

## VINTE E QUATRO

Não queria me despedir dela naquela noite.

Nos beijamos mais uma vez e ela desceu as escadas do metrô. Antes, paramos e pedimos para um casal mais velho tirar uma foto nossa. Queria ir com ela, mas Nickie me pediu para ficar; disse que só deveria ir encontrá-la se realmente não suportasse Londres sem ela, então deveria ligar e pegar um trem.

Queria ser mais como Conner e convidá-la, descaradamente, para subir para o quarto, mesmo que o motivo fosse o medo de voltar para o hotel sozinho.

Porque eu sabia o que ia fazer assim que chegasse.

Não comi nada à noite, não queria vomitar novamente.

Logo que entrei no quarto, comecei o procedimento: colei os papéis na porta. Conner está vindo. Seis e quinze. Deixei as passagens do trem ao lado do telefone. Tinha pressa. Minhas mãos tremiam como as de um viciado à procura de outra dose.

E estava com muita raiva de mim mesmo. Tirei as lentes de onde as tinha escondido e joguei a mochila no chão, ao lado da porta.

"Caralho!", gritei. "Caralho, Jack! Para com isso!"

Não podia parar, mesmo que quisesse.

Chutei minhas roupas espalhadas pelo chão, onde as havia deixado.

Vi que tinha guardado os lacres plásticos que Conner tinha tirado do carro de Freddie.

"Vai se foder, Jack!"

Enfurecido e tremendo, chutei a mochila.

"Vai se foder, Freddie!"

Então me despi, rasgando as roupas, e prendi meu tornozelo ao pé da cama.

Doeu.

Coloquei os óculos.

Até onde sabíamos, éramos os únicos seres humanos vivos no mundo. Quem poderia contestar?

Na manhã do segundo dia, bebíamos nossa própria urina antes de cruzarmos a terra esturricada e salgada do deserto. Destilar o próprio mijo usando o calor do chão, um pedaço de plástico e a garrafa de água de Griffin era apenas mais uma rotina de sobrevivência a que já estávamos acostumados.

Se não encontrássemos água, seria nosso último dia.

Os cavalos também mal ficavam de pé.

Pus esverdeado escorria da minha ferida e colava a cintura da calça ao meu quadril. Fizemos um buraco em um dos cobertores para que eu pudesse usá-lo como um poncho e cobrir meu peito, diminuindo a desidratação, mas acho que não servia de nada.

Não conversávamos mais.

Griffin e Ben me seguiam. Cavalgamos em direção às espirais negras dos picos rochosos ao norte, onde prometi que encontraríamos água. Eles acreditavam em mim, já eu, apenas pensava qual de nós morreria primeiro.

Não via Seth desde que tínhamos partido, mas sentia o que ele fazia por mim e sabia tudo sobre ele – que fora uma criança abandonada e que tinha matado alguém. Também acho que sabia o motivo de Seth esperar por mim por tanto tempo. Um dia, contaria sua história aos meninos, para que soubessem que ele não era uma pessoa ruim.

Apenas teve muito azar na vida.

Assim como eu.

No primeiro dia depois de partirmos, observei a planície seca e pude ver um rio negro brilhante, avançando para nós como uma inundação. Eram necrófagos, procurando a caverna onde estávamos escondidos. Atrás do mar cintilante de insetos, subia a poeira levantada pelos cavaleiros que nos seguiam.

Eram os Rastreadores. Demônios, nós os chamávamos. Caçadores. O que mais poderiam ser? Seria sempre assim, agora quase nenhum de nós sobrara. Por isso cavalgávamos, queríamos encontrar alguém. Qualquer pessoa.

Quando saímos com Henry em busca de outros, éramos vinte.

Os garotos não se lembravam de nada além daquela vida – a guerra, e eu me perguntava se minhas memórias vinham dali ou se seriam de outro lugar. Estar em Marbury era como estar aprisionado por Freddie

Horvath: eu não tinha tempo ou forças para pensar no que era ou não real. Eu podia estar imaginando tudo: Marbury, Londres, Conner, Nickie.

Griffin se inclinou para frente e abraçou o pescoço de seu cavalo. Nenhum dos animais tinha sela, e eles eram guiados apenas por rédeas feitas de cordas toscas. Era agoniante cavalgá-los daquela forma.

"Tudo bem aí?" Perguntei. Aproximei meu cavalo do dele para alcançá-lo.

"Não." Sua voz estava áspera.

Ben cavalgava à frente. Parou o cavalo e olhou para gente.

"Sabe o que é aquilo, Jack?"

Apontou para frente e segui seu braço.

"Não sei."

Vimos o que parecia ser um muro de caixas escuras, distribuídas ao longo de um caminho coberto de sal, a alguns quilômetros dali. "Continuamos nessa direção?", perguntou Ben.

Olhei para Griffin.

Ele vai ser o primeiro a morrer, pensei.

"Vamos", respondi.

"Que porra é essa?", Ben perguntou.

Griffin levantou a cabeça. Seus olhos eram fendas negras.

Eu sabia o que era. Conseguia me lembrar.

Estendido no caminho adiante, coberto de sal até o rodapé das portas, estava um trem de passageiros: sete vagões e uma locomotiva. Parecia que tinham colocado aquilo como decoração, no meio do nada, pois não havia trilhos em direção alguma.

Cutuquei o cavalo para aumentar o passo. Ele se contorcia um pouco e balançava a cabeça. Talvez sentisse cheiro de água.

"É um trem", eu disse. "Vamos."

"E isso é bom?", perguntou Griffin, que tinha deitado o rosto sobre o pescoço do cavalo novamente. "Vai servir para alguma coisa, Jack?"

"Vai, sim", respondi. "Eu prometo."

Levamos os cavalos até um dos lados do trem, dando a volta por trás da locomotiva, onde os vagões nos protegiam do vento seco. Mesmo montados, não conseguíamos alcançar as janelas e ver o que havia lá dentro.

Fui o primeiro a desmontar, depois Ben. Griffin precisou da minha ajuda.

Puxei a calça no ponto em que ela colava em minha cintura.

"Está tudo bem?", Ben perguntou.

"Estou aguentando."

Saquei minha faca.

Ben tinha uma lança feita de um vergalhão afiado. Era tudo o que tínhamos. Por isso, tínhamos decidido ir com Henry Hewitt até o assentamento, na esperança de encontrar algo melhor.

Descalço, Griffin Goodrich não tinha nada. Apenas suas mãos e sua maldade, como dizia Ben. O garoto não conhecia nada além da guerra e nem mesmo se lembrava de seus pais. Cavalgadas, fugas, lutas e pessoas morrendo foi tudo o que aconteceu desde que Ben implorou a Henry Hewitt que o levasse com seus cavaleiros. Os dois teriam virado comida para os Caçadores anos atrás se Henry tivesse negado o pedido.

Na maior parte do tempo, Griffin se recusava a usar roupas, dizendo não precisar delas. Tirei o poncho e joguei sobre o cavalo. Depois, coloquei a mão sobre o ombro de Griffin e disse, "Vamos dar um jeito de entrar neste trem. Mas temos que ter cuidado. E precisamos ficar juntos. Faça um esforço para isso, certo, Griffin? Vou procurar água."

"Tudo bem."

"Jack", Ben me chamou, "se conseguirmos entrar e tiver alguma coisa morta ali dentro... Você sabe."

"Tanto faz", respondi. "Eles já estão nos seguindo de qualquer maneira."

Os garotos me seguiram até a traseira do último vagão. Havia uma porta corrediça retangular com uma pequena janela. Servia para que as pessoas pudessem observar o que deixavam para trás, pensei.

A porta era delimitada por uma calha preta e grossa, uma borracha já descamada e esbranquiçada. Forcei a faca através da calha e alavanquei a porta o suficiente para abrir uma greta onde eu e Ben enfiamos os dedos para empurrar.

Foi fácil.

Entramos e fechamos a porta novamente.

## VINTE E CINCO

O único indício de que tinha existido vida no último vagão eram as malas. Havia mais de dez delas abandonadas, enfileiradas sobre as janelas nos compartimentos que ladeavam o corredor. Na pior das hipóteses, eu e os garotos encontraríamos roupas novas para morrer e talvez encontrássemos um par de sapatos para Griffin.

Eu ia à frente. Ben e Griffin me seguiam enquanto andávamos cuidadosamente pela penumbra do corredor. Às vezes, os meninos paravam para passar a mão sobre a superfície fria do couro dos assentos e dos tampos de fórmica. Uma das mesas tinha migalhas.

"Será que tem comida nas malas, Jack?", perguntou Griffin.

"Com certeza vamos encontrar alguma coisa", respondi. "É melhor conferirmos tudo o que tem aqui antes de sair pegando qualquer coisa", ponderou Ben.

"Tudo bem", concordei.

Abri a porta para o próximo vagão. Uma rajada de ar seco tomou conta do ambiente.

O cheiro de morte era evidente. Não era o cheiro horrível e sufocante de morte putrefata, mas percebemos que havia passageiros mortos no vagão. Sabíamos, pelo odor seco, que estavam ali há anos.

Seis pessoas.

Mumificadas.

Um homem e uma mulher sentados, inclinados para a janela, como se tivessem dormindo há anos e ainda estivessem sonhando. A pele afundada, parda, como se seus crânios fossem adornados de couro curtido. Ele estava bem vestido: calças jeans, um cinto de couro e uma camisa azul listrada que ainda tinha vincos nas mangas.

Não queria ter de despi-lo apenas para termos roupas melhores. Notei que Ben olhava para ele também. Sabia que estava pensando a mesma coisa.

Ficamos os três de joelhos para conferir o que o homem calçava. Eram novos. Tênis brancos.

Entre seu quadril e o descanso de braço abaixo da janela, havia uma garrafa de água de um litro tampada, três quartos cheia. Abri a garrafa para sentir o cheiro. Parecia boa, mas não bebi.

Passei a garrafa para Griffin.

Compartilhamos a água cuidadosamente, nos revezando até esvaziar a garrafa. Coloquei a garrafa vazia sobre a mesa à frente do casal mumificado.

Na fileira seguinte, três crianças deitadas de lado nos assentos, com as cabeças apoiadas sobre um dos braços, como travesseiros. Dois meninos e uma menina, não tinham mais de 8 anos. Era difícil olhar para eles, mesmo que já estivéssemos acostumados àquilo.

"Parece que estão dormindo", eu comentei. "Parece que simplesmente decidiram dormir."

Olhei de relance para Griffin. Podia notar seu incômodo.

"Não deve ter sido uma morte ruim", eu disse.

Encontramos um velho no fundo do vagão. Vestia um uniforme e tinha uma identificação oval, de bronze, presa à lapela da jaqueta azul-marinho. Estava debaixo de uma mesa com os joelhos dobrados, olhos e boca abertos.

Tinha feridas com crostas secas e escurecidas. Não tocaria aquele corpo por nada.

O próximo vagão era o refeitório. Vibrávamos enquanto seguíamos pelo corredor. Ninguém precisava dizer; sabíamos que encontraríamos comida e bebida. As mesas estavam postas: toalhas brancas, pratos e talheres que ainda brilhavam, guardanapos dobrados, vasos triangulares de cristal com bases circulares – e as cinzas das flores que contiveram um dia.

Havia mais três corpos ali, sentados no chão e apoiados na outra porta. Homens. Os garçons da última ceia. "Se quiserem, podem ficar aqui procurando comida enquanto eu confiro os outros vagões", disse aos meninos.

Ben respondeu a minha faca.

Ben olhou para Griffin. A pouca água que tínhamos bebido já tinha devolvido algum brilho a seus olhos. "Vamos ficar juntos, Jack", Ben respondeu.

Não havia qualquer sinal de resistência no rosto delgado de Griffin.

"Vamos tirar esses três do caminho", eu disse.

Ben puxou um dos corpos pela perna e caiu sobre nós quando ela se soltou do corpo.

"Puxem pelas roupas", sugeri.

Eles não pesavam muito e, após o erro sinistro de Ben, conseguimos arrastar os três corpos para trás da última mesa. A toalha branca que a cobria agora tapava os rostos dos cadáveres. Senti pena por arrastá-los daquela forma.

Mais vagões, mais do mesmo. Corpos ressecados, malas, condutores... nada indicava que qualquer coisa fora do normal tivesse acontecido. Parecia uma viagem de trem qualquer.

O penúltimo vagão era um vagão-quarto, com um corredor estreito, revestido de painéis que ladeavam a única fileira de janelas.

Ben correu a porta do primeiro compartimento e enfiou a cabeça.

Ele saiu rapidamente, assustado, caindo sobre mim e Griffin, gritando, "Eita porra! Eita porra!".

Caímos os três sobre o carpete ressecado. Derrubei minha faca. Alguma coisa se mexeu lá dentro. Vi um clarão, uma sombra se estendeu pelo corredor. Uma velha saiu do compartimento e olhou para nós, balançando a cabeça. Com o braço estendido, aproximou a mão do rosto de Ben, que se levantou de uma só vez, preparado para lutar. A mulher deu meia volta e desapareceu corredor adentro.

Ben seguiu a aparição, cortando o ar com sua lança de metal, estraçalhando vidros e perfurando portas, gritando, "Caralho! Odeio esses fantasmas!".

"Ben! Ben!", gritei e me levantei, puxando Griffin para perto de mim, mas Ben não escutava. Ele correu até o fundo do vagão, destruindo o que via pela frente, xingando até que o espectro escapasse através das rachaduras de uma das janelas que ele tinha acertado.

Ben soltou a arma e caiu de joelhos, ofegante.

Coloquei a mão na sua nuca e disse, "Está tudo bem". Ele apenas olhou para o carpete entre seus joelhos, e eu insisti, "Ben, está tudo bem".

Ben inspirou fundo. "Desculpa, Jack. É que ela me deu um susto do caralho."

Ouvi Griffin vindo pelo corredor, abrindo os compartimentos um a um.

Havia corpos deitados em quase todas as camas, mas encontramos uma desocupada e feita, como se o trem tivesse acabado de partir.

"Podemos dormir aqui depois", sugeri.

Encontramos o maior número de corpos no último vagão que exploramos, antes da locomotiva. Vinte e dois, contamos. Estavam todos fardados, eram soldados. Suas mochilas, perfeitamente alinhadas dentro dos compartimentos de bagagem, tinham seus nomes escritos em estêncil.

Ben deixou cair a lança ruidosamente no piso de linóleo.

"Eles têm armas!" Ben passou por mim correndo.

Eu também tinha visto.

Em Marbury, as armas transformavam garotos como nós em deuses.

Cada um daqueles soldados, exceto um, tinha uma ferida de bala na lateral da cabeça. Havia borrifos pardos de sangue em todas as direções. Alguns dos homens ainda tinham a mão agarrada às armas. Algumas delas estavam próximas ao local onde os últimos espasmos moribundos as deixaram.

Suicídio.

Todos eles. Griffin não tinha percebido, eu tinha certeza.

Ben parou onde estava, "Jack, esses caras..."

"Eu sei."

Havia um rifle. Estava entre as pernas esticadas de um soldado sentado no chão, seu dedão ainda curvado sobre o gatilho, sua mandíbula pendendo no fim do cano, um jorro escuro de sangue e grumos encefálicos espalhados pela estampa floral do papel de parede.

Eu observava enquanto Ben fazia uma busca pelo vagão, de cadáver a cadáver. Ele parecia tentar ler os nomes nos uniformes.

"E agora?", perguntou Griffin.

"Pegamos as armas", respondi. "Olha como as coisas estão melhorando, Griff. Pegamos as armas e fechamos este lugar. E vamos pegar algumas roupas dessas mochilas. Depois, vamos procurar algo para comer e beber. As coisas estão melhorando, Griff!".

## VINTE E SEIS

As coisas estavam melhorando.

Estávamos os três despidos e sujos. Ben começou a abrir as mochilas dos soldados. Eu tentei esticar meu pescoço para ver a sutura que Griffin tinha feito em mim. Já era hora de retirá-la.

Pendurada ao lado de um extintor de incêndio, havia uma caixa de metal com uma cruz vermelha pintada na tampa. Abri a caixa e inspecionei os objetos: bandagens, tubos metálicos com pomadas antibióticas – pareciam ser iguais àquela que Freddie Horvath tinha passado no meu tornozelo naquela noite, naquele outro inferno – luvas de látex, fita adesiva, uma tesoura e uma pinça.

É a mesma coisa, pensei – aqui e a casa de Freddie – tudo estava conectado. Talvez nada daquilo importasse. Talvez nada fosse real.

"Griff, me ajuda a tirar os pontos."

Ben continuou revirando as mochilas e separando as roupas. Às vezes, as levantava contra a luz e apertava os olhos para ler as etiquetas que traziam o tamanho das roupas que aqueles homens nunca mais vestiriam.

Griffin, um garoto esquelético, parecendo ainda mais franzino e frágil sem as roupas para cobri-lo, pegou a tesoura e começou a cortar o fio. Ao terminar, espalhou antisséptico por onde a flecha tinha passado, cobrindo com gaze e selando com esparadrapo. Tudo ainda cheirava a novo.

"Acho que você vai ficar bem", ele disse.

"Eu não tenho escolha."

Ouvimos o barulho de alguma coisa batendo nas paredes do trem e um rolo de esparadrapo veio pelo corredor até parar perto de nós. Olhamos para trás e vimos Seth, do outro lado do vagão, nos observando.

"Ok. Você já pode sumir daqui, porra", irritou-se Griffin.

O espectro se esvaiu sutilmente, agachando-se entre dois soldados mortos. Seth olhava para mim.

De alguma forma, eu me sentia mais leve. Tentei olhar nos olhos de Seth, mas ele abaixou a cabeça.

Ben passou as roupas para a gente. Nos vestimos. Os meninos já não se lembravam de como era vestir roupas de baixo ou meias, fazia muito tempo desde o início da guerra, quando tinham sido abandonados. Ficaram surpresos por eu saber o que fazer com aquelas coisas. Tive de ensiná-los a se vestir.

Griffin não se acostumava com a cueca.

"É pano demais", reclamou.

"Fique com elas", insisti. "Você vai se acostumar. É bom pra você. Confie em mim. É bom usar roupas, ok?"

Griffin não respondeu. Notei que Ben também estava desconfortável.

As calças que tínhamos encontrado eram largas, camufladas e tinham bolsos grandes por todos os lados. Cintas afiveladas as prendiam em nossas cinturas. Amarramos as pernas das calças em volta dos tornozelos, bem presas, e afivelamos os cintos de nylon. Enfiamos as camisas para dentro das calças. Cada uma delas tinha um nome bordado do lado esquerdo do peito.

As camisas de Ben e Griffin vinham da mesma mochila. Tinham o sobrenome STRANGE bordado no bolso. O meu era RAMIREZ.

"Esse nome fica bem em vocês", elogiei. "Provavelmente é o melhor nome para se ter nesse lugar.

Ben sorriu. Os meninos nunca sorriam. "Quer trocar de camisa, Jack?"

Peguei a tesoura que Griffin tinha usado para cortar meus pontos e cortei as costuras que prendiam aquela etiqueta ao meu uniforme.

"Vou ser o cara sem nome", respondi. "E vocês, os Meninos Estranhos."

As botas que tínhamos encontrado eram de tecido grosso. Estavam novinhas em folha. Seus cadarços subiam até as canelas.

Griffin não sabia amarrar cadarços, mas aprendeu em apenas uma tentativa.

"É gostoso, não é?", incentivei. Fiquei observando Griffin e Ben naquelas roupas limpas. Era a primeira vez que os via totalmente vestidos.

Griffin balançava a cabeça.

Próxima etapa: armas.

Recolhemos tudo o que podíamos carregar. Reviramos cada mochila e roupa e, então, cuidadosamente, separamos e agrupamos todas as caixas de munição e pacotes de suprimentos sobre duas mesas.

Escolhi o rifle. Girei a correia pelo corpo até que ele ficasse pendurado na diagonal atrás do meu ferimento. Cada um de nós guardou duas pistolas semiautomáticas nos coldres dos cintos – uma 9 milímetros e uma .45 para cada um. Eram muito pesadas, mas já sentia o quanto aquelas coisas nos deixavam mais fortes.

Seth continuou do lado oposto do vagão, flutuando para frente e para trás, como um pêndulo etéreo, cruzando o corredor de uma janela à outra. Às vezes, desaparecia por completo, principalmente quando o flagrava olhando para mim. E sempre fazia aqueles ruídos impacientes de rolar e bater.

Por algum motivo, não conseguia sentir pena daqueles soldados como sentia dos outros que tinham morrido naquele trem. Tínhamos encontrado uma cena grotesca naquele vagão quando o abrimos e, quando saímos, deixamos para trás outra pior. Corpos retorcidos, com suas mochilas abertas e seus bolsos revirados, até rasgados.

Voltamos para o vagão-dormitório que agora tinha janelas estilhaçadas e painéis quebrados.

Ben encolheu os ombros, envergonhado.

"Desculpa, Jack. Eu estava assustado."

"Foda-se, Ben. Não tem problema", Griffin interferiu.

Coloquei a mão no ombro de Ben e o conduzi pelo vagão onde dormiríamos até o vagão-refeitório.

Ben conseguiu acessar o encanamento do vagão e, com uma mangueira, sifonou a água e enchemos um balde. Agora os cavalos não vão morrer, pensei.

"Não beba demais", avisei. "Podemos passar mal."

Havia tantos tesouros naquele vagão que não sabíamos por onde começar.

Griffin se abaixou atrás do bar e se levantou com algumas garrafas de bebida, que pôs sobre o balcão. Abriu uma garrafa de uísque e cheirou, apertando os olhos e as narinas.

"Deixa eu experimentar", pediu Ben.

Olhei para Ben e ele entendeu que era um olhar de reprovação.

"Não seja estúpido, Ben."

"Só um pouquinho."

O observei virando a garrafa, contando os goles que tomou. Cinco. Ainda que Ben Miller tivesse evitado assistir enquanto o pequeno Griffin arrancava a flecha de mim e fazia a sutura com a linha da minha própria camisa, aquele garoto era resistente. Tinha certeza de que aqueles Meninos Estranhos eram incrivelmente mais fortes que eu.

"Você também", Ben ofereceu. "Só um pouco."

Balancei a cabeça. Griffin levantou uma lata grande. Tinha uma galinha inteira dentro dela. Ben argumentou, "Nunca teremos um dia como esse de novo, Jack. Nunca. Então beba um pouco, também".

Olhei para Griffin. "Veja se consegue achar um modo de abrir isto, Griff." Então peguei a garrafa de Ben e disse, "Mas é melhor você não beber, certo? Isso não faz bem, Griffin".

"Nem fodendo vou beber essa merda." Griffin esfregou o nariz na manga da camisa. "E desde quando você sabe o que faz bem pra mim? Você me mandou vestir esse monte de roupas – que elas me fariam bem – e agora nem estou sentindo mais minhas bolas. Quando vocês caírem de beber, vou tirar essas merdas de novo."

Ben riu.

Eu bebi. Era muito bom.

Fiquei sentado, sorrindo, alternando o olhar entre a comida que Griffin organizava, os pés tortos dos três funcionários que havíamos escondido no canto do vagão e o espectro solitário de Seth, parado do outro lado do corredor, me observando.

Antes de comer, levei para nossos cavalos um balde de água e outro com frutas secas, doces vencidos e pão. Conferi as rédeas para ter certeza de que estavam bem presos ao trem e inspecionei as redondezas para me certificar de que não tínhamos sido seguidos. Quando passei pelo vagão-refeitório, do lado de fora, Ben e Griffin apareceram na janela, em pé sobre os assentos, e acenaram. Ben estava bêbado.

Mesmo que por algumas horas, sabia que ele estava certo: nós nunca teríamos outro dia como aquele e era como se tivéssemos ganhado mais do que merecíamos.

*Você só está bêbado, Jack.*

*Você ainda não conseguiu escapar de nada.*

Aquela voz novamente. Tentava pensar em Conner e em Nickie, em Wynn e Stella, mas mal conseguia projetar suas feições, como se fossem imagens de um livro que tivesse lido muito tempo atrás.

*Vai se foder, Jack.*

Mas era fácil me lembrar de Freddie Horvath.

"Você não vai falar comigo nunca?"

Seth parou. Uma sombra vaga ao lado do trem, olhando para mim. Abaixou a cabeça e começava a desaparecer, mas interrompi, "Droga, Seth, não vai embora".

Ele apoiou a mão no trem, como se o segurasse no lugar.

"Você estava naquele quarto, não estava? Quando o Freddie..."

"Estava."

"Obrigado pela ajuda. Você não precisava."

"Você me lembra de alguém que eu conheço", sua voz, quase inaudível. Então desapareceu.

A noite em Marbury nunca era totalmente escura. O horizonte permanecia branco e o céu sem estrelas ficava cinzento; mas cores não eram capazes de descrever qualquer coisa naquele mundo.

Estávamos satisfeitos.

Eu e Ben mal conseguíamos ficar de pé.

Tínhamos bebido demais. Seguimos Griffin pelos corredores mórbidos do trem até encontrarmos nossas camas. Dormimos.

Fui o primeiro a acordar.

Havia dois beliches no compartimento onde tínhamos dormido, um para cada parede. Fiquei em uma das camas de baixo e Ben ficou na outra. Griffin dormiu na de cima da qual eu estava. E cada peça de roupa que usava tinha jogado no pequeno espaço entre os beliches. Dormia de bruços na cama acima de mim, sem roupas, quase sem respirar, com as mãos segurava os coldres das armas ao lado do travesseiro. Peguei suas roupas do chão e coloquei na cama ao lado dele.

Vesti as calças e amarrei as botas. Não pus minha camisa nova, apenas a correia do rifle sobre o ombro. Sacudi o braço de Ben.

"Ei, estou levando água para os cavalos, tá?"

Ben mal abriu os olhos ainda grogues e cheios de remela.

"Hã? Ah, tudo bem, Jack."

Dei um tapinha no braço dele. "Foi do caralho, ontem, né?"

"Demais."

Fui e voltei duas vezes, enchendo o balde para os cavalos e levando a comida que tínhamos separado para eles. No dia anterior, tinha certeza de que morreriam, mas hoje já estavam teimosamente revigorados.

No deserto de Marbury, o céu estava quase branco novamente e o chão exalava o calor que distorcia a paisagem, mesmo antes de o dia acabar de nascer.

Tinha deixado a camisa dentro do vagão e olhei para o curativo que Griffin tinha feito em mim. Um pouco de pus, algum sangue. Coçava. Eu ia deixar que o menino-médico cuidasse da ferida mais uma vez, antes de abandonarmos o trem.

*Não posso ficar mais tempo aqui.*

Mas já era tarde demais.

Vi a silhueta de um dos Caçadores sobre a linha do horizonte, contra o branco ofuscante do céu: alto, esbelto e de membros esguios. Perfeitamente inerte. Mesmo à distância, eu via a marca vermelha em seu peito, ardendo como um olho aberto em chamas.

Todos eles tinham marcas diferentes sobre seus corpos. Não podiam cobri-las pois queimavam como fogo. Eram como faróis. Era fácil identificá-los.

Mas era impossível se esconder deles.

Sabia que ele me observava. Eles enxergavam melhor que nós. No mínimo, tinham visto os cavalos ou sentido o cheiro deles.

Fiquei agachado atrás do trem enquanto a silhueta cavalgava em minha direção, sem medo, se aproximando cada vez mais.

Tac. Tac. Tac.

A janela atrás de mim.

Virei o rosto. Nada.

Tac.

Seth.

Ouvi o barulho de objetos batendo nos vidros. Ouvia objetos sendo atirados dentro do trem, quebrando contra as paredes.

Ele estava chegando muito perto.

Empunhava uma machadinha, que balançava displicentemente, apontada para a lateral de seu joelho. Não tinha arco. Ele já teria me atingido se tivesse um.

Seth continuava fazendo barulho dentro do trem.

"Para com isso, Seth!"

Pesei minhas opções: acordar Ben e Griffin ou enfrentar o batedor sozinho? Então, me agachei e me apoiei sobre um joelho. Eu já podia vê-lo claramente. Era alto e delgado como uma flecha, não vestia nada a não ser uma tanga de penas e cabelos amarrada em volta da cintura por uma corda de tendões secos. Era feita de um escalpo humano. Todos usavam uma parecida. Seu cabelo caía pelos ombros em mechas retorcidas, e manchas ovais roxas do tamanho de um punho fechado subiam pelo seu corpo, dos quadris até as axilas.

Apenas alguns deles tinham aqueles círculos.

Levava no pescoço um colar que cobria os ombros. Era feito de DVDs antigos.

A marca em seu peito ardia em forma de um W, vermelho. Começava nos mamilos e convergiam para seu abdome definido. A mão que segurava a arma tinha apenas três dedos com longas garras, enormes espetos reluzentes.

Apenas alguns deles eram assim.

Ele olhava fixamente para mim e certamente se perguntava por que eu estava ali parado, sem tentar me proteger. Virou o rosto sutilmente, levantando o nariz, e farejou o ar.

Um de seus olhos era totalmente branco. O outro, totalmente negro. Os olhos deles eram assim, de todos eles.

Ele se curvou e levantou a arma. Olhei para os lados, para as duas pontas do trem. Ainda ouvia o barulho dos objetos. Ben e Griffin já deveriam estar acordados, pensei.

Desdobrei a coronha e apoiei o rifle no ombro.

Ele vinha em minha direção a toda velocidade. Com dois tiros no pescoço, abati a criatura em uma espiral vermelha contra o chão branco, onde ele caiu morto, em silêncio.

Abaixei o rifle e esperei. Mais três jatos débeis de sangue vazaram de seu pescoço. Ouvia o barulho do jorro e das gotas caindo no chão. Com a criatura sob a mira, caminhei até o círculo escarlate que crescia embaixo de seu corpo, suas pernas trançadas como se dançasse um balé ridículo. Não sangrava mais.

Nem respirava.

Olhei para o rosto dele.

Eu o conhecia. Brian Fields, meu colega da equipe de cross-country do colégio, estava deitado ali olhando para o céu branco, com olhos mortos, um buraco grande como minha mão no pescoço, logo abaixo de seu jovem queixo.

"Brian?"

*Porra, isto não pode ser real.*

"Brian!"

Girei o corpo e outra daquelas criaturas pulou do teto do trem e me derrubou. Com a boca aberta, salivava sobre mim. Virei o rosto e aquela coisa lambeu meus lábios. Vi seus dentes, afiados e longos; e com um grunhido agudo cravou uma mordida em meu peito.

Eu urrava de dor, mas ainda assim tentava rolar para cima dele. Queria alcançar o rifle, mas ele estava preso embaixo de minha perna. Ele arranhou meu abdome com as garras e torceu meus testículos com a outra mão, gritei e desisti do rifle. Lutei contra sua mão e ele afastou o rosto, a boca escancarada. Ele estava todo lambuzado com meu sangue, mas eu já não sentia mais a mordida, apenas a dor latejante entre as pernas, onde parecia que minhas entranhas tinham sido tiradas de meu corpo.

Era meu melhor amigo, Conner Kirk, que me atacava.

"Conner? Que porra é essa?"

Ele tentou me morder de novo, mirando minha garganta, mas consegui afastar sua testa com a palma da mão. Sua língua fazia um som viscoso ao passar pelos lábios.

"Conner!"

Então, o estampido de um tiro. Conner se abaixou e rolou para longe de mim. Correu para a frente do trem sobre os quatro membros, como um animal fugindo em uma caçada. Olhei para trás e vi Griffin, completamente nu, tentando firmar a mira de sua .45. Tremendo, atirou novamente na direção de Conner, mas acertou a locomotiva, e ele desapareceu.

Fiquei de pé, vi o sangue escorrer do meu peito, os dois arcos de feridas escuras acima do meu mamilo direito. Minhas entranhas doíam muito, me curvei para frente e vomitei.

Conner tinha me mordido.

Caí com o rosto no sal do deserto e desmaiei.

Então, senti Seth deitado sobre mim, derretendo-se de novo.

## VINTE E SETE

*Que merda está acontecendo comigo?*
A mão de Griffin sobre meu tórax: ele tentava me reanimar.
Doía muito. Como se tivesse sido rasgado por dentro.
"Levanta, Jack. Não temos muito tempo."
Podia ouvi-lo, mas não conseguia abrir os olhos.
"Jack."
Ouvia Ben se aproximando.
"Que porra é essa?"
"Dois batedores", Griffin disse. "O Jack matou um deles, mas o outro fugiu."
Ben me agarrou por baixo dos braços.
"Vem, vamos levá-lo para dentro. Depois, vamos embora dessa merda de lugar."
"Vou ficar bem." Me levantei me apoiando nos joelhos. Os garotos me ajudaram a andar até o último vagão.
Precisávamos nos apressar. Logo os Caçadores voltariam.
Enquanto Griffin me costurava novamente, Ben improvisava alforjes com partes das bolsas encontradas no vagão, prendendo umas às outras por cintos que tinha tirado dos passageiros. Fez um para cada um de nós e os encheu com o que poderia ser útil: roupas, comida e munição.
"A ferida está feia, Jack. Tão ruim quanto a outra, acho que até pior." Com os polegares, Griffin aplicava pomada sobre a mordida. Examinava tão de perto que eu sentia sua respiração. "Não dá para costurar."
"Não precisa."
Ele olhou para mim e perguntou, "O que você estava falando com eles?"
"Eu sei quem eles eram."
"Mas como?"

"Apenas sei."

"Agora tanto faz. O que conseguiu fugir vai continuar voltando até matar a gente."

"Aqui", Ben jogou as roupas de Griffin aos pés dele. "O Jack mandou você usar as roupas, então usa. Não dá pra fugir pelo deserto com você andando pelado por aí."

"Ainda não acabei."

"Suas camisas, Jack. Peguei tudo o que podia. Quando ele estiver vestido, vamos embora antes que aquele batedor volte com reforços."

Conner.

Griffin Goodrich mordia o lábio, concentrado, enquanto fechava o curativo com esparadrapo. "Pronto."

"Agora veste a roupa", ordenou Ben.

Griffin deixou a cueca e as meias de lado. "Não consigo usar essas coisas."

Vi que Ben perdia a paciência.

"Deixa ele, Ben." Vesti primeiro camiseta. Doeu. Meu peito estava enrijecido. Coloquei a camisa e comecei a abotoar. Enfiei para dentro da calça.

"Mais uma coisa. Temos que dar um jeito naquelas armas lá atrás", eu disse.

"Também pensei nisso", respondeu Ben. "Acho que não dá para levar todas."

"Não precisamos delas, vamos embora", disse Griffin, enquanto amarrava as botas.

Voltei com os meninos até o vagão onde os soldados haviam se matado. Mostrei a eles como desmontar as armas. Tinham sobrado apenas algumas delas. Retiramos o tambor de cada uma e, então, usei minha faca para abrir a válvula da descarga no vaso do banheiro no fundo do vagão. Jogamos os tambores dentro do tanque da descarga.

Tampei novamente a válvula, que parecia um grande olho negro.

"Elas vão desistir de procurar antes de conseguir encontrar", garanti.

Quando saímos, vimos uma mancha negra de necrófagos indo em direção ao corpo de Brian Fields. Dava para ouvir os cliques de suas mandíbulas cortando a carne dele. Era horrível.

Deixamos o trem.

Griffin olhava para trás de tempos em tempos. Todos nós olhávamos.

Se houvesse Rastreadores levantando poeira em nosso encalço, esta se misturaria ao branco do céu. Às vezes, começava a me lembrar de como aquele mundo em ruínas tinha sido antes da peste, antes da fome. Fazia muito tempo; tanto tempo que garotos como Griffin não se lembravam de mais nada.

"Com todas as pegadas que estamos deixando, melhor fazer uma trilha para eles nos seguirem", disse Griffin.

"Eu sei", concordei. "Por isso precisamos subir as montanhas."

"Com essas armas e munições, aposto que podemos matar milhares deles", disse Ben."Talvez precisemos", respondi.

"Ia ser legal", disse Griffin.

*Que jogo legal.*

*Se não matar Conner primeiro, ele me mata.*

Não tinha conseguido escapar, afinal. Nem ali, nem do outro lado. Tinha certeza de que não havia nada real ou imaginário que pudesse me salvar.

Cavalgamos.

## VINTE E OITO

Sabia onde estava.

De alguma forma, tinha me contorcido pelo chão e acordado – se é que se pode chamar assim – debaixo da cama. Meu pé estava dormente, ainda estrangulado pelo lacre de nylon preso ao ponto onde a barra de metal da cama estava soldada ao estrado. Olhei para fora em direção a um estreito facho de luz.

Vi as lentes no chão.

O sol já tinha saído.

*Que porra é essa, Jack?*

*Freddie Horvath me deixou assim.*

O telefone tocava. Estava tocando há muito tempo?

*Quanto tempo fiquei em Marbury desta vez?*

Saí de debaixo da cama. O telefone parou.

Tinha deixado uma tesoura sobre o criado-mudo. Cortei o lacre e me arrastei até o banheiro para vomitar, mas meu estômago estava vazio. Subia apenas o muco ácido que fazia a garganta arder. Fiquei deitado de lado no chão gelado do banheiro, encolhido, até retomar as forças para me mexer novamente.

*Levanta, Jack.*

*Você está fodido.*

*Chega.*

*Chega.*

*Chega.*

*Você está fodido de novo. Exatamente como na noite da festa. A culpa é toda sua.*

*Você merece isso, seu filho da puta!*

Fiquei de joelhos, liguei o chuveiro e apoiei a cabeça na beirada da banheira.

Voltei para o quarto. A água fria escorria pelo corpo, pingando dos cabelos. Deixava rastros molhados pelo chão. O quarto estava todo bagunçado. Tinha jogado minhas coisas por todos os lados. Virei o relógio do criado-mudo. Seis da manhã. Tinha de sair. Tinha de buscar Conner no aeroporto.

Tirei a cueca e fui até o chuveiro aos tropeços, apoiando as mãos pelas paredes. Tomei um banho gelado. Meu corpo se contraía e meus pulmões prendiam um grito. Não era do choque térmico.

Como poderia olhar para Conner agora?

Tinha mentido para mim mesmo e me convencido de que poderia escapar de toda aquela merda se viesse para a Inglaterra, mas era como aquela voz dizia na minha cabeça: ainda não tinha conseguido escapar de nada.

E agora acreditava que havia matado Brian Fields também.

Estava enjoado e pálido, tremendo, enquanto observava, sentado, pela janela do trem, olhando para o nada, a caminho do aeroporto.

*Há mortos neste trem.*

*Chega, Jack.*

Nas manhãs de segunda-feira, os trens para o aeroporto de Heathrow iam lotados, mesmo na primeira classe.

Eu devia parecer um assaltante, ou algo assim; e tinha certeza de que todos naquele vagão olhavam para mim, fofocando sobre aquele menino de semblante doente e olhos vidrados, encostado com seu cabelo molhado contra a janela.

O cobrador veio pelo corredor, marcando os bilhetes. Era o mesmo homem que eu, Ben e Griffin tínhamos encontrado morto, encolhido debaixo de uma das mesas do primeiro vagão. O homem que tinha morrido de olhos abertos, escondendo-se de algo. Ele sorriu para mim. Minha mão tremia tanto que não consegui alcançar o bilhete dentro do bolso. Tive de me levantar e mal tinha forças para sustentar meu próprio peso.

O sorriso do cobrador deu lugar a um olhar de preocupação, talvez de irritação. Talvez ele estivesse pensando que eu estava drogado, ou algo assim.

*Eu vi você morto.*

E, quando me levantei, aproveitei para olhar ao longo do corredor. Uma mulher e um homem estavam sentados no fundo do vagão. Ele usava uma camisa azul listrada, bem passada, e levava uma garrafa de água sobre o assento, perto da cintura. Ambos sorriram para mim. Três crianças brincavam nos assentos e riam: duas garotas e um garoto, todos bem vestidos.

Também os reconhecia.

Entreguei meu bilhete ao cobrador sem tirar os olhos do nome em seu uniforme, o mesmo que tinha visto em Marbury. Logo que me devolveu o bilhete marcado, desmoronei sobre o assento.

*Que se foda este lugar.*

Esperei por Conner na saída da alfândega. Tentei agir normalmente, mas ainda sentia todos olhando para mim. Prestava atenção aos calçados das pessoas que vinham pelas portas automáticas. Reconheceria os tênis de Conner. Mas já sabia que ele não reconheceria meus olhos; ele notaria alguma coisa diferente neles. É claro que veria. Nos conhecíamos muito bem e não éramos capazes de esconder coisas tão graves um do outro. Então, quando Conner passou pela porta, esperei do outro lado dos cordões azuis. Ele deixou a mochila no chão, deu a volta e me abraçou.

Não queria que ele encostasse em mim, mas me forcei a abraçá-lo também.

Parecia que não o via há anos.

Anos e mundos.

Afastei Conner com o braço e olhei em seus olhos. Eram claros e acinzentados, como sempre foram. Era apenas Conner. Nada daquela merda de um olho preto e outro branco que com certeza tinha imaginado.

*Jack Maluco.*

*Isto é real.*

"Que isso, cara?! Vai me dar um beijinho agora?"

"Senti sua falta, seu cuzão!" Forcei um sorriso.

"Mas foram só três dias."

Pensei naqueles três dias. Conner ficou ali, esperando que eu dissesse algo.

"Você está diferente. Aconteceu alguma coisa?", ele perguntou.

"Acho que não", pigarreei. "Vamos pegar o trem, acho que você vai gostar daqui."

"E a sua amiguinha imaginária?"

"Aquela que você viu na foto e que conversou com você no celular?", respondi. "Falando nisso, você trouxe meu carregador, né?"

Enquanto esperávamos na plataforma, Conner vasculhava sua mochila para provar que não tinha esquecido.

"A Stella me encheu todos os dias para eu não esquecer. Ela até comprou outro de reserva caso você perdesse mais um."

"Pelo visto, eu ando meio desligado."

Conner riu.

"Me empresta seu celular", pedi.

Conner me entregou o telefone. "Vai ligar para ela? Nickie?"

"Não, depois." Vasculhei sua lista de contatos, encontrei o que procurava, apertei o botão e levei o celular ao ouvido. Dei as costas para Conner e me afastei alguns passos. Ele entendeu. Sabia que eu não queria ser ouvido.

Voltei e devolvi o telefone para ele enquanto o trem chegava à estação. Outras pessoas também aguardavam ali e mantinham uma distância respeitosa uma das outras.

Conner colocou a mochila sobre um dos ombros e olhou para o celular. Peguei sua outra mala.

"Por que você ligou para o Brian?"

"Ah, por nada. Ele queria que eu ligasse quando você chegasse."

"Ah, tá. E o que ele disse?"

"Ficou puto, porque já está tarde lá."

"Você anda mesmo muito desligado, Jack", Conner riu.

Entramos no trem. Tentei me concentrar, mas não consegui. Conner ficou farto daquilo e me deu um soco no peito.

"Que porra é essa, Con?"

"Para com isso, Jack."

Ele não sabia o quanto estava certo.

"Eu sei. Desculpa", respondi, passando a mão no local em que tinha me acertado.

"Não podemos fazer nada, Jack. Então, para com isso, não precisa se sentir culpado."

"Tem razão", concordei. "Que bom que você chegou, Con. Está cansado?"

"Não, quero sair."

"Trouxe as coisas pra gente correr?"

"Trouxe."

Na viagem de volta a Londres, tentava me convencer de que estava acabado, não iria a Marbury novamente. O Jack e o Conner de Marbury que resolvessem suas questões por lá, porque eu jamais voltaria.

Tentava me convencer de que me livraria daquelas lentes malditas.

Tentava me convencer.

"Vamos correr uns quilômetros pra relaxar", sugeri.

"Boa ideia. Depois, vamos tomar uma cerveja?"

"Pode ser."

"E aí? Encheu a cara enquanto eu não chegava?"

"A Nickie não bebe. Eu bebi uma vez. Cerveja."

Então, me lembrei daquele uísque que tinha bebido com Ben Miller – quando foi aquilo?

*Chega, Jack.*

*Para que guardar aquelas lentes?*

Só desejava que Ben e Griffin ficassem bem sem mim.


"Não me diga que você não andou aprontando, Jack."

Não tinha me lembrado de arrumar o quarto.

"E não me diga que não trouxe a Nickie aqui e traçou ela. Esse lugar aqui 'Jack fez muito sexo selvagem por todo canto'."

Senti minhas bochechas ficando vermelhas. Comecei a amassar os bilhetes que tinha espalhado pelo quarto, chutando minhas coisas para o canto para poder enfiar tudo na mochila de novo.

"Não foi isso. Ela não é dessas, Con", expliquei. "Acho que perdi a cabeça ontem."

Quase pude sentir os ombros de Conner desabarem quando disse aquilo.

Mudei de assunto: "Dá uma olhada neste chuveiro esquisito".

Conner foi até o banheiro. Ouvi ele mijar e enfiei minhas coisas dentro da mochila. Conectei meu celular no carregador e no conversor de voltagem que tinha me lembrado de levar. Chamadas perdidas e mensagens. Não me importavam.

Os óculos – De alguma maneira tinha chutado as lentes para debaixo da cama. Me ajoelhei para pegá-los. O lacre que prendia meu pé também estava lá.

Rolando e... Tac. Tac. Tac.

Entrei em pânico. Enterrei os óculos bem no fundo da mochila.

Rolando...

"Shhh...", sussurrei, implorando. "Agora não."

Tac. Tac.

Conner saiu do banheiro.

"É mesmo, esse lugar é meio estranho", ele confirmou. "Qual lado da cama você quer?"

"Não sendo o seu, tá ótimo", respondi.

"Nunca se sabe", Conner sorriu.

Abri a janela e apontei para o Regent's Park. "É muito bom correr ali. Já viu alguém jogando críquete?"

Vestimos nossas roupas de corrida. Eu estava tenso, virando o rosto em todas as direções, ouvidos atentos, esperando pelos sinais de Seth. Mas ele não se manifestou.

*Respira fundo, Jack.*

*Acalme-se.*

*Isto é real.*

"Antes de irmos, olha isso", eu disse. Liguei a câmera e percorri as fotos – as que tinha tirado no primeiro dia com Nickie, que conseguia me lembrar, algumas com Nickie no parque, as de nós dois juntos, quando nos despedimos no metrô.

"Eu e a Nickie", entreguei a câmera a Conner. "Eu acho que ela é bem real! E gostosa."

Conner ficou analisando a fotografia por algum tempo. Aproximava e afastava a imagem. Então, ele sorriu e me devolveu a câmera. "E esse cara estranho atrás de vocês? Será que é um ex-namorado ciumento?"

Não tinha notado. Na estação de metrô, atrás da roleta, quase encoberto pela sombra, Henry Hewitt nos observava.

Ele ainda me seguia.

Olhei para Conner e dei de ombros. "Não conheço."

Mas não sei mentir. Conner já começava a perceber algo estranho em mim.

Como não notaria?

"Vem cá, Con, vamos tirar uma foto juntos."

Passamos o braço um no ombro do outro e sorrimos. Com a janela aberta ao fundo, seguramos a câmera a um braço de distância. Apertei o botão.

Tac.

Joguei a câmera na cama e disse, "Vamos sair desse quarto".

A corrida foi boa. Eu puxei o ritmo, e Conner reclamou que estava cansado da viagem, mas não dei muita bola. Paramos para beber água numa fonte e depois nos alongamos à sombra perto do lago.

Comecei a correr novamente e Conner veio logo atrás.

"Está com pressa por quê?"

"Ah, desculpa. Estou com a cabeça cheia."

"Ah", Conner respondeu, com um tom de decepção.

"Não é isso. Sabe quando você fica pensando quando corre? Como as coisas vêm na sua cabeça?"

"Não sei, cara", disse Conner. "Quando eu penso enquanto corro, é sobre sexo."

"Ah, tá."

"Pelo visto, você nunca pensa nisso, né? Mas então, Einstein, o que é que você pensa tanto?"

Então, contei a ele.

"Sabe aquelas bonecas esquisitas que a Stella coleciona? Aquelas que você abre e, dentro delas, tem um monte de outras?"

"Sei. Então você fica pensando em *bonecas* quando está correndo?"

Tive de rir. E pensei que não importava a maluquice que eu estivesse inventando na minha cabeça, Conner Kirk, meu melhor amigo, sempre conseguiria arrancar um sorriso de mim. E por isso eu o amava. Aquilo, sim, era real.

"Eu fico pensando, e se o mundo também for assim? E se o que vemos for apenas a superfície, o lado de fora, mas várias coisas acontecessem além do que podemos ver? O tempo todo. Em uma camada abaixo. E não vemos, mesmo fazendo parte disso. Mesmo estando envolvidos. E se você pudesse ver outra camada, como se mudasse de canal? Ia querer ver? Mesmo que a outra realidade fosse um inferno? Ou pior?"

Conner parou de correr. Não esperava aquilo. Dei alguns passo a frente dele, então tive de recuar para onde ele estava.

"Virou maconheiro agora, Jack?"

"Não, cara. Deixa de ser babaca."

"Porque parece que você tá queimando até a última ponta, cara!"

"Só estava pensando nisso", sorri.

"Recomendo que quando você começar a pensar nessas merdas, fale comigo para eu te convencer a pensar só em sexo", Conner disse. "Tipo, como um cara normal. Sério! Alguém tem que dar um jeito em você!"

"Vou me lembrar disso", respondi e sorri para meu amigo. "Sabe, Conner, você é a única pessoa com quem eu posso conversar sobre essas merdas."

Conner deu de ombros e me deu um tapinha nas costas. Jack, estou com sede. Você não acha que já está bom por hoje?"

"Tudo bem, vamos voltar."

Conner balançou a cabeça e riu enquanto voltávamos em direção à Marylebone Road, dizendo, "Sério, cara. Sério! Acho que eu deveria te contar tim tim por tim tim o pornô que tá rolando na minha cabeça neste exato momento!

"Eu passo. Talvez da próxima, Con."

## VINTE E NOVE

Naquela noite, fomos nos embebedar no Prince of Wales.

E não foi por acaso: era uma das coisas que tínhamos planejado desde que decidimos ir para Londres.

Conner me fazia rir tanto que eu quase molhava as calças.

Era bom. Finalmente alguma coisa boa.

Havia poucas pessoas no pub; o garçom até tinha se sentado conosco para tomar uma cerveja. Queria falar sobre basquete e pensou que o assunto nos interessava, já que éramos da Califórnia. Ele contou que torcia para os Lakers, mas a gente não ligava muito para basquete.

"Aquele rapaz que te pagou uma cerveja outro dia veio aqui ontem. Falei que você estava com os óculos dele, mas ele disse que eles são seus, não dele."

Conner olhou para mim. Tudo o que eu queria é que ele estivesse muito bêbado e se esquecesse logo daquilo.

Não me preocupava que Henry estivesse me procurando. Ele devia estar sofrendo muito, querendo voltar para Marbury, mas lá ele estava morto. *Game over.* E sentado ali no bar, naquele estado, não conseguia parar de pensar em Ben e Griffin, ainda que ficasse com raiva de mim mesmo.

"Bem, acho que houve uma confusão", respondi. Mesmo já satisfeito, tomei toda a cerveja. Queria que o garçom calasse logo a boca e fosse encher meu copo.

"Mas a menina", ele continuou, "não a vejo desde aquela noite em que vocês estavam juntos. Bonita ela, hein?"

"Ela está em Blackpool", eu disse. "E, sim, ela é bonita."

"Então liga pra ela, Jack", interrompeu Conner.

"Cara, eu não vou ligar pra ela bêbado."

"Então eu ligo."

"Nem vem."

O garçom recolheu os copos e voltou para o bar.

Conner apertava meus bolsos. "Me dá esse celular."

"Chega, cara, tá bom por hoje", eu disse, rindo.

"Só mais uma", pediu Conner.

"Tá bom, mas é a última." Pedi mais duas cervejas e me levantei. "Já volto. Preciso mijar."

Menti novamente. Só queria ficar longe de Conner. Queria ligar para Nickie, mas não perto dele. Assim que fechei a porta do banheiro, liguei para ela.

"Desculpa estar ligando tão tarde, mas o Conner está aqui. Só queria dar um oi e ouvir a sua voz."

"Por quê?" Sabia que ela sorria enquanto falava.

"Para ter certeza de que você é de verdade mesmo", sussurrei. Queria que soasse como um elogio, uma frase de efeito, mesmo que, para mim, significasse outra coisa completamente diferente.

"Não sabia que você era tão carente, Jack."

"Eu tento me controlar."

Ela riu. "Seu amigo está se divertindo?"

"Acho que agora ele finalmente cansou e vai dormir."

Conversamos por alguns minutos e prometi a ela que iria a Blackpool antes que a semana terminasse. Ela parecia animada.

"Você é diferente, Jack."

"Eu sei, espero que você não pare de gostar de mim por causa disso."

Ao sair do banheiro, vi que Conner estava na metade da cerveja. Um copo cheio ainda me esperava. Conner estava escorregando no banco. Se deixasse, ele dormiria ali mesmo.

Eu estava satisfeito. Minhas pernas estavam moles.

Então, olhei para o bar.

Apoiado sobre o braços cruzados, estava Henry Hewitt, usava a mesma blusa e o mesmo sobretudo, com a barba por fazer e desgrenhado como da última vez. Seus olhos não conseguiam se decidir entre mim e Conner. Estava apavorado, atordoado, como se testemunhasse uma execução.

*Você ainda não conseguiu escapar de nada, Jack.*

Conner não percebeu a presença dele.

Andei apressadamente até a nossa mesa, abaixei a cabeça e disse, "Vou pagar a conta, Con. É hora de ir dormir.

Conner acenou com a cabeça e terminou a cerveja.

Fui até o bar perto de Henry e, enquanto tirava o dinheiro, sussurrei sem olhar na direção dele, "Espera aqui. Preciso falar com você. Volto logo. Não vá embora".

Henry não respondeu.

"Por favor?", insisti.

Então, me virei e saí puxando Conner pelo braço.

Acho que parecíamos bêbados caricatos, eu e Conner, trocávamos as pernas, um apoiado no outro, cambaleando até ao hotel. Admito que exagerei, pois não estava tão mal quanto ele. Na verdade, enquanto Conner tagarelava desafinadamente sobre qualquer coisa sem importância, tudo o que eu pensava era o que dizer a Henry Hewitt – e o que fazer com ele.

Quando finalmente chegamos ao quarto, Conner não conseguia ficar de pé sem se apoiar em mim. Eu levei meu amigo até a cama e o ajudei a deitar do lado mais próximo.

"Então, vai ser esse lado, Con.

"Esse lado o quê?", Conner perguntou.

"Onde você vai dormir."

"Ah, tudo bem. Tira minha roupa, Jack?"

"Deixa de ser gay", respondi. "Pronto." Tirei seus tênis. "Agora se vira. Boa noite." Joguei os tênis dele no chão, perto da minha mochila.

"Boa noite. Que bom que você resolveu se divertir. Essas férias vão ser muito legais."

"Talvez." Abri a mochila e enfiei o braço no meio das coisas que tinha guardado antes. "Vou dar uma saída para falar com a Nickie. Já volto."

"Não precisa sair. Fale aqui, para eu ouvir."

"Vai dormir."

Senti o relevo das hastes entre os dedos.

Rolando... Tac. Tac. Tac.

"O que você está fazendo?"

"Nada", respondi.

O barulho insistia.

"Que barulho é esse?"

Tirei os óculos de dentro da mochila. No escuro do quarto, via claramente através das lentes. O céu branco e o ar parado, os picos negros das montanhas, Griffin olhando para mim de cima de seu cavalo...

Apertei os olhos. Estava entre o pânico de que Conner prestasse atenção ao insistente ruído de Seth e a necessidade de ver – apenas uma olhadinha – se Griffin estava bem.

"Não é nada. Está vindo da rua. Vai dormir."

Conner se deitou de lado e tentou tirar as calças, mas desistiu.

Encontrei uma meia dentro do tênis de corrida e coloquei as lentes dentro dela. Não queria olhar para os óculos.

Mas estava enganando a mim mesmo. Queria tanto colocá-los que tremi até ficar completamente sóbrio, suando como se tivesse engolido um vidro de comprimidos de cafeína.

Guardei a meia com os óculos no cós da minha calça..

A respiração de Conner estava pesada. Ele dormia.

Olhei para ele por um momento. Parecia tão relaxado e feliz. Tinha inveja dele. E pensei, *Não importa o que aconteça em qualquer outro lugar, Con, você sempre será meu melhor amigo.*

*Prometo.*

Apaguei as luzes e corri de volta para o Prince of Wales.

Ao longo de todo o caminho, pingando de suor, aos tropeços, uma vez quase sendo atropelado por olhar na direção contrária ao atravessar a rua, continuava querendo colocar aqueles óculos, só mais uma vez.

*Vai ser rápido, Jack.*

*Só uma olhadinha.*

*Ben.*

*Griffin.*

Queria urrar, bater em alguém, bater em mim mesmo.

*Não aguento mais essa merda!*

*Não me aguento mais!*

Tinha de parar. Apoiado em uma lata de lixo na Warren Street, tentava refrear o vômito.

Minha barriga doía.

Rolando... Tac. Tac. Tac.

Algo se moveu no chão, vibrando enquanto passava pelo chão ao lado do meu pé.

Eu senti.

Tac.

Tac.

Minhas mãos tremiam incontrolavelmente. Tirei a meia com os óculos, como um viciado que prepara sua injeção. O suor descia pelo meu rosto. Enfiei os dedos dentro da meia.

"É difícil se controlar uma vez que se aproxima da beira do abismo, Jack."

Meu corpo se contraía todo. Cada respiração era um esforço enorme. Sentia o estômago revirar.

Henry saiu da escuridão do beco, olhando para mim.

Derrubei os óculos na lata de lixo.

Rolando e... Tac.

"Vai se foder!", gritei. "Vai se foder, seu filho da puta!"

Corri até ele, com os punhos fechados, esmurrando o mais forte que conseguia, em todos os lugares que conseguia, até Henry cair na calçada, tentando se defender. Continuei a acertá-lo até que minhas mãos doessem. Caí ao lado dele.

Não chorei.

O Jack não chora.

"Vai se foder, Henry."

*Vai se foder, Freddie.*

## TRINTA

Henry gemeu e rolou, tentando se afastar.

Cuspiu sangue em uma pequena poça no chão bem embaixo de seu rosto.

Ele limpou os lábios e disse, "soubesse que era para isso que você queria me ver."

Abracei os joelhos enquanto recuperava o fôlego. Observava a rua. "Bem." Henry se levantou. Podia sentir que olhava para mim, mas não me mexi. "Se servir de consolo, eu também me sentia assim, Jack."

"Por que ainda está me seguindo?"

"Sabe, não consigo parar. Em parte, fico feliz por estar livre daquele lugar, mas, no fundo, o que eu mais quero é voltar para lá, desesperadamente."

"Então traga os meninos de volta."

"Não tenho como voltar. E você não pode abandoná-los justo agora." Henry deu um passo em minha direção. Queria bater ainda mais nele. "Daria tudo para poder voltar. Os óculos não me levam mais a lugar nenhum. As lentes não me mostram nada. Você viu o que aconteceu comigo em Marbury? Você viu, não viu?"

*Eu vi sua cabeça empalada naquele maldito muro.*

"Vi."

"Não é um mundo muito acolhedor, não acha?"

"Qual deles?"

Henry riu. "Gosto de você. Sempre gostei. E aqueles meninos te amam. Você é tudo que Ben e Griffin têm agora."

"Não tem mais ninguém vivo do lado de lá?"

"Não sei." Henry se ajoelhou atrás de mim, quase sussurrando. "Não sabia sobre o seu amigo, aquele do pub. Juro que não sabia."

"Você já tinha visto ele em Marbury?"

"Já." Henry pôs a mão no meu ombro, mas me afastei. "Eu não sabia. Se soubesse, não tinha procurado você, Jack. Teria procurado o Ben. Você tem que acreditar em mim, Jack. O nome dele é Conner."

"Mas o que eu posso fazer?"

"Não sei. É por isso que disse que você precisa ter cuidado com quem procura, principalmente se são seus amigos. Não sei. Acho que já não tem quase ninguém vivo naquele lugar. Muito menos de nós que deles. Mas sei que nossas conexões neste mundo estão relacionadas às nossas conexões em Marbury. Foi por isso que nunca perdi as esperanças de encontrar você. Juro que também pensei em procurar Ben e Griffin." Henry se levantou e deu um passo para trás. "É assim que todos os mundos começam, Jack. E é assim que todos eles acabam. Em guerra. Não sei dizer se é o começo ou o fim de Marbury."

Mas não me interessava o que ele dizia.

"Você só fala merda."

"Olha, vou embora. Vou tentar te deixar em paz, prometo. Só mais uma coisa: me diz o que aconteceu com vocês desde a primeira vez que foi pra lá? Se me contar, tento esquecer tudo e deixo você em paz. Pode ser?"

"Vai se foder."

Não olhava para ele, não queria. Henry era só mais um monstro roubando alguma coisa de mim. Já estava farto dele, de Marbury, de tudo.

Fiquei sentado na calçada, olhando para a rua, enquanto ouvia os passos de Henry Hewitt se afastando.

Tac. Tac. Tac.

Debruçado sobre a lata de lixo, estendi o braço até encontrar a meia que envolvia os óculos. Virei para trás e vi que Henry me olhava.

"É difícil se controlar quando você já está à beira do abismo, Jack."

Guardei as lentes na parte de dento da calça e segui pela rua, para longe dele.

Henry gritou, "Se cuida, Jack. Eu não vou sumir."

"Vai se foder, Henry", falei para mim mesmo.


Uma da manhã.

Eu tremia.

Estava sentado com os cotovelos na escrivaninha, olhando para aquele embrulho branco sobre a madeira envernizada.

*Como um bebê que acaba de nascer.*

Uma da manhã.

Observava Conner dormir, queria estar dormindo.

Escrevi as horas em um papel com a mão trêmula: *Uma da manhã.*
Rolando e...

Tac.

Tac.

Tac.

"Shhh..."

"Seth", ele disse.

"Meu nome é Jack", sussurrei.

"Eu sei."

"Por que não te vejo aqui?"

"Estou com medo."

"De mim?"

Então, percebi que Seth estava bem ali ao meu lado, entre a cama e a parede. A mesma imagem translúcida do garoto que tinha visto em Marbury, na caverna e, depois, no trem. Estava bem ali, imóvel, o rosto sereno, com os olhos negros nos meus. Era Seth, descalço e sem camiseta, vestia as mesmas calças rasgadas presas ao quadril por um cordão. Logo que olhei para ele, desapareceu novamente, fazendo aquele ruído debaixo da cama: rolando e batendo, rolando e batendo.

"Shhh...", eu disse, engolindo em seco. "Eu deveria voltar, não é? Você quer que eu volte?"

Tirei os óculos da meia.

Via o céu morto de Marbury do outro lado das lentes.

Um mundo entre meus dedos.

*Não posso fugir e não quero fugir.*

*Mereço tudo isso.*

*Vai se foder, Jack.*

Os óculos tremiam nas minhas mãos enquanto eu desdobrava a haste.

Uma da manhã.

*Ficarei só um pouco por lá.*

# Parte três

## BLACKPOOL

## TRINTA E UM

Cavalgávamos pelas colinas, através de uma floresta de crucifixos.

A princípio, ao ver aquelas formas indistintas em meio à névoa da distância, pensei que fossem árvores. Seria tão bom encontrar árvores de verdade. Talvez nas montanhas, quem sabe.

Mas não eram árvores. Eram fragmentos de postes e outras estruturas, presas em X umas às outras por cabos frouxos. Armações do que tinham sido tendas, reviradas entre as rochas e ravinas daquele lugar que um dia tinha sido uma pequena comunidade. Cada uma delas decorada com três ou mais cadáveres.

*Aquilo tinha acontecido uma semana antes.*
*Talvez alguns dias.*
*Há mais pessoas em algum lugar.*
*Não podemos ser os únicos que restaram.*

Cavalgávamos em fila, Ben na dianteira. Eu ia atrás de Griffin, observando o embalo dos cavalos sobrecarregados pelas sacolas que tínhamos improvisado com os pertences dos mortos. Com o cobertor imundo que eu tinha usado, Griffin tinha improvisado um assento entre seus alforjes. Ele olhou para trás enquanto os cavalos nos carregavam através do caos de destroços.

Necrófagos ainda caminhavam pelos restos mortais que tinham escavado, entrando e saindo de mangas e golas. As carapaças salientes movimentavam os trapos que restaram das roupas enquanto faziam seu ruidoso banquete.

Havia mulheres também. Não dissemos nada, não precisávamos. Cada um de nós sabia o que o outro estava pensando.

Quase todos os corpos estavam pendurados de cabeça para baixo, aqueles com cabeça tinham o pescoço arqueado para trás, com o queixo virado para o chão num ângulo quase impossível. Homens e crianças, adornados, cada um deles, com estacas ensanguentadas ou flechas. Todos tinham sido despidos, escalpelados e castrados e tinham o ventre rasgado e a cabeça em carne viva com o sangue coagulando ao sol. De uma das estruturas, pendiam os corpos de dois garotos e a carcaça de um cão. A pele tinha sido totalmente retirada, das orelhas até as patas.

Cavalgamos.

"Talvez encontremos algo que possamos usar por aqui", Griffin disse.

Ele apontou em direção a um abrigo improvisado com os destroços de uma loja de bebidas.

"Estamos bem abastecidos por agora", respondi.

Havia uma velha rua asfaltada que ladeava a comunidade. Cavalgávamos com facilidade por onde o asfalto escuro emergia do chão cinzento. O caminho começava à altura daquela paliçada mórbida e subia em linha reta até as escarpas das montanhas ao norte.

"Tem alguma coisa lá no fim?", perguntou Ben. Parou e virou o cavalo para nós. "Alguém tem ideia?"

"Um milagre, talvez", Griffin respondeu.

Ben apertou os olhos. Viu alguma coisa vindo atrás de nós, podia dizer pela expressão em seu rosto.

Dei meia-volta. Um cachorro branco de pintas pretas tinha seguido nossos cavalos. Ele se encolhia enquanto caminhava, tentando passar despercebido.

O cachorro se aproximou, parou e se sentou no asfalto com orelhas e cabeça abaixadas. Era pequeno, talvez nem chegasse à altura nos nossos joelhos. O animal tremia, mas não de frio. Não naquele calor infernal.

Griffin desceu do cavalo e endireitou as calças. Quando ele se aproximou, o cão se contorceu todo e disparou pela estrada. Em seguida, parou de novo e olhou apreensivamente para trás em direção a Griffin.

"Não precisamos de um cachorro estúpido seguindo a gente", protestou Ben.

"Nunca tive um cachorro", disse Griffin, desapontado.

Ele montou novamente e recomeçamos a cavalgada em direção às montanhas. Griffin olhou para trás e sorriu. O cão voltou a nos seguir.

"Vou dar um nome pra ele. Spot", disse Griffin.

Ben olhou para Griffin e balançou a cabeça. "Como você está, Jack?"

"Estou bem", respondi. "Esse rapazinho sempre faz eu me sentir melhor. Ele sabe como me ajudar."

"Já temos um espírito atrás de nós, não precisamos de mais uma coisa nos seguindo."

"Não estava falando do fantasma." Sorri. "Estava falando do Griffin."

"Não enche", Griffin riu. Então, deu meia-volta, abriu os braços e disse em tom doce, "Vem cá, garoto!"

"Cachorro idiota", Ben resmungou.

"Não estava falando com o cachorro, estava falando com o Jack." Rimos.

Ao cair da noite, subindo a primeira cadeia montanhosa, vimos claramente a planície desértica do alto de nossos cavalos. Mas não tínhamos como saber se havia alguém seguindo nossa trilha.

Havia vida nas montanhas. O ar era mais fresco. Com os pescoços enfiados na vegetação, os cavalos pastavam. Antes do anoitecer, prendemos os animais e descarregamos nossa bagagem. Tínhamos encontrado uma clareira entre vários arbustos.

Sentamos em círculo. Ben e eu descalçamos as botas, gemendo baixinho. Griffin já estava descalço, como de costume. Tinha vindo descalço por todo o caminho. Ben me entregou uma garrafa de água e começou a separar o que comeríamos: uma lata pequena de salsichas e um pacote de amendoins. O cachorro se escondia atrás de Griffin, mas sempre que o menino tentava acariciá-lo, se esquivava e corria.

Ben balançava a cabeça enquanto observava.

"Vou dar um pouco da minha parte pra ele comer", disse Griffin.

"Você não precisa fazer isso", respondeu Ben. "A gente também pode dar um pouco."

Ben olhou para mim.

"Tudo bem", concordei.

Tirei a camisa, dobrei e coloquei no chão entre as pernas. Pressionei o curativo no peito com a palma da mão. Doía muito, não apenas a mordida. Ainda não tinha esquecido a imagem grotesca de Conner naquele outro mundo.

"Quer que eu troque o curativo?", perguntou Griffin.

"Pela manhã."

Ben deu uma salsicha a Griffin. "Toma, vê se ele come."

O cão não se aproximava para comer. Então, Griffin deixou um pedaço no chão, chamando pelo animal, até que ele finalmente chegou mais perto. "Bom garoto, Spot."

"Pelo menos *essa coisa* não come", disse Ben.

Eu não tinha percebido que Seth estava sentado ao meu lado. Mas logo desapareceu ao ouvir o comentário de Ben.

"Ele me ajudou", eu disse. "Mais de uma vez."

"Nós também o ajudamos", respondeu Ben. "Quando saímos da caverna. Já viu o que os necrófagos fazem com os fantasmas?"

Tentava me lembrar. Eu sabia. A memória estava lá em algum lugar.

"Desde que fui flechado, não consigo me lembrar das coisas."

Tentei me lembrar da imagem de Conner à qual estava acostumado, mas só conseguia ver as criaturas que tentaram me matar pela manhã enquanto alimentava os cavalos.

Aquele não podia ser Conner.

"O Henry falou que você ia começar a esquecer as coisas", disse Griffin. "Você acha que a gente não sabe, Jack? Você acha que ele não contou pra gente?"

A vegetação se agitava. Uma das castanhas pardas caiu de um galho espinhoso e rolou pelo chão até parar aos meus pés. E então rolou de volta para a escuridão, empurrada por uma mão invisível.

Tac.

"Para com isso, Seth", eu disse. "O que o Henry falou para vocês?"

"Ele disse que você mudaria." Ben se curvou para frente, olhando para mim. "Disse que te conhecia de outro lugar e que você ficaria diferente."

"Tem mais comida?", perguntou Griffin.

Ben vasculhou uma das sacolas. "Espera, acho que tem bala."

"Bala?"

"E então", continuei, "estou diferente?"

Os galhos estalavam. Três gravetos caíram sobre meu pé.

"Shhh...", eu disse.

"O que ele quer?", perguntou Griffin.

Olhei ao redor à procura de Seth na escuridão. "Não sei. Então, estou diferente?"

Ben abriu um saco de balas azuis. "Aqui, abram as mãos."

E ele despejou pequenas balas coloridas em nossas mãos.

Griffin comeu uma bala e fechou os olhos. "É a melhor coisa que já comi na vida."

Dei um tapinha em suas costas. "Pode ficar com as minhas." E passei minhas balas para as mãos do nosso menino-médico.

"Viu?", disse Ben. "É assim que você mudou. Uma semana atrás você não teria feito isso, Jack."

"Tem alguma menina lá?", perguntou Griffin.

Olhei para ele sem entender.

"Lá no outro lugar", ele explicou.

"Tem."

"Eu e Ben estamos lá?"

"Não sei. Espero que sim. O Henry disse que sim."

"É um lugar legal?"

Desviei o olhar de Griffin para Ben. "Não. É a mesma coisa."

"Conta mais", pediu Ben.

Pensei em Conner, Nickie, Freddie Horvath.

"Melhor não. Mas não faz diferença."

Rolando e... Tac. Tac. Tac.

"Seth", eu disse.

"Fica quieto, porra de fantasma", disse Ben.

Os galhos estalavam ainda mais e mais gravetos partidos caíam do alto nas minhas pernas.

"Posso contar a história dele. Do fantasma", eu disse. Vi o rosto de Seth entre os arbustos atrás de Ben.

"Toma", disse Ben. E despejou mais balas nas mãos de Griffin. "Agora acabou."

O cão se aproximou timidamente e se sentou ao lado de Griffin. Ele ofereceu uma bala vermelha ao animal e acariciou seu dorso. O bichinho se retorcia todo.

"Fala dele, então", pediu Griffin.

"Tudo bem. O que vou contar foi a primeira coisa que fiquei sabendo dele, mas não é o começo da história, é o meio. Acho que é a parte que ele quer que vocês saibam."

"Como você sabe?", perguntou Ben.

Não sabia como responder. Minha ligação com Seth era profunda, mas eu não a entendia totalmente. Não era como imaginava ser assombrado por um fantasma, como via nos filmes e lia nas histórias. Para mim, não havia nada de assustador, nem se comparava a ser assombrado pelos ecos do que Freddie Horvath tinha feito comigo.

A imagem mais vívida que eu tinha de Seth era ele e o pai carregando o cadáver de um homem em um campo. Foi um episódio decisivo na vida dele, um destino do qual não conseguiria escapar.

Assim como eu, quando coloquei os óculos que Henry tinha deixado sobre a mesa naquela noite no Prince of Wales.

"É...", precisei parar para entender o que estava sentindo. "Todas as vezes que Seth me ajudou era como se eu pudesse ver tudo sobre ele. – É quase como se eu *fosse* ele. Não existe diferença, e eu posso falar por ele."

## A História de Seth [1]

Ajudei a papai a tirar o corpo de tio Teddy da carroça. Era uma pequena carroça de madeira, de quatro rodas, que usávamos para transportar lenha e, às vezes, animais. Tio Teddy era muito pesado. Nunca tinha carregado um homem morto. Nunca tinha visto um morto antes. Era difícil transportar o corpo dele, estava endurecido pelo frio da manhã; e metade de seu sangue devia ter vazado na carroça.

Papai fumava um cigarro. Para mim, era um feito como ele fumava sem usar as mãos enquanto carregávamos tio Teddy até a beira de uma vala que ladeava a estrada.

Sem querer, acabei descalçando tio Teddy e joguei seu sapato no chão e, com custo, consegui segurá-lo pela barra das calças. Não queria que papai pensasse que eu era fraco.

Tentamos jogá-lo em um bueiro. Papai retirou a grade de arame que o tampava, mas era impossível empurrar o corpo para dentro. Tivemos de deixá-lo ali, com a cabeça enfiada no buraco. Papai voltou à carroça para buscar as coisas que tinha trazido para queimá-lo.

Tio Teddy não era meu tio. Não era parente de nenhum de nós, apenas o chamávamos assim. Mas papai também não era meu pai. Era um homem que tinha me encontrado dormindo à beira de uma estrada de terra, havia nove anos, quando eu tinha 7 anos de idade. Papai e mamãe me adotaram, e passei a viver com eles, além de Davey e Hannah, que eram como irmãos para mim. Eram muito especiais, principalmente Hannah.

"Não vamos ser presos, papai?"

"Não, Seth. Só é preso quem é pego. E ninguém vai nos pegar."

As chamas começavam a se espalhar. Eu tentava fugir da fumaça, mas ela me alcançava, como se tio Teddy estivesse me seguindo.

Papai jogou mais lenha.

E ele estava errado.

Fomos pegos.

Tac. Tac. Tac.

Interrompi a história.

Griffin dormia deitado de costas, descalço, com a camisa para fora da calça e torcida em torno do corpo, o que o fazia parecer ainda menor. Seu cachorro estava esticado, colado à sua perna, mas nos observava de olhos bem abertos.

"O que fizeram com ele?", perguntou Ben.

"Com o garoto? Seth?", eu disse. "Ele foi enforcado."

"Ah." A expressão de Ben se abrandou. Talvez tenha ficado comovido com a história.

Então, os arbustos atrás dele chacoalharam violentamente, e ouvimos um grito de dor que fez o cão se levantar e rosnar.

"Não vou contar mais nada." A imagem pálida de Seth apareceu em meio aos galhos retorcidos, olhando para mim, suas mãos esguias uma sobre a outra, uma leve neblina permeando o emaranhado espinhoso. "Tudo bem, não vou contar mais nada."

Ben esticou as pernas. "Você acha melhor nos revezarmos para dormir?"

"Acho uma boa ideia", respondi. "Pode dormir primeiro, fico de guarda."

Ele não discordou. Com a cabeça em uma das sacolas, deitou-se de lado, virado para Griffin.

Era fácil o bastante ver aquelas criaturas à noite. Fiquei de pé. Seth estava bem ao meu lado, tão perto que podia sentir um tipo de calor vindo de sua presença. Andei até a borda da clareira e olhei para o imenso deserto.

"Quem é você?", sussurrei.

"Ninguém", respondeu Seth.

## TRINTA E DOIS

Sempre parecia o mesmo, sempre parecia como morrer, a pior parte do pesadelo.

Uma hora depois, eu os vi se aproximando; um pequeno mar de marcas vermelhas fulgurando pela escuridão do deserto.

"Ben", sussurrei, sacudindo seu ombro. "Eles estão vindo."

Ben se levantou rapidamente, olhando ao redor. Podia ver que ele tentava se localizar, entender o que estava acontecendo.

"Temos tempo", eu o acalmei. "Pega as botas. Vou acordar o Griffin."

Ben esfregou os olhos e, de meias, andou até o barranco para ver.

"Não são muitos."

"Era o que estava pensando." Quando me aproximei, o cachorro de Griffin correu para os arbustos.

"Ei, Griff", pus a mão sobre o peito dele. "Griff, temos que levantar."

Griffin abriu os olhos lentamente. Ficou imóvel, deitado, todo contorcido naquelas roupas largas. Olhava para mim com a testa franzida, confuso.

"Cadê o Ben?"

"Está aqui. Está tudo bem, mas temos que ir."

Mais acima na montanha, antes de a luz difusa da manhã branca nos revelar, encontramos um lugar onde poderíamos nos defender. Griffin levou os cavalos para um lugar seguro e voltou correndo, descalço, sem camisa, com as armas presas às calças, seguido de seu novo amigo.

Tínhamos estocado dezenas de caixas de munição, e os carregadores das pistolas estavam cheios. Tudo pronto. Além disso, eu levava munição extra presa à correia do rifle. Estávamos em vantagem. Tudo o que tínhamos de fazer era esperar, mas aquilo, sim, era muito difícil.

Os olhos de Ben seguiam a poeira levantada pelos cavalos deles e pelas carroças que puxavam. Tiveram de abandoná-las ao pé da montanha; era muito escarpada para chegarem até onde estávamos.

"Se não errarmos a mira, não vamos nem precisar recarregar. Não parece ser maior que um pelotão", Ben calculou. "São menos dos que enfrentamos quando Henry e os outros morreram. Talvez os mesmos. Mas hoje a vantagem é nossa."

"Talvez nem nos encontrem", eu ponderei.

"Não com ele aqui." Ben apontou para Seth com a cabeça. Estava agachado, quase invisível.

Necrófagos seguiam fantasmas. Ainda que fossem lentos, aqueles insetos seguiam espíritos, e os demônios vinham no rastro deles.

Com o braço dobrado e a arma apontada para cima, Griffin observava o chão do deserto, escondido atrás de uma crista de granito.

"Ainda estão longe", informou. "É melhor o fantasma entrar em você, Jack."

"Não sei."

"Tira a camisa para eu trocar o curativo, de qualquer modo."

"Não precisa."

"Não discute, porra!", Griffin me fuzilou com o olhar.

Suspirei, pus o rifle no chão e tirei a camisa. Então, me sentei de frente para a Griffin. Cada um tinha sua função. Tinha de obedecer ao garoto.

Ben ficou de guarda.

"Abaixe-se." Griffin abriu o estojo de primeiros socorros e espalhou mais daquela pomada nas duas feridas no meu quadril. Doía quando ele esfregava. Talvez Griffin quisesse mostrar o quanto era forte e que era capaz de fazer o trabalho que tínhamos dado a ele. A ferida da flecha que tinha atravessado meu corpo ainda não estava totalmente curada.

"Ainda está feio, Jack."

"É de tanto cavalgar, estou bem. De verdade."

Griffin retirou o esparadrapo do meu peito. A gaze estava presa dentro da ferida, solucei de dor enquanto ele arrancava aquilo. O curativo cheirava mal e tinha uma mancha amarela. O cachorro cheirou a bandagem e a pegou com a boca quando Griffin o espantou de perto de nós.

Griffin pegou outra gaze do estojo e colocou sobre minha barriga. Curvado sobre meu peito, apertou a ferida com os dedos.

"Porra!", afastei Griffin instintivamente.

"Está cheia de pus, Jack."

Griffin limpou a ferida, apertou e limpou novamente.

Meus olhos lacrimejaram.

Ele levantou a cabeça e perguntou a Ben, "Já ouviu falar de alguém que foi mordido por esses merdas?"

*Conner é meu melhor amigo.*

Ben olhou para nós e balançou a cabeça. "Está muito feio?"

Griffin deu de ombros e passou mais antibiótico sobre a mordida, usando os polegares. Ele olhou bem nos meus olhos, e sabia que Griffin se sentia mal por ser tão duro comigo às vezes, mesmo que ele não dissesse. "Você vai ficar bem, Jack?"

"Está tudo bem, Griff."

Percebi que Seth me observava por cima dos ombros de Griffin. O menino se transformou em uma fumaça, fazendo um redemoinho sobre meu peito. Sentia quando ele entrava por cada fenda da mordida, sentia-o como uma substância morna e gelatinosa. Isso me fez ficar tonto, como se tivesse respirado muito rápido, então fechei os olhos e tentei relaxar até Griffin terminar o curativo.

Por um instante, vi tudo: o homem que Seth chamava de papai, tio Teddy, Hannah... E também ouvi a voz de Conner, parecia vir do fim de um longo túnel, tentando falar comigo.

Eu caí fora de Marbury.

"E aí, mané."

Quando abri os olhos, estava no chuveiro. A luz que vinha da porta era um alaranjado de fim de tarde. Conner usava uma camisa branca, calça de malha, uma gravata desamarrada em torno do pescoço, meias molhadas e estava pulando de pé para pé no meio de uma poça de água que escorria da banheira, enquanto me falava alguma coisa e segurava meu celular.

## TRINTA E TRÊS

"Porra, cara! Cê tá *chapado*? Eu disse *Nickie quer falar com você.*" Conner escancarou a porta do box até que ela saísse pela porta do banheiro. Então levou o celular ao ouvido novamente. "Nickie? Então, ele tá aqui peladão no chuveiro. Só um segundo."

Ele acenou com o celular, debochadamente. Sua expressão denunciava que tinha flertado com Nickie.

O que eu poderia esperar de Conner?

Ele virou o telefone e tirou uma foto de mim.

Também era de se esperar.

"Vou desligar e te mandar uma coisa agora. Segura aí, menina." E saiu correndo do banheiro.

"Conner, seu cuzão!"

Enquanto a água caía, ouvi meu amigo se jogar no chão e rir histericamente.

"Ah, que beleza! Mandando... agora!" Ele continuava a rir.

Desliguei o chuveiro e fechei os olhos. Fiquei ali na banheira, pingando, esfregando o rosto com as mãos.

*Seth, me leve de volta.*

*Que se foda este lugar.*

*Tenho que voltar. Ben e Griffin precisam de mim.*

E, num momento de revelação, percebi que as lentes de Henry me levavam para Marbury, mas era sempre Seth que me trazia de volta.

*Pense Jack. Pense.*

*Faz quanto tempo desta vez?*

*As lentes.*

*Porra! As lentes!*

*Seth!*

"Caralho, Seth", gritei.

"O quê?", Conner gritou do quarto.

Enrolei uma toalha na cintura e saí do banheiro. Conner estava deitado de costas na cama, chorando de rir, hipnotizado pela tela do celular. "Ela vai adorar, Jack." Deu uma risada e continuou: "Foi mal, cara, acho que também mandei para a Stella sem querer."

"Deixa de ser cuzão."

"Tô brincando!" Conner enxugou os olhos. "Mas eu mandei pra Nickie mesmo."

Naquele momento, não me importava. A única coisa que eu queria era encontrar aqueles malditos óculos.

"Porra!" Arremessei a mochila na parede, espalhando tudo o que estava dentro dela pelo chão.

"Calma, cara." A voz de Conner tinha mudado para um tom tranquilizador. "Eu só estou brincando."

Com os pés molhados, chutava minhas coisas, procurando.

"Ei, Jack, desculpa."

"Porra!" Vasculhei o interior da mochila. "Não é com você, Con. Não estou nem aí pra porra da foto."

A meia. No fundo da mochila. Senti as hastes dobradas dentro dela. De alguma forma, tinha guardado os óculos ali, para escondê-los de Conner. Suspirei aliviado. Precisava deles.

A toalha caiu. Fiquei completamente nu, de frente para a janela aberta. Peguei a toalha e a estiquei à minha frente. O relógio mostrava que já passava das seis da tarde. Da cama, de camisa e gravata, Conner me olhava com preocupação.

*Por que estamos bem vestidos?*

"Que dia é hoje?", perguntei.

Conner se levantou rapidamente e se sentou na beira da cama. Desligou o celular e o colocou sobre minha calça social azul-escura.

"Cara, tudo bem com você?"

Vi o modo como me olhava.

*Eu estava assustando Conner.*

*Vai se foder, Jack.*

Puxei a cadeira e me sentei à escrivaninha. Coloquei os óculos no colo e apoiei a cabeça nas mãos.

"Que merda!", eu disse.

Conner se aproximou e se sentou perto de mim.

"Jack, o que foi?"

"Que dia é hoje, Con?"

"Está de brincadeira, Jack?"

"Queria estar."

"É quinta-feira, Jack. Acabamos de voltar do St. Atticus. Quinta-feira." Conner levantou a ponta da gravata com os dedos e lembrei que Wynn tinha insistido para usarmos gravatas quando fôssemos visitar seu antigo colégio. "E agora a gente estava trocando de roupa para sair."

Três dias.

Não olhei para ele.

*Cacete, para onde tinham ido aqueles três dias?*

"Não estou bem, Con."

Senti enjoo. Fiquei de pé, corri até o vaso e comecei a vomitar tudo o que tinha no estômago.

*Freddie Horvath deixou minha cabeça assim.*

*Não há nada que eu possa fazer. Não quero fazer nada.*

*Vai se foder, Jack.*

"Jack? Jack!" Conner estava de pé atrás de mim, meus joelhos escorregavam sobre uma poça de água morna.

*Era como tinha nascido.*

*A viagem da minha vida.*

"Jack, você está me assustando, porra!"

A cena devia ser ridícula. Conner buscou minha toalha e me cobriu enquanto eu cuspia ácido dentro do vaso.

"Sai, Conner! Eu não tô bem. Eu sou todo fodido mesmo. Me deixa em paz, porra!"

Debruçado sobre o vaso, tremendo, ainda segurava a meia que envolvia aquelas lentes malditas. Ouvi Conner se afastando."

"Desculpa, cara."

"Me desculpa também, Con. Me desculpa também."

Apertei os olhos. Queria muito chorar naquele momento. Sentia meus olhos cheios de lágrimas. Mas nunca tinha chorado, e não choraria ali.

*Respire, Jack. Respire.*

"É quinta-feira mesmo?", perguntei.

"Você não está zoando?"

"Não."

"Cara. Você tem que conversar comigo, Jack."

Concordei com a cabeça, mas não olhei para ele.

E não chorei.

"Preciso me deitar", eu disse.

Conner abriu caminho quando passei por ele. Desconcertado e assustado, ele me observava com olhos arregalados, como se eu estivesse fazendo uma coisa horrível. Ele não sabia como reagir.

*Você está fazendo uma coisa horrível, Jack, e ninguém pode impedir.*

Entrei debaixo do lençol e me deitei de lado, olhando para a parede. Sob o travesseiro molhado, minha mão apertava os óculos.

Ouvi a descarga.

E, depois, uma cadeira sendo arrastada pelo chão de madeira. Por um momento, pensei ser Seth novamente, mas vi Conner ao lado da cama, sentado na cadeira que tinha trazido, com as mãos sobre os joelhos, esperando por alguma coisa.

"Não me lembro de nada, Con."

"Tudo bem, mas você se lembra de quem eu sou, né?"

"Não me lembro de mais nada depois de segunda. Quando a gente saiu. Não me lembro de nada depois da briga."

"Não nos metemos em nenhuma briga."

"Eu me meti. Depois que você dormiu, eu saí e acabei arranjando briga. Bati em um cara que estava me seguindo desde que cheguei aqui."

"Era um policial ou um pervertido?"

"Nenhum dos dois, Conner. Ele só quer brincar com a minha cabeça, eu acho."

"Tem certeza?"

"É sério, Con." Limpei minha garganta. "O que aconteceu de segunda até hoje?"

Conner aproximou a cadeira e disse, quase sussurrando. "Sério?"

Olhei nos olhos dele. "Sim."

Ele suspirou. "Vou ser sincero com você, cara. Também não lembro o que aconteceu segunda à noite depois que dormi. Espero que tenha sido bom pra você também."

Conner tentou sorrir. Sempre tentava fazer piada de tudo.

Então disse, "Você não acha que deveria procurar ajuda, cara?"

Sabia o que ele queria dizer. Conner achava que eu estava ficando doido, mas eu não me importava. Provavelmente ele estava certo. "Não sei."

Conner se aproximou ainda mais.

"Na terça, acordamos tarde, depois do meio-dia. Então, comemos e fomos correr. Andamos de metrô pela cidade e tomamos uma cerveja. Basicamente o mesmo de ontem, só que a Nickie e você ficaram se ligando toda hora, e você combinou de irmos a Blackpool amanhã e voltarmos todos juntos para Londres no fim de semana. Já compramos as passagens de ônibus. Hoje de manhã fomos ao St. Atticus. Você se lembra de alguma coisa?"

Tentei lembrar.

"Tiramos alguma foto?"

"Além da que mandei para o celular da Nickie?", Conner empurrou meu pé e sorriu. Quando viu que eu não reagia, ele disse, "Cara, você tá estranho pra caralho! Tá me assustando!"

"Não é a primeira vez que isso acontece, Con. Eu saio do ar e depois volto sem me lembrar do que aconteceu. Mas é a primeira vez que se passaram dias e eu não me dei conta."

Conner inspirou profundamente, bem devagar.

"Para onde você vai quando isso acontece?"

"Não sei, me diz você, Conner."

"Vou pegar sua câmera", ele disse.

Meu celular vibrava sobre o criado-mudo. Olhei para a tela.

Nickie.

## TRINTA E QUATRO

"Agora entendi o que você falava sobre o seu amigo." Nickie riu.

"Que vergonha." Tinha dado as costas para Conner, que não percebeu. Ele estava ocupado procurando minha câmera, revirando as coisas que eu tinha chutado pelo chão. Percebi que ainda estava sem roupas e me senti ridículo.

"Na verdade, você não está nada mal na foto", ela disse. Quase via o sorriso em seu rosto enquanto ela falava. "A Rachel também acha."

"Nossa." Peguei a toalha do chão e enrolei na cintura. Passei por Conner e entrei novamente no banheiro. "O que você faria se a Rachel fizesse algo parecido com você?"

"Se ela tirasse uma foto minha, eu descontaria apresentando o Conner pra ela."

Afobado, eu procurava o que vestir na pilha de roupas que tinha deixado no armário do banheiro. Eu devo ter guardado elas lá, mas não me lembrava. Vesti uma camisa cinza e me olhei de relance no espelho.

Nickie me fazia sorrir.

Conner insistia para que eu me vestisse logo e reclamava, dizendo que estava com fome, mas mesmo que eu tivesse implorado ele não me deixaria sozinho no quarto. Encontramos um restaurante italiano onde faziam pizzas brotinho. Conner bebia cerveja e tentava me convencer a beber também, mas daquela vez não quis beber nada.

Enquanto comíamos, ele passava na câmera as fotos que tiramos desde segunda-feira.

Algumas delas pareciam familiares enquanto Conner contava tudo o que tínhamos feito – da mesma forma como aconteceu quando falei com Nickie naquela nossa primeira noite –, ainda assim, três dias era um espaço de tempo enorme para preencher.

Na última foto, estávamos eu e Conner de camisa branca e gravata, um apoiado no outro, com o verde vivo de um campo de futebol ao fundo.

Sorríamos.

"Deu para refrescar a memória?"

"Mais ou menos. Na verdade, não", suspirei.

"Você acha que aquele negócio que o Freddie injetou em você fez alguma coisa com a sua cabeça?"

*Freddie Horvath deixou minha cabeça assim, preciso pedir ajuda.*

"Não sei, Con. Acho que sim. Talvez."

Estava nervoso. Não deixava de pensar que tinha deixado as lentes debaixo do travesseiro. Precisava guardá-las em um lugar seguro. Estava me sentindo envergonhado. Continuava olhando ao redor para ver se Henry continuava a me seguir. Acho que Conner percebeu. Tentei relaxar e tomei um gole de água, mas engasguei.

"Então, a gente gostou o suficiente de St. Atticus para passar um semestre ou dois aqui?", perguntei.

Conner balançou a cabeça. "Continuo esperando que você comece a rir e me diga que está só de sacanagem, Jack."

Mal toquei na minha comida.

Não tinha fome.

"Acho que você gostou bastante, mas você é todo assim, desse jeito seu. Mas pra mim, bem... Eu sei é que eu não gostei da ideia de um monte de homem junto no mesmo lugar."

Isso me fez rir. "Seu bizarro, você só pensa nisso."

Conner ficou sério. "Queria poder te ajudar, Jack."

"Também queria que você pudesse."

"Quando a gente voltar pra casa, faço o que você quiser pra te ajudar a colocar a cabeça no lugar. Se não quiser contar pra ninguém, não contamos. Ok?"

Ele não sabia.

*Jack não tinha salvação.*

*Pelo menos, não do lado de cá.*

"Tudo bem, pode ser", respondi.

"Tem certeza que não vai querer uma cerveja?"

"Não, valeu, Con. Pode tomar outra se quiser, te levo pro hotel."

Esperei.

Estava deitado no escuro. Olhava pela janela de vez em quando, sem fazer barulho. Queria ouvir se Conner já tinha dormido. Era insuportável. Acho que ele também estava me ouvindo, me vigiando.

Aquelas lentes pareciam abrir dois buracos no travesseiro, entravam na minha cabeça.

Suando, tirei a coberta e olhei para a janela novamente.

"Tudo bem, Jack?"

"Uma merda."

"Vai dormir."

"Tá."

Senti Conner rolando na cama. Ainda estava me vigiando. Só queria que ele parasse e fosse dormir.

Conner sussurrou, "Não me sinto nem um pouco culpado pelo que aconteceu com aquele cara".

Rolei para o lado e olhei para a parede. "Não quero falar disso, Con."

"Só pensa no que ele teria feito com você. Se não tivesse fugido, você nem estaria vivo agora."

"E daí, porra?"

"O que aconteceu com ele foi um acidente. Não. Foi culpa dele. E ele teria feito as mesmas merdas com outro cara logo que tivesse outra chance. Você viu na TV o que eles descobriram sobre ele. Então, que se foda esse cara."

"Tá."

"Fala, então."

"Falar o quê, Con?"

"Fala, *vai se foder, Freddie.*"

Foi difícil soltar aquelas palavras. Soou como um sussurro. "Vai se foder, Freddie."

"Mais alto."

"Não, chega."

"Não vou deixar você fazer isso, Jack."

"Fazer o quê?"

"Sei lá, qualquer merda contra você mesmo."

"Mas não sou eu que faço essas coisas."

"Então quem é, cara?"

"Chega, Con. Vai dormir."

Esperei e finalmente ouvi aquele ruído: o som de uma circunferência de metal que rolava, tombando, girando em sequência, bem fraco, perto da parede, em um movimento triangular entre a minha mochila e a janela. Uma moeda.

Rolando e...

Segurei a respiração, levantei a cabeça e olhei para Conner. Ele dormia.

Tac.

Enfiei a mão embaixo do travesseiro. Sentia um alívio em ondas tranquilizadoras que percorriam meu corpo enquanto meus dedos entravam pela meia e se aproximavam dos óculos. Mas também me sentia culpado.

*Só uma olhadinha.*

Tac.

*Só um segundo, Jack.*

*Um segundinho.*

Tac.

Puxei os óculos, desdobrei a haste.

Mas Conner me olhava.

"Que porra é essa?", Conner se levantou de uma só vez, como se acordasse de um pesadelo.

Minhas mãos tremeram. Quase derrubei os óculos. Tentei me virar e colocar a mão embaixo do lençol. Naquele instante, enxerguei através das lentes. Apenas uma breve imagem: a expressão de raiva e preocupação de Griffin enquanto trocava o curativo no meu peito. Uma luz tênue e arroxeada se espalhou pelo quarto, como a luz de uma televisão ligada no escuro.

Tac. Tac. Tac.

O ruído vinha de trás da mochila, mais duro e insistente.

Conner segurou meu pulso com força.

"Que porra é essa, cara? Fala!", insistiu.

Não sabia o que responder, só queria que ele parasse de olhar para mim. "Um rato, sei lá."

"Não. Na sua mão."

Conner tentava tirar meu braço das cobertas.

"Solta, Con!"

"Você viu aquela merda? Deixa eu ver."

Soltei os óculos.

Tac. Tac.

Virei o corpo e cobri as lentes com a perna.

"Porra, Con. Para com isso."

Quando levantei a mão, afastei Conner, fechando o punho. Ficamos ali, um olhando para o outro. Estava sem ar.

Tac.

"O que é isso, Jack?"

"Shhh..."

Respirei fundo.

*Fique calmo, Jack.*

"Você viu aquela merda?" Conner se sentou na cama de pernas cruzadas. Senti o calor do corpo dele, quase encostado em mim. Ele estava ofegante. "Me mostra."

"Não posso."

"Você viu aquilo? Deixa eu ver, cara."

Conner sabia que eu estava escondendo alguma coisa debaixo da perna. Ele me empurrou, mas passei a mão pela cama e escondi os óculos atrás das costas.

"Para, Con. Sério."

"O que é isso aí?"

"É..." Não sabia o que responder. "Ah, esquece, não vale a pena."

"Eu quero ver. Quero ver aquilo de novo."

Eu apertava as lentes na mão. Parte de mim queria esmagá-las. Mas a maior parte, não.

Levantei os joelhos. "O que você viu, Con?"

"Você vai me mostrar esse negócio aí na sua mão ou não vai?"

"Antes, me fala o que você viu."

Conner olhou para mim. Via o retângulo desbotado da janela refletido em seus olhos. Não piscavam. "Eram cenas. Um filme resumido em meio segundo, vindo de dois buracos. Como dois olhos. Era tudo branco. Vi umas pessoas correndo de um lado para o outro, pareciam homens das cavernas, e eu estava lá com eles. Estava todo mundo praticamente pelado, comendo em volta de uma fogueira. Era como se eu estivesse lá. Depois, vi um monte de insetos asquerosos. Foi muito bizarro. Você já viu isso, Jack? Você viu aquilo? Foi um sonho ou o quê?"

"Não foi."

"Foi o que, então, Jack?"

Fiquei aterrorizado.

*Por favor, Con, não vá para lá.*

*Não faça isso.*

"Não vale a pena." Suspirei. "Olha, vou te pedir uma coisa e quero que você me prometa, porque somos amigos. Sem discussão. Ok? Promete?"

"Prometo, Jack. Você sabe que eu faço tudo por você. Nem precisa pedir. Não quero discutir contigo."

"Promete então que não vai mais olhar pra isso?"

Tirei os óculos debaixo do cobertor e dobrei as hastes. Mostrei os óculos na palma da mão e Conner não tirava os olhos deles. Dentro deles. Eu sabia que ele podia ver algo. Eu o observava. Eu olhava direto nos olhos dele.

Não piscávamos.

"Olha pra mim, Con."

Ele olhou para mim.

"Que porra é essa, Jack?"

"Não sei, Mas é ruim e vou me livrar deles."

Enfiei os óculos dentro da meia novamente.

"Você tem que cumprir a promessa, Conner."

Então estendi a mão e Conner a apertou. Mas tinha dúvida nos olhos dele. Eu o conhecia havia muito tempo, ele não conseguia esconder nada de mim.

Enfiei a mão embaixo do travesseiro úmido e deixei as lentes lá. Conner ainda seguia minha mão com os olhos.

"Aquilo tudo estava acontecendo de verdade?", ele perguntou, sem tirar os olhos do travesseiro.

"Se você viu, então é real." Fiquei olhando para o teto, com os braços atrás da cabeça. "Você também viu, então, não estou ficando doido."

"E o que você vai fazer?", ele perguntou.

"Preciso dar um fim neles. Você não entende, preciso dar um fim neles. Acho que já sei o que vou fazer."

"Deixa eu dar mais uma olhada, Jack. Só mais uma olhadinha. É rápido."

Conner tentou colocar a mão por baixo do travesseiro, mas o segurei pelo ombro e o afastei. "Você prometeu. Confia em mim. Não vamos brigar por causa disso."

Então, soltei Conner. Não sei como tive coragem, se tivéssemos mesmo brigado, ele acabaria comigo. Mas Conner também relaxou e se deitou no lado dele da cama.

"Desculpa, Jack. Desculpa."

"Tudo bem."

"Mas que porra é aquela lá?"

"Não sei, deve ser o inferno. Aquele lugar fode com a sua cabeça, Con."

"É por isso que você anda tão estranho?"

"Deve ser."

"Vai acontecer comigo também?"

Eu pensei que Conner estivesse realmente assustado.

"Não."

"De onde eles vieram?"

"Não sei. Você se lembra do cara com quem briguei outra noite? Foi ele que me deu esses óculos." Sentia o suor começando a escorrer sobre meu peito. "Preciso me livrar disso."

"Sério, Jack. Posso dar mais uma olhada?"

"Confia em mim, cara."

"Posso?."

"Não."

Quando Conner dormiu, perdi o controle.

*Vai se foder, Jack.*

Saí da cama devagar, sem fazer barulho. Nem uma vibração sequer. Fui ao banheiro levando os óculos.

Sentia um frio na barriga, vibrava, como se tivesse 5 anos de idade, acordando na madrugada antes do Natal, naquela época em que ainda acreditava não haver nada de mau no mundo.

Estava encharcado de suor. Abaixei a tampa do vaso e me sentei, tremendo – e sentia que estava sendo eletrocutado novamente por Freddie Horvath, pálido, suado, de cueca, tremendo como um viciado.

"Me traz de volta logo, Seth. Antes que ele acorde."

Tac. Tac. Tac.

*Apenas um minuto.*

*Só uma olhadinha.*

Coloquei os óculos. De algum lugar, ouvi Conner ao longe:

"Jack! Abre essa porta, porra!"

Tac.

"Jack!"

Tac.

## TRINTA E CINCO

Tac.

Os poucos reféns que eles mantinham serviam de comida, ou de coisa pior.

Eles se aproximavam. Tão perto que ouvia os cascos dos cavalos batendo nas pedras e os grunhidos dos cavaleiros. O cachorro de Griffin estava todo encolhido, tremendo debaixo da folhagem de um arbusto. Estávamos a postos, com a munição preparada. Era hora de nos separarmos.

"É agora", eu disse. Apoiados nos ombros uns dos outros, fizemos um círculo. Então, encostamos nossas cabeças.

"Vamos acabar com esses filhos da puta", disse Griffin.

Ben nos abraçou forte e disse, "Eles nem vão saber o que os acertaram. E depois vamos comer mais balas."

Griffin abriu um sorriso.

"E tomar uísque", completei.

"O que faz você pensar que eu trouxe o uísque?", Ben perguntou.

"Eu volto ao trem se você não trouxe." E quando Ben sorriu, falei, "Merda, eu vou andando até aquele trem se escaparmos dessa".

E Ben disse, "Nós vamos nos sair bem, e você não vai andando a lugar nenhum".

O posto de Griffin ficava sobre uma pedra de granito, atrás de onde faríamos a emboscada. De lá, podia ver quase todo o caminho até o mar de cruzes ao longe. Ben e eu cobriríamos seus flancos, mais ao alto e mais expostos, uns trinta metros de distância para cada lado.

"Cuidado pra não me acertar", disse Griffin enquanto subíamos.

O pelotão marchava pela encosta escarpada, entre as trilhas pedregosas, as fendas e os traços de vegetação rasteira. Vinham cavalgando ou a pé, dois a dois. Eram cerca de quarenta, estimei. Levavam armas primitivas manchadas de sangue. Eram feitas de madeira, pele, pedra, pedaços de metal, vidro e ossos. Não havia mulheres nem crianças. Assim era aquele mundo.

Coloquei o seletor de disparo do meu rifle em modo automático.

*Você ainda não conseguiu escapar de nada.*

Quase todos usavam tangas feitas de cabelo humano, algumas de fios loiros ou brancos. Alguns deles vinham totalmente nus, exceto por seus troféus e adereços: mãos secas presas a cordas de tripa em torno da cintura, chaves de porta ou carro penduradas nas orelhas e tornozeleiras feitas de dentes. Alguns tinham manchas nas linhas laterais do corpo. Através da pele coriácea, esporas recurvadas emergiam das vértebras protuberantes dos mais velhos. E cada um deles tinha sua própria marca vermelha, que fulgurava mesmo durante o dia, todas diferentes umas das outras. Ficava me lembrando da imagem do dia anterior: a marca de Conner era pequena, como um peixe ou um oito incompleto na horizontal, alguns centímetros abaixo do umbigo, entre os primeiros fios dos pelos pubianos. Procurei Conner entre eles, mas não o encontrei. Não queria encontrá-lo.

Estava preocupado; então olhei para cada um deles, sabendo que mesmo à distância reconheceria o andar de Conner Kirk. Eles subiam. Estavam tão perto que quase via o reflexo do que procuravam em seus olhos negros e brancos. Nossos dedos suavam nos gatilhos.

Esperando.

Griffin se escondeu; já estavam perto demais. Ele tinha de esperar até que todos passassem. O plano era simples: Ben e eu começaríamos a atirar assim que o último deles passasse por Griffin, e o menino não deixaria nenhum deles voltar.

Aquela montanha era nossa, dissemos.

Enquanto passavam inadvertidamente, pensei que, se o cachorro atravessasse o caminho correndo, teria de atirar. Fiquei firme. Com a mira do rifle, seguia o peito do cavaleiro que vinha à frente da fila.

Olhei para Ben. Ele me observava e. acenou com a cabeça.

Voltei a mirar.

O último deles, que cavalgava solitário atrás dos que vinham a pé, sem o antebraço esquerdo, passou pelo posto de Griffin.

Naquele momento, tive vertigens e senti frio. Todo meu corpo doía e me dei conta de que a última noite de sono que tive tinha sido dois dias antes, no trem dos corpos mumificados. Notei que mal conseguia suportar o peso do rifle.

Virei o rosto. Ben acenava com a mão. Era hora.

Abaixei minha arma e os gestos de Ben ficaram mais insistentes. Sabia que ele se perguntava por que eu ainda não estava atirando. Vi Seth agachado sobre a rocha atrás de mim. Ele estava indo embora.

"Seth", sussurrei.

Sua voz era apenas um suspiro, fora de sincronia com seus lábios. "Não, Jack. Tenho que fugir."

Eram os necrófagos, eu sabia.

Então, ele desapareceu.

Nossos perseguidores já quase cruzavam a linha que ligava meu posto ao de Ben. Os três primeiros estavam sob a minha mira. O da dianteira vinha em um cavalo malhado que levava um colar de mandíbulas humanas no pescoço. Parecia usar perneiras de couro preto, mas sua armadura era, na verdade, um punhado de necrófagos. Vinham agarrados a suas pernas, estalando suas carapaças, mexendo as mandíbulas e vibrando as asas. Aguardavam pacientemente os espólios do massacre. O soldado estava tão perto que eu sentia seu cheiro. Tinha a cabeça raspada e o couro cabeludo coberto por cicatrizes em ziguezague e uma série de espetos escuros que perfuravam suas bochechas, como o bigode de um tigre. Estava relaxado e levava uma besta armada com uma flecha negra.

Via suas feições claramente e me perguntava se já não o conhecia de algum lugar. Talvez já o tivesse visto no parque ou na lanchonete de Glenbrook.

Quando puxei o gatilho, a rajada de tiros quase o cortou ao meio, borrifando uma massa disforme de grumos vermelhos sobre o abdome dos dois cavaleiros que vinham atrás. Eles não tiveram tempo de reagir ao choque. Atirei nos dois seguintes no rosto, até descarregar o pente da minha arma, e ouvi os cavalos à frente cair soltando bufadas e lamentos agonizantes, bloqueando a passagem, girando seus olhos negros e soltando esguichos de sangue de suas narinas. A fila de demônios parou e apenas olhou, boquiaberta de terror enquanto os que estavam em sua frente caíam, desfazendo-se em poças de sangue.

Ouvi os disparos mais altos e secos das pistolas de Ben, que cuidadosamente escolhia seus alvos do posto do outro lado da trilha.

Pânico.

Gritos.

Não estavam preparados para aquilo.

Éramos deuses.

Liberei o carregador e recarreguei.

Flechas cruzavam o ar acima de mim. Um martelo acertou o granito com tanta força que faíscas voaram com o impacto. Fiquei abaixado atrás das pedras, olhando enquanto Ben atirava calmamente contra o pelotão. Uma das criaturas se aproximava do posto dele. Estava coberta de sangue e tinha uma alça feita dos intestinos de outro soldado em volta do pescoço. Fui atrás dele por uma depressão, sem que os outros me vissem. Ele puxou uma lança delgada com uma lâmina serrilhada na ponta e calmamente a apontou para Ben.

Mais flechas.

Ouvi outra arma, a de Griffin. Os sobreviventes tentavam bater em retirada.

Sem mirar, atirei no soldado que emboscava Ben com a lança, fazendo-o desabar sobre as pernas dilaceradas. A criatura rolou pelo chão escarpado, girando seu bizarro cachecol de vísceras, e perdeu a arma pelo caminho. Caiu ao lado de Ben, com as pernas destroçadas e jorrando sangue. Rolou para cima dele e tentou segurá-lo pelos cabelos, dando dentadas no ar.

Ben grunhiu e rolou para o lado por baixo de seu agressor. Levantou sua .45 por baixo do braço da criatura e atirou duas vezes. Ouvi o chiado do esguicho que saía por suas costas. Como se apenas se livrasse de um contratempo, Ben afastou o cadáver e voltou a atirar contra o caos que tinha se tornado o pelotão.

Fiquei de pé novamente e atirei, varrendo o campo de batalha com balas para acabar com os que ainda tentavam fugir. Seguindo a trilha vermelha que ia montanha abaixo, depararam-se com a emboscada de Griffin.

Agora de pé, Ben e eu corremos atrás dos demônios que sobraram.

O último morreu com um tiro de Ben na nuca, a menos de dez metros da linha que tinham cruzado poucos minutos antes.

Caiu com o rosto no chão.

E, então, silêncio.

Não tínhamos um arranhão sequer. As roupas de Ben estavam cobertas de sangue, nada mais.

"Eles nunca viram uns filhos da puta como a gente", disse Ben. "Nunca."

Griffin se levantou, descalço, sua pele coberta de areia se esticava sobre as costelas a cada respiração. Ainda segurava as armas acima da cabeça e gritava, "Isso aí, porra!".

Uma faixa escura e envernizada começava a cobrir as escarpas, vindo em nossa direção.

Necrófagos.

"Olhem as marcas", pedi. "Preciso encontrar um deles."

Conner.

Ben e Griffin guardaram as armas.

"Ele tem uma marca assim."

Com as mãos paralelas, cruzei os indicadores estendidos e os polegares curvados.

"É pequena, parece um peixe. Bem aqui." Desenhei a marca com o dedo logo acima da virilha. "Foi o que me mordeu ontem. Preciso ver se ele está aqui."

Griffin me encarava. "É aquele que você sabe o nome, não é?"

Levantei o rosto do último que Ben tinha acertado. "É."

"Tá bom, Jack. Tá bom", Ben concordou, mas eu podia ouvir sua respiração pesada enquanto me afastava deles indo em direção ao próximo corpo. "Vem, Griffin. Vai ser rápido."

Griffin suspirou. "Vão se foder, seus bostas." Então desabotoou a braguilha e começou a mijar em um dos corpos. Ben olhou para o menino e balançou a cabeça, mas Griffin insistiu, "Fodam-se eles, Ben. Isso é pelo que eles fizeram com o Henry e com a gente. Vão se foder!". Então o cachorrinho dele saiu do esconderijo na vegetação, cheirou o mijo de Griffin, e levantou uma pata no mesmo lugar para comemorar a vitória.

"Isso aí, Spot!"

Um tiro.

Girei o corpo e vi Griffin, com a braguilha ainda aberta, de pé sobre um dos soldados com a arma apontada para baixo.

"Esse ainda estava vivo. Mas não era o que você está procurando, Jack."

## TRINTA E SEIS

Eram quarenta e dois mortos no total.
Meu amigo não estava entre eles.
Conner
Conferimos cada um dos corpos. O cachorro de Griffin cheirava todos, um a um, enquanto íamos juntos pela cena do massacre. Era repulsivo.
"Vamos pegar os cavalos, Jack", pediu Ben.
"Vamos."
Griffin finalmente guardou a arma. Talvez quisesse encontrar mais um ainda vivo. "Está doendo tudo. Por quanto tempo ainda vamos cavalgar?"
"Até a gente encontrar alguém, Griff", respondi. "Vamos tentar chegar ao topo hoje para ver se achamos um caminho."
Subíamos penosamente a encosta até onde Griffin tinha amarrado os cavalos e, a cada momento, eu parava e procurava ao longe qualquer sinal de que ainda nos seguiam. Isso era estúpido.
É claro que ainda nos seguiam.
Tinha esperanças de que, ao ver a carnificina que tínhamos deixado para trás, eles decidissem deixar aqueles três garotos em paz.
Quanto mais alto, mais fria a neblina. Chegava a se condensar. Bastante água se acumulava entre as pedras de granito. Deixamos que os cavalos bebessem das poças. Griffin ria enquanto o cachorro tentava morder seu próprio reflexo
Ben e eu fomos até uma clareira e olhamos para baixo, para o caminho que tínhamos trilhado. Já era noite, e não havia sinais de que estávamos sendo seguidos.
"Acha que temos tempo?", perguntou Ben.
"Do jeito que essas rochas são, acho que eles não conseguirão nos encontrar."

"Quer continuar, então?"

"Vamos. Vamos chamar o Griffin e continuar, Ben."

Mas, quando voltamos para onde os cavalos bebiam, Griffin e o cachorro tinham desaparecido.

Olhei para Ben e chamei, sussurrando. "Griff? Griff?"

"Ele deve estar só mijando." Ben deu um pulo. Pegou sua arma. Vi alguma coisa se mexendo ao meu lado. Me virei e um homem alto nos observava, logo ele desapareceu na neblina.

Um fantasma.

"Odeio esses coisas, porra", disse Ben.

"Vê se não vai atirar em mim sem querer."

"E aquele seu fantasma magrelo?"

"Não sei. Foi embora."

"Griff?" Ben estava nervoso. Sua mão tremia sobre o coldre.

Contornei a água para investigar o outro lado. Vi as pegadas molhadas de Griffin: seguiam as pedras para o leste. Era uma trilha natural, estreita, ladeada por galhos e folhas pontiagudas de pinheiros. Acenei para Ben. "Acho que ele foi para lá."

Ben respirou fundo e me seguiu pelas árvores.

Não mais que vinte metros à frente, ouvimos o cachorro latir. Griffin berrava, "Spot! Vem cá! Larga meu cachorro!".

Armei o rifle e fui em direção aos gritos de Griffin.

"Griff!"

Ben corria logo atrás.

"Solta ele!", Griffin urrava, enfurecido.

Quando o alcançamos, encontramos o garoto seminu, puxando a saia de uma mulher que, por sua vez, agarrava o cachorro com os braços e prendia seu focinho com as mãos. O bicho se debatia.

Outras pessoas.

"Griff! Volta!", gritei, apontando a arma para a mulher.

Não poderia dizer que era uma cena estranha, porque em Marbury o estranho era o normal. Mas a mulher era enorme, forte. Seus cabelos grisalhos esvoaçavam desgrenhados enquanto tentava se livrar de Griffin. Vestia um hábito de freira e tinha olhos desesperados, ensandecidos até.

"Pierre!", ela chamou. "Pierre!"

"Mary!" Um homem veio correndo em nossa direção.

Ben já empunhava as duas pistolas, uma apontada para a mulher, a outra para o farfalhar que vinha das árvores na escuridão.

"Solta!", a mulher gritava enquanto tentava chutar Griffin.

"O cachorro é meu!"

"Ei", eu gritei. Queria que ela olhasse para mim, para minha arma, mas talvez nunca tivesse visto uma antes. "Para com isso! Devolve o cachorro!"

"A gente divide! Por favor! A gente divide!", ela implorou.

"Você não vai comer meu cachorro, porra!", Griffin a segurava pelas mangas da roupa e chutava suas pernas.

"Mary!" Um homem surgiu atrás deles, segurando uma enorme clava retorcida com a ponta coberta de galhos e espinhos. Ele a levantou, mas Griffin girou a mulher entre ele e o homem, enquanto a chutava.

"Solta meu cachorro, porra!"

Ben levantou a arma e apontou para o peito do velho.

"Não atira, Ben!", gritei.

Vi que Ben não sabia o que fazer. Eram pessoas, afinal. Há quanto tempo aqueles meninos não viam pessoas de verdade?

O homem tentou acertar a clava nas costas de Griffin, mas o garoto era rápido. Ainda segurando as roupas da mulher, ele se jogou ao chão, tentando puxá-la para baixo. Parecia um inseto tentando tombar uma árvore.

Então, Ben esticou os braços e disparou acima da cabeça do homem. Pierre, completamente perplexo, soltou a clava imediatamente e cobriu os ouvidos enquanto os estampidos ensurdecedores explodiam em chamas esbranquiçadas nos canos das armas.

O tempo pareceu parar.

Griffin largou a mulher, conferindo se alguém tinha sido atingido.

Encarei Ben em reprovação. Não podíamos fazer barulho, e ele sabia.

"Porra, Ben!"

"O que eu podia fazer, Jack? Aquele filho da puta ia matar o Griff."

A mulher tremia, ainda agarrada ao cão. Ela choramingou, "Por favor, tenha piedade. Eu cozinho. Eu cozinho! Por favor! Vamos dividir? Por favor? Sei que você é um homem de Deus. Eu cozinho para você!".

"Você não vai cozinhar o meu cachorro, caramba", insistiu Griffin.

"Griffin...", Tentei acalmá-lo. O menino já se preparava para voltar a brigar. "Dona, solta o cachorro", pedi.

Ben continuava mirando o homem que ainda cobria os ouvidos.

"Devem ser deuses", exclamou, ainda trêmulo.

"Demônios, demônios!", disse Mary. Lágrimas enlameadas desciam pelo rosto da freira, mas mesmo assim me olhava desafiadoramente; curvando-se, ela soltou o cachorro. O animal tentou morder sua mão, mas logo correu para se esconder atrás de Griffin, com os pelos do dorso eriçados como penas.

Griffin deu dois tapinhas no dorso do animal e olhou para ela. "É uma mulher mais velha. Não é, Jack?"

"Vocês são cruéis e infiéis", disse Mary, enxugando seu rosto. Ela se sentou no chão e balançou a cabeça. "Demônios cruéis, com as marcas escondidas. Pierre!"

O homem abaixou as mãos e olhou para nós.

"Conte a eles! Conte a verdade!", a mulher pediu a Pierre.

O homem, velho e corcunda, encolheu os ombros como se não entendesse o que a mulher pedia.

Cautelosamente, Griffin se aproximou da senhora, que ainda estava sentada. Tocou seu rosto com a ponta dos dedos. "É uma mulher", ele disse. Então, abaixou a mão para sentir o seio dela. Mary acertou um tapa tão forte nele que soou como outro tiro. Griffin se estatelou no chão com as armas tilintando pelas pedras; a pancada foi tão forte que quase arrancou o garoto magrelo de dentro das calças. Ele se levantou rapidamente, de punhos cerrados, e avançou contra a mulher. Griffin lhe deu um murro bem no meio do nariz, e ela desabou de costas no chão.

A velha soluçava, e Pierre veio ao seu socorro, acariciou seus cabelos emaranhados e balbuciou, "Mary, Mary! Veja o que os pérfidos e maus fazem conosco!"

Griffin parecia se preparar para atacar Pierre também, então girei o rifle para as costas e agarrei o menino pelos ombros.

"Chega, Griffin. Ela tinha razão de te bater. Depois explico."

O menino ficou ali, olhando para aquele casal patético. Confuso, esfregava o rosto. Sabia que Griffin estava furioso por ter sido estapeado daquela forma e, se eu não interferisse, continuaria brigando.

Acho que Griffin Goodrich nunca chorou na vida.

"Por favor, misericórdia", Pierre implorava, enquanto sua mão trêmula acariciava os cabelos da mulher. "Estamos famintos. Ela só estava me ajudando a procurar comida. Por favor, nos deixe ir."

A freira fechava as narinas com os dedos ensanguentados.

Ben guardou as armas nos coldres. "Tem mais gente aqui em cima?"

Pierre olhou para mim para responder. Devia ter medo das armas de Ben. "Alguns. Uma comunidade bem pequena."

"Ai de mim!", queixava-se Mary. "Ai de mim! São demônios, Pierre! Aquele degenerado me estuprou! Você não viu? Ele me estuprou!"

A freira se curvou para frente escondendo o rosto no tecido preto do hábito esticado entre os joelhos. Balançava para frente e para trás, com as mãos agarradas aos cabelos, murmurando uma prece em latim.

"E onde estão os outros?", perguntei.

"Às vezes os vemos, aqui e ali. Eles se escondem bem, todos nós temos de nos esconder muito bem. Mary e Pierre, sempre nos escondemos durante o dia. Com os fantasmas. Mas somos bons. Compartilhamos nossa comida, nossa bondade. É tudo o que temos."

"Já falei que vocês não vão comer meu cachorro, porra!", Griffin grunhiu.

"Shhh...", interrompi. "Eu voto para dar comida para eles."

Levantei minha mão.

"Eles são doidos", Ben protestou.

Griffin parou de esfregar o rosto e levantou a mão. "Vamos dar comida para eles."

"Tudo bem, então", Ben mostrou a palma da mão.

"Ouça", disse para o velho. "Somos bons também. Temos comida e vamos dividir com vocês."

"Demônios!", disse Mary, com a cabeça ainda enterrada no hábito.

"Desculpa", disse Griffin. "Eu não te estuprei. Acho que nunca vi uma mulher. Não que eu me lembre. Desculpa."

"Tudo bem, Griff", eu disse. Virei o rosto para o homem e continuei. "Vamos trazer comida. Voltamos em um minuto, pode confiar na gente."

"Por favor, por favor", continuou o velho.

Com o cachorro à frente, voltamos os três para onde estavam os cavalos para levar alguma coisa para o casal idoso. Tirei duas embalagens de suprimentos que tínhamos encontrado no trem dos soldados e guardei no bolso das calças camufladas.

Por um instante, vi Seth de pé, do outro lado da água. Sua imagem estava tão fraca que era quase um borrão. Assim que olhei para ele, desapareceu com seu sussurro característico, "Seth".

"Precisamos nos preparar para cavalgar", avisei. "O velho disse que tem mais gente aqui. Não quero atrair os Caçadores para cá. Vamos voltar pela trilha que viemos até encontrar outro caminho para o topo."

"E até quando vamos ficar fazendo isso?", perguntou Ben.

"Até quando for necessário, Ben. O que você quer que eu responda?" Balancei cabeça. Ben parecia se sentir culpado e montou seu cavalo. "Fiquem preparados que eu vou dar comida para os doidos e já volto."

"Jack!", Griffin chamava, preocupado. "Uma das minhas armas sumiu!"

Em apenas um instante, enquanto começava a procurar a arma de Griffin pelo chão, ouvimos dois estampidos vindos de onde estavam o velho e a freira.

Corri.

Olhei para trás e vi que Griffin começava a descer do cavalo. "*Não me siga. Só venha se eu chamar.*"

Parei de correr logo que cheguei à clareira onde Mary agarrara o cachorro de Griffin. Tentei controlar a respiração e escutei atentamente.

Nada.

Fiquei de bruços no chão, com o rifle apontado à frente. Comecei a rastejar.

Pés.

Vi as solas de seus pés, lado a lado, como se estivessem deitados juntos, imaginando suas loucuras enquanto observavam o monótono céu de Marbury.

Fiquei de pé.

A mão da freira ainda agarrava firmemente a pistola de Griffin. Pierre estava de olhos abertos e um pouco de sangue escorria de seu nariz. Um buraco preto como carvão ainda borbulhava acima de sua orelha direita. A freira tinha atirado em si própria no peito, talvez tentasse expurgar a parte do corpo que o garoto tocara com curiosidade. A boca dela, contraída, mostrava os dentes, e os tendões saltavam do pescoço em uma expressão paralisada de fúria.

Tirei a pistola da mão do cadáver e voltei até os cavalos.

Segurei o cano da arma e devolvi para Griffin.

"Toma. Tome mais cuidado. O velho quase teve um enfarte quando a arma disparou na mão dele."

"Tudo bem com eles?", perguntou Griffin.

"Tudo. Acho que nunca comeram tão bem. Pediram para agradecer, Griff."

Voltamos uns três quilômetros até encontrar outro caminho para o alto da montanha. Griffin e Ben já pareciam estar quase dormindo sobre os cavalos, mas me seguiam mesmo assim. Assim que virei entre dois troncos de árvores, olhei ao longo da encosta escura da montanha e vi duas marcas vermelhas – apenas rapidamente, mas eles estavam lá.

Dois deles. Em nossa direção.

Então, eles sumiram.

Talvez estivesse cansado. Talvez não pensasse com clareza, ou apenas sonhasse acordado. Não importa o que era, sonho ou realidade, sabia que uma daquelas criaturas subindo pela montanha atrás de nós era Conner.

## TRINTA E SETE

"Abre a porra da porta, Jack!"
Jogo os braços para frente, palmas abertas, pronto para me defender.
Um sonho como se estivesse caindo, tentando me segurar em algo.
*Vai se foder, Jack.*
Consigo focar o olhar. Estou sentado no vaso.
Suando. Tudo molhado.
Ah, é!
A porta. Abro a porta.
Meu estômago está se revirando. Preciso vomitar.
Conner fica de pé ao meu lado. Ele diz alguma coisa.
"Que merda está fazendo, Jack?"
"Hã?"
Ele está apenas de cueca.
Agora me lembro.
É porque estávamos dormindo.
Ele está de cueca e segura os óculos roxos na mão.
Conner está colocando os óculos. Tento abaixar minha cabeça, me viro nos joelhos para vomitar dentro do vaso.
Vomito, mas vejo os pés descalços de Conner no piso, ao meu lado.
Ele não se mexe.
*Me desculpa. Me desculpa.*
*Não vá, Con.*
*Por favor, não faça isso.*
A porta do banheiro está aberta.
Começo a me lembrar daquela criatura, coberta de bile e sangue do seu colega, com uma corda de intestinos sobre os ombros.
A freira e o velho olhando para o nada com os olhos relaxados, vazios.
Tive de mentir para o menino. Tive mesmo.

Olho para cima.

Conner está usando a porra dos óculos.

*Vai se foder, Jack.*

"Con?" Fiquei de pé, quase caindo em cima dele. "Con! Não faz isso, cara. Por favor."

Com os braços para baixo, ele mal se mexia. Respirava tão pesadamente que parecia estar a ponto de explodir, ou de se afogar. Arranquei os óculos do rosto de Conner, as lentes tremiam em minhas mãos. Dobrei as hastes sem olhar para elas e tateei o chão com o pé para encontrar a meia em que as guardava.

Conner estava de olhos abertos, mas sabia que não me via. Começou a tombar para a pia e se apoiou no balcão. Corri até o quarto e guardei os óculos por trás do forro da mochila. Conner não os encontraria ali, pensei.

Não deixaria ele encontrar.

"Con? Con?" Voltei para o banheiro.

A água corria. Conner estava debruçado sobre a pia com a cabeça debaixo da torneira.

"Conner!"

Ele levantou a cabeça, jogando água fria para todo lado. Seus olhos estavam mortos.

"Jack?"

Ainda não tinha voltado totalmente. Então disse, "O que...", e caiu de joelhos, abraçando o vaso.

"Preciso sentar, Jack. Preciso sentar."

Então Conner vomitou também.

Estava assustado, imaginando as coisas horríveis que meu amigo viu, o que ele poderia saber.

*Tudo bem. Vamos pensar, Jack.*

*Desta vez não foi Seth que trouxe você de volta, foi Conner. Devo ter feito a mesma coisa com Conner. Quanto tempo ele tinha passado em Marbury? Um dia? Um mês? Talvez apenas um momento.*

*Porra! Pense!*

*Ele não poderia estar entre as criaturas da montanha. Se estivesse morto, não veria nada pelos óculos. É por isso que Henry não via mais nada. Você pode estar morto lá e vivo aqui, como as pessoas que tinha visto no trem.*

*É por isso que vi a cabeça de Henry Hewitt empalada em um muro e estávamos tomando cerveja aqui outro dia.*

*Tenho que me livrar desses óculos, merda.*

*Você não vai conseguir.*

*Vai se foder, Jack.*

Conner finalmente começou a se acalmar.

Com as costas apoiadas na banheira e os cotovelos sobre o vaso, ele esticou as pernas sobre o chão molhado.

*Foi assim que eu nasci, Con.*

*Qual é a sensação?*

"Tudo bem, Con?"

"Aquilo é insano, Jack."

"Você não está louco, Conner."

"Aquilo é real, não é?"

Podia ver como ele apertava os dedos contra o chão molhado.

"É."

"E sobre aquela outra merda?"

"Não sei. Quer me contar sobre isso?"

"Foda-se tudo isso, Jack! Nunca mais quero ver aquelas merdas de novo!"

"Tudo bem."

"Você me avisou. Eu não te escutei."

"Tudo bem."

Conner se apoiou com os braços e ficou de pé. Parecia ter levado uma surra. Parecia pequeno e frágil, derrotado, nada como Conner Kirk.

"Quer tomar uma cerveja, Jack?"

"Claro. Vamos lá, Con."

## TRINTA E OITO

Pegamos o ônibus para Blackpool na estação Victoria antes das oito da manhã. Não tínhamos dormido muito depois daquela merda de noite. Esvaziamos o frigobar de tudo o que fosse vagamente alcoólico, mas não ajudou. Tenho certeza de que ficamos deitados a noite inteira, pensando sobre o que o outro teria visto, ou descoberto. Mal nos falamos depois de Conner ter se levantado do chão do banheiro.

A viagem duraria seis horas.

Quando o ônibus saiu da cidade, liguei para Nickie. Era quase como se tivesse de ouvir a voz dela para ter certeza de que *aquilo* estava acontecendo, para saber que havia mesmo um lugar chamado Blackpool e de que ela estaria lá, nos esperando, quando o ônibus chegasse no fim da tarde.

Tirei uma foto de Conner com o celular e enviei para Nickie: "olha aqui uma foto do conner. não se preocupa, ele nao ta pelado, pra variar um pouco. eh so pra rachel ver como ele eh feio! hahaha". Conner estava encostado na janela, com olhos sonolentos, usando um capuz preto, torto. Seu cabelo loiro-claro caía sobre um dos olhos e ele sorria com o canto da boca. Sempre sorria assim: como se soubesse de alguma coisa que você não sabe. Era uma ótima foto dele, porque assim era Conner Kirk de verdade. O Conner do mundo de cá.

*Chega, Jack.*

*Você sabe que não vai deixar Ben e Griffin sozinhos.*

*Quanto tempo você acha que aguenta até pegar aqueles malditos óculos de novo.*

*Quanto tempo até Conner perguntar onde você está escondendo eles.*

Conner tossiu e se ajeitou no assento. Seu joelho bateu no meu.

"Desculpa, Jack."

Conner nunca diria isso pra mim.

*Que se foda este lugar.*

Suspirei. "É, pois é, desculpa também, Con."

"Como assim?"

"A gente não vai conversar mais, é isso?"

Uma mulher grisalha se virou e começou a olhar para nós pela fresta entre os dois assentos da frente.

"Deixa de merda", Conner sussurrou.

"Ahã. Que nem aquele *Gary* do banheiro do aeroporto."

"Você sabia o nome dele?"

"O filho da puta se sentou do meu lado no avião e se apresentou. Ficou me cantando o tempo todo, me chamou para sair em Londres... Então a aeromoça sentiu pena de mim e me levou pra primeira classe depois do cara tentar agarrar minhas bolas."

"Cara, por que você só atrai esse povo bizarro?", Conner riu.

"Pois é."

"Então", ele disse, "quem vai falar primeiro?"

Senti meu corpo ficar tenso. Olhei para os assentos à frente. A mulher não olhava mais. Mesmo assim, abaixei a voz e me inclinei para ele. "Você. Me conte sobre como foi."

Conner olhou em volta, tinha uma expressão estranha, de culpa. Aquilo me assustou demais. Quer dizer, ali estava aquele cara – meu melhor amigo, crescemos juntos –, sabíamos todos os detalhes da vida um do outro. Não havia segredos ou constrangimentos entre nós. Nem mesmo quando o flagrei fazendo sexo com a namorada – até me convidou, como se não fosse nada demais, como se eu passasse por ali e ele me chamasse para jogar bola.

Mas, naquele momento, no ônibus para Blackpool, enquanto tentava encontrar as palavras para me dizer o que tinha visto pelas lentes de Marbury, meu melhor amigo parecia assustado, constrangido e nada confiante. Nunca tinha visto Conner Kirk naquele estado em toda minha vida.

"Achei que estava ficando doido ou algo assim", começou. "Como se não estivesse acontecendo de verdade."

"Eu sei."

"Quantas vezes você foi pra lá?"

Não tinha certeza. Levantei os ombros e balancei a cabeça.

Conner olhou para os joelhos. Emaranhava os dedos e apertava até as unhas ficarem brancas. "No período que fiquei, comecei a me lembrar de coisas daquele lugar, e quem eu era. Era como preencher todos esses buracos, como se já soubesse toda a história daquele lugar, mesmo sem nunca ter ouvido nada sobre isso antes da noite anterior."

"Quanto tempo você ficou?"

"Dois dias."

"Não foram nem cinco segundos no banheiro, Con."

"Não faz sentido, Jack. Fiquei lá dois dias." Conner olhou pela janela por um instante. "No início, era como se estivéssemos no deserto. Era noite, mas o céu não estava todo escuro, só cinza-claro. Não tinha estrelas. Tinha sempre uma neblina que não sumia. Fizemos uma grande fogueira."

"Eu estava lá?"

"Você? Não. Não estava. Mas tinha umas pessoas que eu conhecia. Sabia o nome deles e tudo mais, mesmo sem nunca tê-los visto na vida." Conner finalmente relaxou os dedos, passando a palma das mãos pelas coxas. "Era como se a gente fosse uns homens das cavernas, ou algo assim. Uns cem, pelo menos. Era um tipo de festa enorme. Estava quase todo mundo pelado. As mulheres totalmente peladas e os caras, só de tanga, mais nada."

Olhou para mim como se pedisse desculpas. "As tangas eram de cabelo de gente, Jack. Eu lembro disso. Bizarro demais, né? Era um banquete, a gente tinha matado um cavalo com um martelo e colocado na fogueira para assar. Também estavam assando um cara. Todo mundo destroçando o cara e comendo. Eu também comi."

Eu percebi que ele estava assustado enquanto falava. "Lá não é aqui, Conner. É outro lugar. Deve ser o inferno."

"Lá somos diferentes", continuou. "Não somos pessoas de verdade. Os olhos zoados, um todo branco, outro todo preto. Alguns caras têm manchas na pele, outros têm espinhos. Alguma doença do caralho fez aquilo com a gente, espalhou pra todo mundo."

*Nem todo mundo.*

"Lembro de algo coisa sobre isso", comentei.

"E todo mundo tinha umas marcas, e elas brilhavam, sei lá. Pareciam tatuagens, mas pegavam fogo. Não sei como chamar aquilo."

"A sua é aqui." Apontei para o lugar onde tinha visto a marca dele. "Com esse formato."

Desenhei com os dedos.

"Você me viu?"

"Vi."

"Quando?"

"Você não se lembra?"

Conner olhou para frente e fez um não com a cabeça.

"Onde fica a sua?"

"Não sei."

"Sério, Jack. Eu fico conferindo toda hora para ver se a marca ainda está lá. Porque aquela porra era real demais."

"Levei uma flechada, Con. Aqui."

Levantei minha camisa e apontei o lugar por onde a flecha tinha passado.

Então, me virei. "Entrou aqui e saiu por aqui. Quase morri. Não sei dizer quantas vezes olho para ver se a ferida está aqui."

Conner se aproximou, tentando encontrar algum vestígio do ferimento que eu não tenha visto.

Ele estava irrequieto, suas mãos não paravam no lugar. "E então, naquela noite, depois de comer, rolou uma orgia absurda, Jack. Todo mundo fazendo sexo com todo mundo, em qualquer lugar. Durou a noite toda, até todo mundo desmaiar e dormir. Eu ficava pensando como era do caralho viver assim e não queria voltar para cá. Mas pensei em você, e lembrei que estava em Londres, mas lá as coisas eram tão intensas que não queria voltar pra cá."

Lembrei que Henry Hewitt tinha me perguntado uma vez como era Marbury para mim. Acho que ele também deve ter duvidado da própria sanidade e teve de perguntar. Com a descrição que Conner tinha feito de Marbury, nem parecíamos estar naquele mesmo lugar, naquela mesma época. Mas não me sentia melhor: sabia que estávamos os dois lá, ainda que separados.

Conner esfregou os olhos. "É como se tivesse uma guerra rolando, não é?"

Confirmei com a cabeça.

"De manhã, era tudo branco", continuou. "Como se fosse uma nevasca, mas era um deserto e era muito quente. A gente estava seguindo um grupo de soldados que tinha ido na frente, mas nosso grupo estava mais atrás porque estávamos quase todos a pé, com mulheres grávidas e crianças também. O objetivo era chegar às montanhas. Era uma montanha bem escura e escarpada. E eu era um dos caras no comando, eu era importante. Então, depois de algumas horas, passamos por um lugar onde havia um monte de corpos pregados em postes, de cabeça para baixo. A maioria sem cabeça, escalpelados. Cortaram o pinto e as bolas dos homens. E tinha uns insetos grandes pra caralho comendo os mortos. Dava para ouvir eles mastigando."

"Necrófagos", completei.

Conner olhou para mim com os olhos arregalados. "Isso! É assim que a gente chamava aqueles bichos. Você viu, então?"

"Vi tudo, Con."

"A gente continuou indo para as montanhas e, bem antes da segunda noite, encontramos os soldados. Todos mortos. Tinham sido massacrados.

Tinha tripa e sangue para todo o lado, não dava para saber qual parte era o quê. Os cavalos deles também. Foi a pior coisa que eu já vi e nem tenho certeza se vi de verdade. Depois, a única coisa de que me lembro é de estar no banheiro com a cabeça debaixo da pia e você falando comigo. E foram dois dias, merda. Só me lembro que a gente tinha, tipo, brigado e, de repente..."

"Para mim é a mesma coisa, Con. Tudo igual."

"Mas e você? O que você viu?"

Não sabia o que dizer a ele.

*Pois é, Con. A gente estava tentando se matar, cara. Você me mordeu e tentou abrir um buraco no meu peito com a boca. E, por falar nisso, eu fui um dos caras que massacrou seus amiguinhos na montanha. Pois é! A mesma merda que você passou.*

*Ah, e sabe essa doença que você tem? Péssimas notícias sobre isso, Con. Legal, né?*

Então, eu menti. De novo. Como poderia dizer a verdade para meu único amigo? "Era o mesmo lugar. Mas só tem dois caras comigo. Dois meninos, na verdade. Um tem 12 anos e o outro, 14. O resto morreu."

"Nunca mais quero ver aquilo, Jack."

*Foi isso que o Jack disse também.*

"Você não vai." Olhei para ele. Sabia ele estava me dizendo a verdade a verdade – seja lá o que isso significasse. "E você não se lembra de ter me visto mesmo?"

Conner balançou a cabeça. "O que você fez com os óculos?"

"Nada."

"Vamos quebrar aquilo."

*Não posso.*

Não respondi.

"Ah, e que saber de mais uma coisa, Con?"

"O quê?"

"Também tem fantasmas lá. Um deles está me seguindo. O nome dele é Seth, é um menino. Ele já apareceu no quarto do hotel algumas vezes, então eu sei que Marbury é real. Você já ouviu os barulhos que ele faz, ele fica batendo no chão."

Conner engoliu em seco. Vi seu pomo de adão subir e descer. "Eu acho que sei desses fantasmas, mas não consigo me lembrar."

"Sei que é difícil se lembrar das coisas, Con, mas sei muitas coisas sobre esse menino."

"Tipo o quê?"

"Vou te contar."

## TRINTA E NOVE

### A História de Seth [2]

Blake Mansfield me encontrou dormindo à beira da estrada quando eu tinha 7 anos de idade. Pelo menos acho que tinha. Naquela manhã de maio, ele levava alguns bezerros e um porco para vender em Necker's Mill. Quando me viu ali, achou que eu estava morto, então parou.

Eu era tão franzino, ele me contou que a princípio ele pensou se tratar de um bicho até descer e olhar mais de perto. Eu vestia apenas um par de calças rasgadas e estava mais sujo que o porco que ele levava na carroça.

Não tenho a mais vaga lembrança de onde venho ou de como acabei ali à beira da estrada naquela manhã. Já fazia muito tempo e eu muito pequeno. Mamãe costumava dizer que eu era um macaquinho e uma coruja tinha me pegado pela cauda e me jogado no chão. Mas papai, como passei a chamar o Sr. Mansfield, dizia que eu estava sujo demais para ter vindo de uma árvore, que tinha sido tirado de um buraco no chão por um coiote e que a minha sorte foi que eu cheirava tão mal que o coiote não quis me comer.

O importante é que papai me colocou naquela carroça, me levou até Necker's Mill e me apresentou a todos como eu filho. Foi quando ganhei o único nome de que me lembro: Seth.

E foi isso.

Talvez ele tenha salvado a minha vida, mas a minha maldição também começou naquele dia. Não importa. Eu faria tudo de novo. Foram os melhores momentos da minha vida, nunca tinha amado alguém até conhecer Hannah, a filha de Blake.

Ela era um ano mais velha que eu e seu irmão, Davey, tinha 11 anos quando fui adotado. Nenhum deles jamais questionou meu direito de fazer parte da família. Os Mansfields eram assim.

Então, não me importa se caí de uma árvore ou se fui tirado da boca do próprio inferno, tudo o que me lembro é de que minha vida começou em uma manhã azul de primavera, no ano de 1878, em uma fazenda num lugar chamado Pope Valley, na Califórnia.

A primeira coisa que mamãe fez quando me viu naquele dia foi me abraçar. Ela me beijou a cabeça suja como se eu fosse um filho que retornava após uma longa viagem. Todos me cercavam, fazendo perguntas, mas eu só falaria a primeira palavra meses depois. Então, mamãe me levou ao poço, tirou minhas calças esfarrapadas e as jogou no chão, dizendo que cheiravam tão mal que nem pegariam fogo. Ela me deu um banho na água mais fria que já tinha sentido. Hannah e Davey riam, mas mamãe os repreendeu e disse que eles seriam os próximos na banheira se não respeitassem e não fossem bonzinhos com o novo irmão deles.

Ficaram quietos, então. Mas mamãe me deixou ali, sem roupas, na tina de aço que parecia mais uma manjedoura que uma banheira, e voltou para a casa para buscar algumas roupas de Davey para mim. Antes de ir, advertiu Davey de que, se ele me provocasse por qualquer razão ou me fizesse chorar, daria suas calças para mim e que ele teria de usar vestido até que pudesse costurar outras para ele.

Ela era assim, sempre nos provocava, nos fazia rir e nos deixava preo-cupados ao mesmo tempo. Como crescia meio metro por mês, segundo papai, Davey tinha várias roupas que já não lhe serviam mais.

"Não dê ouvidos a ela, Seth", disse Davey. "Tudo o que ela diz é para deixar você pensando, pensando..."

Fiquei ali, trêmulo, sem entender o que ele queria dizer.

"Pobrezinho, está tremendo tanto!" Era Hannah que se aproximava. Começou a esfregar minhas costas com as mãos, para cima e para baixo, subindo pelo pescoço até meu cabelo. No começo, tive muito medo dela, mas após sentir seu toque, quis ficar ali para sempre.

Pelo menos até ver o que mamãe trazia para mim. Ela me vestiu dos pés à cabeça, até com roupa de baixo e sapatos, que logo tirei. Estava me sentindo um príncipe em um palácio.

Papai enrolou um cigarro e acendeu, olhando para mim:

"Agora sim parece um Mansfield."

"Seth Mansfield. É um nome digno", confirmou Davey.

Hannah me ajudou a enrolar uma das mangas da camisa nova. "Ele não fala nada, mamãe. Será que ele é russo?"

"O menino é tímido, meu amor. Esta cabecinha deve estar cheia de coisas para dizer."

Então, mamãe olhou para Davey. "Que tal você levar Seth ao rio para ver se ele é um bom pescador?"

"Pescador ou isca?" Ele riu.

Mamãe me deu outro beijo na cabeça e um tapinha nas nádegas, gesticulando com os braços para que fôssemos logo. Olhei para Hannah. Parecia um tanto sentida. "Mamãe, quero ir também."

"É coisa de menino, Hannah."

Davey corria em direção a floresta o mais rápido que podia, e eu ia logo atrás.

"Como você sabe isso tudo dele?"

"Não faço ideia, apenas sei. O mais estranho é que Wynn me disse que os Whitmore vêm de Pope Valley também. Quando voltar para a Califórnia, vou procurar saber se tinha mesmo uma família Mansfield lá em 1878."

Não contei a Conner sobre minha ligação com Seth, nem que entrava no meu corpo e curava minhas feridas. Também não contei que tinha medo de Seth ir embora e nunca mais voltar. Sabia que ele ficava mais fraco toda vez que me ajudava.

"Sei muito mais coisas sobre ele. Às vezes, acho que ele não quer que eu conte nada, mas às vezes acho que devo contar."

## QUARENTA

Depois da parada para o almoço, Conner encostou a cabeça na janela e dormiu por uma hora. Meu celular vibrou no bolso. Nickie mandou uma mensagem: "a rachel falou que o conner eh muito bonito e te agradeceu por trazer ele. ela tá mandando uma foto pra vc mostrar pro conner."

Rachel, sorrindo na praia, um píer e uma roda-gigante ao fundo. Ela estava descalça na areia molhada, sua camisa aberta deixava entrever um piercing no umbigo e as formas de seus seios fartos no biquíni que ela usava. Sua pele era morena, seu cabelo molhado descia reto, se espalhando pelos ombros, preto e viscoso como petróleo.

Acordei Conner. "Olha só."

Mostrei o celular. "É a Rachel."

Ele se levantou de uma só vez, como se alguém tivesse jogado água fervente em seu colo. "Cara, fiquei deu pau duro! Me dá seu telefone. Tenho que ir no banheiro."

Meu telefone vibrou novamente.

"oi, Jack"

Era uma foto de Nickie, sorrindo. A praia se estendia por uma planície enorme até o mar, em um horizonte a quilômetros de distância.

Respondi: "me liga"

O celular vibrou novamente. Não era o número de Nickie.

"Alô?"

"Oi, Jack."

Henry.

"As coisas não andam bem, não é? Estou preocupado com você e os meninos."

"Não andam, não."

*Chega, Jack.*

Silêncio.

169

"Posso ajudar se você quiser."

"Não."

Olhei para Conner, engoli em seco e desliguei.

"Quem era, Jack?"

"Ninguém."

O celular vibrou novamente.

"Ah, claro. Ninguém."

"Era o cara que me deu os óculos. Não quero falar com ele." Mostrei o número na tela do celular.

Continuava a vibrar.

"Então me dá." Conner tomou o telefone da minha mão e atendeu. "Alô?"

Esperou. "Não responde, Jack. Alô?"

Aquilo era real. Tinha visto o número na tela. Tinha de ser real.

"Não liga de novo, tá legal? Deixa a gente em paz, seu merda!"

Sentia o estômago se revirando. Conner me devolveu o telefone.

"Não era ninguém", disse, olhando bem para mim. Ele achou que eu estava mentindo. Ou ficando doido. Sabia.

"Era ele, Con."

"Talvez o cara seja um policial ou sei lá. Será que ele sabe o que a gente fez?"

"Não deve ser. Não faz sentido."

"Bem, mas ele não falou nada. Nem ouvi a respiração dele. Não tinha ninguém na porra do telefone."

"Liga de volta", eu falei.

"Quê?"

"Liga de volta pra porra do número pra ver quem era!"

Conner tomou o celular de volta e ligou.

Ficou escutando.

"Pronto. Toma. Me diz o que você ouve, Jack."

Ele me passou o telefone. Olhei para a tela. O mesmo número que tinha aparecido quando Henry ligou. Mas, daquela vez, não ouvia nada. A chamada não completava.

Nada.

Desliguei.

*Isto é real.*

*Não é?*

"Desculpa, Con." Minha voz era pouco mais que um sussurro.

Então, me afundei na poltrona e enfiei o telefone no bolso.

"A gente tem que dar um jeito nesses óculos, Jack. Fiquei aqui pensando e agora sei que aquilo não é real. Se aquele cara está fazendo mesmo isso, então talvez ele esteja tentando fazer algum tipo de experimento na gente, pra ver como essa coisa fode a cabeça das pessoas. Deve ser algum tipo de pesquisa secreta, ou uma merda assim. Vamos jogar aquela porra fora e acabar com isso."

Era impressionante como Conner podia fazer as coisas parecerem tão simples. E, quando colocava alguma coisa na cabeça, levava até o fim. Ponto final. Acho que era uma das coisas que mais gostava em Conner Kirk. Na verdade, eu dependia daquilo, pois nunca conseguiria ser assim.

*Vai se foder, Jack.*

"Você tá certo, Con. Não tem como aquilo ser real mesmo."

O telefone vibrou novamente.

Suspirei, aliviado.

Nickie.

As garotas nos esperavam na calçada, com seus pezinhos de fora em delicadas sandálias, quando descemos do ônibus com nossas mochilas. Logo que viu as meninas, Conner sorriu e disse baixinho: "Grande Jack!". Nickie veio e me deu um beijo na boca.

Vi pelo canto do olho Rachel abraçar Conner e depois me deu um abraço também.

"Que bom que vieram visitar a gente! Vamos nos divertir muito", disse Nickie.

"Você acha que tem vaga no lugar onde vocês estão hospedadas?", perguntei.

Nickie segurou minha mão. "Vem, é por aqui. Nosso quarto dá para nós quatro. Vocês dois podem ficar com a gente."

Conner me cutucou com o cotovelo. Ia falar alguma besteira. Sabia. Pelo menos falou baixo, no meu ouvido.

"Super, megaduro, cara!"

Havia apenas duas camas no quarto. De casal, mas muito menores que a king-size do hotel de Londres. Nickie logo avisou qual delas seria a "cama dos meninos". Depois ela e Rachel saíram do quarto para trocarmos a roupa e irmos à praia.

Já sabia o que Conner estava pensando, então disse, "Elas são legais, Con. Não vai fazer merda".

Já tinha espalhado as roupas pelo chão e vasculhava a mochila. "Sei, quero ver quando a gente voltar com elas pro quarto hoje à noite. Além do mais, essa cama é pequena demais para nós dois. Não sei se vou conseguir me controlar com você dormindo agarradinho em mim".

"Então tenta se controlar uma vez na vida, Con." Vesti um short e calcei meus tênis de correr. "Que tal uma corrida na praia antes do jantar?"

"E vamos deixar as meninas sozinhas? Pra correr juntos? Cara, isso foi *tão* gay."

Vesti uma camiseta limpa. Já estava pronto. Vi que Conner também tinha calçado seus tênis de corrida.

"Hmm, viadinho!", falei, apontando para o tênis.

"Tá bom, tá bom. Mas acho que já rola de ativar o Plano J hoje à noite, quando elas apagarem a luz."

"Sei." Já sabia que o que viria a seguir seria totalmente absurdo. "Que Plano J?"

Conner deu aquele sorriso de menino levado. "Depois de dar boa noite e apagar a luz, a gente espera uns cinco minutos e eu falo: 'que isso, Jack?!' Quanta falta de educação ficar batendo uma com as meninas dentro do quarto'. Elas vão ficar com pena do virgem americano que não deixa seu pobre amigo dormir, vão se oferecer para trocar os parceiros de cama e vão fazer sexo selvagem com a gente por caridade."

Conner gargalhava.

Sabia que não era sério, mas também sabia que, se não dissesse nada, talvez ele até tentasse pôr esse plano em prática.

"Con, você é e sempre será o meu melhor amigo, mas se fizer qualquer coisa parecida, vou enfiar um murro no meio da sua cara, sem piscar."

Ele riu de novo.

Batidas na porta. Rachel abriu apenas uma fresta e perguntou, "Por que vocês estão demorando tanto?".

"O Jack...", Conner começou.

Fechei o punho e olhei para ele, que continuou. "O Jack está me dando uma lição de boas maneiras. Caramba!"

"Podem entrar, meninas, já estamos prontos", eu disse.

## QUARENTA E UM

Tirei o tênis e a camisa e me sentei na areia fria com Nickie, olhando para o oceano, com as pernas dobradas e entrecruzadas umas nas outras, abraçando sua cintura.

Era bom.

Podíamos ver Conner e Rachel andando perto do mar, em direção ao píer. Riam.

"Parece que eles se deram bem", comentei.

"O que você vai fazer? Eu digo, quando as férias acabarem, Jack?"

"Não sei. Voltar pra escola, acho."

"Você volta pra cá? Para estudar em Kent?"

"Com certeza, mas não sei se vou para aquele colégio. Acho que o Conner não gostou. Não vou ficar lá sozinho. Mas eu vou voltar pra cá, sim."

"Você gostou da Inglaterra?"

Engoli em seco. "Gostei de estar com você."

"Kent não fica longe de Londres. Se você fosse para o St. Atticus, imagino que a gente poderia se ver todo fim de semana. Quer dizer, se você quiser. Você sempre teria amigos aqui."

"Teria?" Olhei para o mar. "O que você viu em mim, Nickie?"

"Eu... acho que alguém que é muito genuíno e honesto. Um menino que valoriza suas amizades mais que tudo. Posso ver isso."

Senti minhas bochechas queimando. Não queria que ela me visse envergonhado, então me deitei na areia e acabei pousando a cabeça nos tênis de Conner. Eu os empurrei pro lado.

"Estou tão cansado, Nickie. Quase não dormi nas últimas duas noites."

Nickie se esticou perto de mim. Deitou de lado, apoiando a cabeça na mão. Olhava para mim de cima. Seu seio estava encostado no meu braço esquerdo. Sabia que ela tinha notado. Gelei. Não consegui falar, fiquei totalmente inerte, quase sem respirar. Acho que ela viu como fiquei tenso.

"Vocês estão saindo muito?", ela perguntou.

Quando ela perguntou isso, pensei no que realmente me tirava o sono: Marbury, Ben e Griffin. Mas o calor dela ao meu lado tinha uma força magnética que não deixava que eu me perdesse nos meus pensamentos.

"Acho. Sim", respondi.

"Então, hoje a gente volta cedo pra casa. Prometo."

"Não, tudo bem." Minha voz sumia enquanto falava. Notei que minha timidez fazia Nickie sorrir.

Nickie tinha 17 anos e era uma menina inteligente, já devia ter percebido como me deixava nervoso. Afinal, eu já confessara nunca ter beijado uma menina até aquele dia no Regent's Park. Não devia ter dúvidas, eu acho, sobre se eu era virgem ou não.

Eu odiava ter 16 anos. Era a pior coisa. Por todas aquelas merdas que eu li nos livros sobre "problemas da adolescência", a mudança de voz, o modo desengonçado, o comportamento estranho e as mudanças fisiológicas inconvenientes como ejaculação noturna e ereções implacáveis nos piores momentos; ter 16 nunca foi confortável, legal e nem de longe engraçado. Como se já não bastassem todas essas coisas, ainda tinha de lidar com homens dando em cima de mim e até uma tentativa de estupro, e o meu amigo superconfiante, que tinha sexo quando quisesse.

E agora, mesmo com uma menina tão incrível deitada ao meu lado, com a pele colada na minha, ainda me sentia o maior fracassado do mundo.

Odiava absolutamente tudo o que era ter 16 anos de idade.

*Vai se foder, Jack.*

*Vai se foder, Freddie. Eu te matei.*

Ela se ajeitou, de modo que seus olhos estavam diretamente acima dos meus, e seus cabelos caiam sobre meu rosto. "Olhe pra você", ela disse. "Parece que está com a cabeça em outro mundo, Jack. O que é que você pensa tanto?"

Ela cruzou os braços sobre meu corpo. Sentia seus seios apertados contra o meu peito.

Fiquei olhando nos olhos dela, sem piscar.

"Às vezes não gosto de ser eu, Nickie."

Ela suspirou e rolou para o lado, deitando-se de costas na areia, olhando para as nuvens. Segurou minha mão.

"Se você pudesse ser outra pessoa, quem você seria?", ela perguntou.

Pensei em silêncio por alguns segundos.

"Griffin Goodrich."

"Quem é ele?"

"Um menino que eu conheço."

"E o que você admira nele?"

Apertei a mão dela. "Ele é forte, ninguém passa por cima dele. E ele não é inseguro nem fica constrangido com nada."

Ela se deitou novamente de lado e colocou a mão aberta sobre a minha barriga, cuidadosamente, limpando a areia na minha pele com os dedos. Era a melhor sensação do mundo.

"Eu acho que você é tudo isso também, Jack."

Queria muito beijá-la, mas não beijei.

"Acho que é um bom projeto pra mim provar que você está certa", eu disse. "Eu quero que você esteja certa, Nickie."

"Já tá na hora de vocês dois arrumarem uma cama." Era Conner, sorrindo. Segurava a mão de Rachel. "Mas, pera aí. A gente já tem duas camas. Acabo de ter uma ideia sensacional para nós quatro e aquelas camas."

Fiquei de pé e joguei um de seus sapatos nele. "Também tive uma ideia sensacional. Vamos correr." Então olhei para Nickie e disse, "A gente encontra vocês no quarto em uma hora. Dá tempo de vocês se arrumarem para sair sem o Conner ficar babando atrás de vocês".

Calcei o tênis e comecei a empurrar Conner para a areia molhada. "Anda!"

A maré estava baixa. Era fácil correr pela areia plana. A praia parecia se estender infinitamente à nossa frente.

"E então?", perguntei.

Conner me deu um tapinha nas costas. "Não dá nem para acreditar que Jack Whitmore arrumou uma viagem com duas gostosas. E sozinho! Sou obrigado a dizer que estou reavaliando meu parecer sobre sua orientação sexual, meu amigo!"

"Cuzão!"

"A Rachel é sensacional, cara. Dá até um medinho para falar a verdade, porque nunca saí com uma menina que não fosse uma..." Ele hesitou.

"Vadia?"

"Basicamente. Sim."

"E a Dana?"

"Você não viu que meu celular não toca desde que a gente chegou aqui? Eu terminei com ela um dia antes de vir."

"Deu sorte."

Conner sorriu. "Exatamente, meu amigo. Estou te devendo uma. Até duas."

"Bom saber. Estou pensando em voltar para estudar um semestre aqui. Quem sabe um ano."

Ele estendeu a mão e disse, "Se você vier, eu topo. Para ficar com a Rachel, eu até aguento aquele monte de homem e as gravatinhas idiotas."

"Vou ligar para o Wynn neste fim de semana. Vamos ver como as coisas vão ficar."

"E dá um jeito na merda daquelas lentes."

"Pode deixar."

"Tô falando sério, Jack."

"Pode deixar, cara."

Continuava mentindo para ele. Ficava cada vez mais fácil.


Fiquei assistindo televisão com as meninas enquanto Conner tomava banho. Como era de se esperar, ele saiu enrolado em uma toalhinha, pingando água para todo lado, e abriu a mochila.

"Desculpa, me esqueci de levar as roupas para o banheiro."

Ele levantou uma cueca da mochila, sacudiu e, bem antes de terminar de vesti-la, deixou a toalha cair. E continuou ali procurando, despreocupadamente, apenas de cueca, depois de mostrar tudo para todo mundo, suas roupas até achar uma que o agradava. Olhei para Nickie e Rachel, mas elas não esboçavam a menor reação.

Não entendia como ele fazia aquelas coisas. Eu ficava nervoso só de pensar em trocar de roupa na frente das meninas na hora de dormir. Era uma das coisas que também nunca tinha feito na vida.

Balancei a cabeça para Conner, em reprovação, peguei a mochila e entrei no banheiro úmido.

Fechei a porta.

O silêncio e o isolamento eram esmagadores.

Sabia que estava acontecendo de novo.

*Jack, seu mentiroso de merda.*

*Você mente até para o melhor amigo, não é?*

Ouvi alguma coisa rolando no fundo da banheira.

Olhei. Uma tampa de xampu, girando em círculos pequenos.

*Agora não. Por favor.*

Rolando e... Tac, Tac, Tac.

Freddie Horvath deixou minha cabeça assim e não posso fazer nada.

*Vai se foder, Jack.*

*Tente se controlar.*

Sentei no vaso. Meu corpo tremia. Seth estava ali mandando sinais de um lugar onde eu queria muito estar.

*O que está acontecendo comigo, merda?*

"Não!", sussurrei impaciente, implorando.

*Talvez Jack devesse encher a banheira.*

*Talvez ele devesse encher a banheira e afundar a cabeça lá dentro para acabar logo com essa merda toda.*

Abri a mochila e tentei me concentrar em procurar as roupas que usaria, mas minhas mãos doentes buscavam os óculos. Tinha de senti-los, saber que estavam ali, guardados atrás do forro da mochila. Quem sabe apenas encostar o dedo em uma das lentes. Apenas um toque. Tinha que sentir elas ali.

*Chega, Jack.*

"Não!", eu implorava a Seth, a mim mesmo, a qualquer um que fosse.

Bati os punhos fechados nas coxas, tirei as roupas e, tremendo, entrei na banheira. Abri somente a água fria.

*Fria, como mamãe me dando banho com a água do poço.*

*Já chega, Seth.*

Rolando e... Tac, Tac, Tac.

*Vamos, Jack. É só um segundo, Jack.*

*Vamos.*

"Não! Por favor!"

Era fácil demais.

Sentado no fundo da banheira.

Tremendo.

A água soa como uma cachoeira, respingando nos azulejos da parede, na porcelana branca da banheira e na minha pele gelada.

Minha mão tocou nos óculos.

Eu os coloquei.

*Só por um segundo, Seth.*

*Por favor.*

## QUARENTA E DOIS

Quando nossos cavalos chegaram ao topo da cordilheira, o ar estava úmido e soprava constantemente do oeste. Parecia que havia um oceano por perto, pensei, mesmo que tudo o que pudéssemos ver fosse a constante neblina branca que escondia o horizonte, como se cavalgássemos para o fim do mundo.

E o fim do mundo continuava a se afastar de nós, a nos tentar: *se quiser sair de Marbury, tem de se esforçar mais.*

Do outro lado da cordilheira, encontramos mais água. Havia vida ali.

Fazia dois dias desde a emboscada no desfiladeiro e tínhamos uma ligeira segurança de que não estávamos sendo seguidos. Estávamos os três cansados e doloridos da cavalgada, então concordamos em acampar por pelo menos um dia, em um lugar que tínhamos encontrado no vale de um cânion. Assim, os cavalos poderiam descansar e nós teríamos tempo para pensar sobre o que fazer em seguida.

A paisagem do cânion era formada por um largo riacho que serpenteava no meio do vale.. Havia muitas paineiras e salgueiros nas encostas, e sinais de que havia animais para caçar. Era o lugar mais decente do qual pudemos nos lembrar, mas também sabíamos que não podíamos ficar ali por muito tempo.

Tínhamos de continuar.

Os Caçadores estavam atrás de nós.

Prendemos os cavalos com cordas compridas para que pudessem comer e beber. Ben descarregou as sacolas, ainda cheias do que tínhamos encontrado no trem. Desde a emboscada, não tínhamos parado por mais de algumas horas para descansar e comer. Griffin, descalço como sempre, desceu até a margem do rio, deixou as calças com as armas no chão e pulou na água. Seu cachorro o observava, confuso, testando a correnteza com a pata. O cãozinho tremia, choramingando e ganindo para o menino.

Ben soltou o cinto com as armas e se sentou ao meu lado. Apoiávamos as costas sobre o tronco liso e bipartido de uma paineira, de frente para o rio, para observarmos Griffin nadando e batendo os braços na água.

"Eu poderia dormir aqui", disse.

"Não vou mentir, Jack, acho que esse é o melhor lugar que eu já vi na vida."

"Sim."

Para além daquelas montanhas íngremes, no mundo desbotado de Marbury, tínhamos encontrado um oásis verde e vivo, ainda que pálido e temporário.

Vi a cabeça de Griffin desaparecer sob o reflexo da água e aparecer novamente rio abaixo. O cachorro agoniado ainda uivava para ele, mas o menino apenas ria e brincava com a água. Cuspiu para cima como um chafariz e acenou com o braço para nós. "Vem pra água também! Vocês dois estão precisando de um banho mesmo! Nunca vi água assim na vida! Nunca!"

"Já estamos indo, Griff", disse.

Desamarrei as botas e tirei as meias.

"Então, eu trouxe aquela garrafa de uísque", disse Ben. "Vamos beber?"

"Não sei."

"A gente está se saindo muito bem. O Henry ia ficar orgulhoso de você."

"Será?"

"É como ele falou. Não sei por que, mas ele falou mesmo. Você não se lembra mesmo, não é?"

"Não muito bem."

"Você era como um filho para ele, Jack. O favorito. Confiava em você mais que tudo."

"Queria que nunca tivesse confiado."

"Sempre falava que você era como ele. Que eram do mesmo lugar horrível. Você não se lembra?"

"O que é mais horrível que aqui?"

De repente, Griffin começou a se debater e gritar. "Caralho! Tem um peixe aqui! Pega a arma, Ben. Eu vi um peixe!"

Ben e eu rimos.

Ben descalçou as botas e as meias, e começou a esvaziar os bolsos das calças. "Acho que é uma boa ideia lavar as calças se a gente entrar na água. Ele não vai mesmo sossegar até a gente entrar." Então me olhou, confuso. "Dá para pescar atirando?"

"Não, não dá. Mas vou pensar em alguma coisa para pegar aquele peixe. E talvez a gente tome um pouco de uísque também."

Ben se levantou e foi até uma mala que tinha amarrado a um alforje e olhou para Griffin, que não tirava os olhos da superfície da água, como um gato encurralando uma presa.

"Não vai sair atirando. Já estamos indo. Vem cá e esvazia seus bolsos também, para você lavar suas calças."

Havia alguma munição dentro dos meus bolsos. Desafivelei o cinto da arma e deixei minha faca ao lado dele. Então, tirei as embalagens de comida que daria à freira e ao velho doido dois dias antes. Ben viu.

"Você não deu a comida para eles", ele disse. Não era uma pergunta.

"Não."

"Foi melhor mesmo não falar nada para o Griffin."

A água estava ótima. A única coisa pura e refrescante desde o primeiro dia naquele lugar onde tinha visto a cabeça de Henry Hewitt empalada em um muro. De onde estava, com água até a cintura, no meio do riacho, via Seth, esperando no lugar onde Ben e eu deixamos a garrafa de uísque pela metade, olhando para gente enquanto nadávamos e brincávamos um com o outro. Mas, quando olhei para ele novamente, desapareceu entre as árvores.

Naquele momento, estava convencido de que Seth iria embora.

Lavamos nossas roupas, mas as de Ben ficaram com manchas pretas de sangue. Quando ficamos todos cansados de nadar, prometi aos meninos que os ensinaria a pescar.

Usando um anzol feito de um pino de segurança e uma linha do kit de primeiros socorros de Griffin, e com nada mais que algodão de curativo como isca, pegamos dois peixes. Sentado sem roupas à margem do rio, cortei os peixes com a minha faca e comi a carne crua enquanto nossas roupas secavam sob o calor da tarde, penduradas nos galhos de um salgueiro.

Nenhum dos dois tinha comido peixe antes e Griffin disse preferir peixe a balas.

"Podemos morar aqui?", perguntou.

"Acho que não estamos longe o suficiente, Griff", respondi. "Podemos ficar aqui alguns dias e ver o que acontece."

Ben jogou um pouco de comida para o cachorro de Griffin. "Até onde a gente precisa andar?"

"Não sei. Acho que estamos no caminho certo. Estou sentindo cheiro de mar. Talvez, continuando a descida pelas montanhas. Tenho um pressentimento de que vamos encontrar gente lá.

"Gente normal", disse Ben.

"Tudo bem", disse Griffin. "Você esteve certo até agora, Jack. Se encontrarmos gente, talvez sejam de todos os tipos. Quem sabe algumas meninas também." – Ele aproximou o rosto do meu peito ferido. "Parece que melhorou. Ainda está doendo?"

"Agora só está coçando."

"Que bom."

O cachorro latiu uma vez. Ficamos a postos, ouvindo, observando, esperando alguma coisa acontecer. O cão agora rosnava, com as orelhas empinadas.

Algo vinha pelas árvores.

Então os vi.

– Duas das criaturas.

Pararam quando o cachorro latiu mais uma vez, mas dava para ver o vermelho flamejante de uma das marcas.

Era Conner.

Ouvi batidas insistentes.

O som de uma maçaneta girando.

"Dormiu na banheira, cara?"

Abri meus olhos, tive de pensar onde estava.

Conner estava ao meu lado.

Esticou o braço para fechar a água.

"Tá gelada, cara. Você entrou naquelas de novo?"

Apalpei o rosto, mas não senti os óculos.

Era como se apenas tivesse feito um passeio por lá. Era a única explicação: Marbury estava se tornando mais e mais como esse mundo. Tão fácil quanto entrar em outro cômodo da casa, ou mudar o canal da TV.

*Isto é real.*

*Você estragou tudo de novo, Jack.*

*Preciso voltar.*

"Não, eu... eu..."

"Jack? Conner? Tudo bem aí?", era a voz de Nickie, do outro lado da porta.

"Tudo bem. Acho que ele dormiu na banheira", disse Conner.

Ele parecia puto.

Esfreguei os olhos e senti o enjoo que já começava. Mas não sentia as pernas. Não conseguia me mexer.

Conner se abaixou e, com força, tentou me levantar pelo braço. Não tinha cuidado, não parecia Conner. Doía. Conner aproximou o rosto do meu e sussurrou, "Você tava fazendo merda de novo, não é?".

181

Conner tentou me levantar novamente.

"Não, Con, eu juro! Eu... acabei dormindo."

"Olha pra você. Sua boca tá roxa, porra. Levanta."

Logo que me sentei, virei o corpo de lado para vomitar no vaso.

"Você estava lá, não é?"

"Não."

*Onde coloquei aquelas lentes malditas?*

Conner apenas olhou para mim e sacudiu a cabeça.

Ele sabia que eu estava mentindo.

*Jack, seu mentiroso de merda.*

"Agora veste a roupa, seu bosta. As meninas estão esperando."

Meu amigo nunca tinha falado assim comigo. Era como um soco na cara. Mas eu merecia.

*Vai se foder, Jack.*

Conner jogou uma toalha sobre a minha cabeça e soltou um suspiro exasperado.

"Você falou que ia dar um jeito naquela merda, Jack. E agora olha o que tá acontecendo com você. Olha no espelho, porra!"

Conner saiu e fechou a porta. Ouvi quando ele falou com Nickie, "Não sei o que está acontecendo com ele. Dormiu na banheira, mas falou que está tudo bem e que já está vindo".

Me senti horrível, mais por ter decepcionado meu melhor amigo, por mentir para ele. Conner devia estar pensando que eu não me importava, que tudo o que eu queria era foder minha cabeça com aqueles óculos.

Sequei o rosto com a toalha. Estava pálido, com os músculos travados de frio.

Tac. Tac. Tac.

*Ah, não.*

"Jack?"

Era apenas Nickie que batia à porta com a palma da mão.

Suspirei.

*Vai se foder, Jack.*

Nickie olhava para mim pela porta entreaberta.

Aflito, tentava cobrir o corpo com aquela toalha minúscula, enrolada desajeitadamente em volta da cintura.

"Desculpa", Nickie disse, escondendo-se atrás da porta, como se a tivesse assustado.

"Está tudo bem", respondi, vestindo a toalha como uma saia.

"Se não estiver se sentindo bem, a gente pode ficar no hotel pra você descansar."

Estava me sentindo ridículo. Olhava para minha mochila aberta com as roupas e depois para a porta. Entre uma e outra, ficava ali, parado, sem saber o que fazer. Acabei abrindo a porta, para que ela pudesse me ver.

"Estou bem. Mesmo." Tentei sorrir. "Lembra que te falei que eu estava cansado? Eu acabei dormindo, só isso."

Nickie me fitava com um sorriso confiante. Nem se preocupava em disfarçar enquanto seus olhos desciam pelo meu corpo.

Fiquei tão acanhado. Mesmo com a mão agarrada ao nó na cintura, tinha medo de que aquele paninho de nada estivesse mostrando alguma coisa. O olhar de Nickie mexia comigo, tanto que já começava a sentir aquela toalhinha ridícula se esticando. Tentei disfarçar o volume inconveniente que emergia.

Queria um buraco para me esconder.

"Olha!", ela disse, um tanto surpresa. "É seu?"

Nickie se abaixou tão perto da minha cintura que senti a brisa de seus cabelos esvoaçantes na mão que eu tinha colocado na frente do meu pinto. Ela pegou os óculos entre as roupas dentro mochila.

"Que modernoso." Ela disse. E riu. "E roxos ainda por cima!"

Afobado e confuso, quase entrei em pânico.

"Não, Nickie..."

E fiquei ali, indefeso, totalmente paralisado, uma mão lutando contra a ereção implacável e a outra agarrada àquela toalhinha, tudo aquilo enquanto Nickie desdobrava as hastes e colocava os óculos em seu lindo rosto.

"Nickie..."

Quando Nickie se virou para mim, vi as lentes ganharem vida, como se fossem buracos profundos brotando da cabeça dela, iluminando um outro mundo.

As árvores.

Vejo Conner em pé no meio delas.

E Griffin.

Assustado, Griffin foge de alguma coisa. Corre muito. Está sem roupas e ainda molhado da água do rio. Suas calças balançam ao vento, penduradas ao galho do salgueiro.

Correndo.

*Não olhe, Jack.*

Estendo os braços e seguro os óculos pelas hastes.

"Tá bom, Nickie. Já chega."

Enquanto tiro as lentes de seus olhos, eu o vejo.

Freddie Horvath.

Ele está lá também.

*Freddie Horvath deixou minha cabeça assim.*

*Socorro.*

Ouvia os gritos de Griffin.

Ele precisava de ajuda.

Nickie sorriu e, confusa, franziu a testa. "Não me diga que você consegue enxergar por essas lentes, Jack?"

"Ahn, sim." Estiquei a toalha com as mãos.

*Nada rolava lá embaixo depois do que Jack viu essa merda.*

Então, sem olhar, dobrei os óculos e os enrolei em uma cueca, que enterrei no fundo da mochila.

*Freddie Horvath estava lá.*

*E tinha me visto.*

*Griffin precisa de ajuda.*

Engoli seco, endireitei o corpo e acertei a toalha na cintura. "Você conseguiu enxergar alguma coisa?"

"Não", Nickie levantou os ombros. "Não dá para ver nada. Tudo escuro."

"Ah, tá." Suspirei.

Alívio.

Talvez.

"Então anda logo", ela disse, passando a mão pelo meu peito. "A gente está morrendo de fome. Você precisa pelo menos vestir uma calça ou alguma coisa que dê para cobrir... suas partes mais salientes, Jack."

Nickie sorriu, piscou para mim, girou nos calcanhares e, saiu do banheiro.

# Parte quatro

## A LENTE DE MARBURY

## QUARENTA E TRÊS

Vou te contar algumas coisas sobre Jack.

Meu pai se chama Mike Heath. Apesar disso, me chamo John Wynn Whitmore IV, como o pai de Amy, conhecido como Wynn.

Nunca vi Mike sequer uma vez na vida. Na verdade, somente soube dele olhando alguns álbuns de fotos do colégio de Amy. Não tinham se preocupado em escondê-los.

Nem ao menos pensaram que o pequeno Jack pudesse ter tal curiosidade.

Mike Heath e Amy se formaram no mesmo ano: 1994, um ano antes de o pequeno Jack sair para o mundo por entre as pernas de Amy, escorregando pelo chão da cozinha. Mike parecia ser um sujeito de poucas palavras. Tinha escrito apenas "Te amo, Amy" abaixo de sua fotografia. Olhar para aquela foto era como me ver no espelho. Não restava qualquer dúvida no triste caso de paternidade de Jack Whitmore.

Mike era do time de basquete, alto e magricela – todo joelhos e cotovelos, exatamente como seu garoto aqui –, e mesmo que todos os garotos do colégio usassem cabelos curtos e perfeitamente penteados em 1994, os cabelos castanhos de Mike eram exatamente como os do filho: compridos, na altura do queixo, uma onda que terminava em pontas levemente loiras. Mike inclusive tinha o mesmo sorriso torto que Jack mostrava nas fotos de seu próprio álbum.

*Meu pai.*

*Meio que dá um nó na garganta, não é?*

*Vai se foder, Jack.*

Tinha descoberto que Mike tinha se mudado para San Luis Obispo depois de se formar. Sempre o procurava pela internet. Ainda morava lá. Algumas vezes, começava a dirigir até lá para tentar ver seu rosto, apenas para saber como seria o Jack de 30 anos, mas Conner sempre me convencia a desistir da ideia. Para quê, afinal? O papai de Jack não estava lá muito interessado em passar as tardes no parque jogando beisebol com seu filhinho.

*É, vai se foder também, Mike.*

Amy não se formou no Glenbrook. Wynn e Stella a transferiram para outro lugar assim que Jack se esparramou pelo belo chão da cozinha deles. Mas não importa. Não precisavam me contar a história. Era fácil adivinhar que Mike tinha dado um pé na bunda da pobre garota logo que soube onde seu sêmen tinha ido parar: não em uma privada ou em um pedaço de papel higiênico qualquer, mas sim na incrível fábrica de fazer Jacks da Amy. E assim que meus avós mandaram Amy para longe, e longe a mantiveram, Jack nunca mais viu sua mamãezinha.

Quando completei 16 anos, Amy estava morando na Indonésia com um artista australiano que era um ano mais velho que Wynn.

*Ah, que gracinha. A mamãe do Jack.*

*Vai se foder, Amy.*

Era isso. Odiava os dois: Mike e Amy. Mas não odiava Wynn e Stella. Era diferente. Não sentia nada por eles. Nada. Se fossem mobília ou papel de parede, não faria diferença.

Apesar de tudo, não sinto pena de mim mesmo. As coisas eram assim e, depois de dezesseis anos, Jack já estava acostumado. Na verdade, para ser sincero, a única pessoa que amava de verdade era Conner. Além de Ben e Griffin, do outro lado. Desconfiava de que estava começando a sentir o mesmo por Nickie também – e não só porque eu e ela notamos que ela me deixava de pau duro.

Mas Jack já estava estragando as coisas com Conner e não demoraria a fazer o mesmo com Nickie.

Não gostava daquilo.

Não gostava de não saber por onde começar.

Fomos a um restaurante indonésio em Blackpool e durante o jantar contamos nossas pequenas autobiografias. Não me senti envergonhado por falar sobre Mike Heath e Amy e do quanto os odiava, ainda mais naquele momento em que tinha pisado na bola com Conner e por tudo o que acontecia em Marbury. É claro que não contei a parte sobre Ben e Griffin e o quanto Nickie me estimulava ereções, mas olhei diretamente nos olhos de Conner quando disse que ele era a única pessoa no mundo que eu realmente amava.

Sei que aquilo também era importante para ele porque não fez nenhuma piada de gay, como sempre fazia. Conner apenas deu um tapinha na minha mão sobre a mesa, com um olhar um tanto desconcertado. Pelo menos, sabia que Conner estava arrependido de ter falado daquele jeito comigo, mesmo que eu merecesse.

"E então aconteceu uma coisa muito ruim umas três semanas atrás", falei, olhando para as pequenas porções de comida sobre a mesa. "Um cara me drogou, me sequestrou e tentou me estuprar. Ele me deixou sem roupa por dois dias e pode-se dizer que me torturou também. Com uma arma de choque. Mas eu consegui fugir. Às vezes, acho que as drogas que injetou em mim para me dopar fizeram alguma coisa com a minha cabeça."

*Freddie Horvath fez alguma coisa.*

Conner mordeu o lábio.

Nickie e Rachel ficaram olhando para mim e depois para Conner, tentando decifrar se eu falava sério ou não.

Tomei um gole de água. Estava sufocado. "Desculpa. Só estava vendo se conseguia contar. Nunca tinha falado sobre isso com ninguém além do Conner. Ele salvou minha vida. Olha só, foi por aqui que fiquei preso."

Arrastei a cadeira para trás, tirei o calcanhar do tênis e abaixei a meia para mostrar a cicatriz que Freddie tinha deixado em Jack. Nickie olhou para mim como se também sentisse a dor que senti. Ou talvez fosse o alívio de finalmente saber alguma coisa de verdade sobre mim, não sei. Colocou os dedos sobre a cicatriz e a acariciou levemente. Ela acreditava em mim. Beijou a minha bochecha e disse, "Você é muito corajoso, Jack".

"Pronto. Agora é a vez da Rachel", falei, pigarreando.

Desconfortável, Rachel se ajeitou na cadeira, olhando para cada um de nós. "Moro perto de Harrogate, com quatro irmãos mais novos, minha mãe e meu pai, que é médico numa clínica em Leeds. Minha vida é bem normal. Estou sempre visitando a Nickie. Já fui para os Estados Unidos, mas nunca para a Califórnia e, até pouco tempo, não dava muita bola para meninos americanos." Rachel deixou escapar uma risadinha e colocou a mão sobre a de Conner.

Conner sorriu. Ele sempre tinha aquela expressão quando ficava nervoso. Essa era uma coisa que nunca tinha entendido a seu respeito: ele sempre ficava se mostrando quando estava comigo, mas ficava envergonhado quando era o centro das atenções. "Nasci e cresci em Glenbrook. O Jack foi meu primeiro amigo, e é meu melhor amigo. Faço qualquer coisa por ele. Eu amo esse cara."

Então, me olhou de relance e continuou, "A gente sabe tudo um do outro, sem segredos. Fazemos cross-country juntos, dirigimos o mesmo tipo de caminhonete, somos praticamente irmãos. Meus pais são corretores, e também amo os dois".

Enquanto falava, Conner olhava para mim, franzindo um pouco a testa, mas já deveria saber que não precisava se preocupar. Não me sentia mal com o que ele estava falando. Sabia o quanto era próximo da família.

"Tenho um irmão mais velho, o Ryan, que estuda em Berkeley, então sou o único que sobrou em casa. Ah, e eu não tenho namorada, não importa o que o Jack disse. E o Jack e eu decidimos vir estudar em Kent no próximo semestre. Pronto, agora é a vez da Nickie."

Já sabia o que ela diria. O nome dela é Nickie Stromberg, o pai trabalha em uma empresa do ramo portuário em Estocolmo, onde a família tem outra casa. "Tenho um irmão mais novo, o Ander. Ele tem 15 anos e joga futebol. Ele é muito engraçado, vocês iam gostar dele. Espero que vocês dois venham mesmo estudar na Inglaterra, porque já me considero uma de vocês.

"De qual dos dois?", Nickie ficou vermelha com a pergunta de Conner.

Nickie deslizou a mão por minha coxa. Aquilo me deixou louco. Naquele momento, admito, queria fazer sexo com Nickie mais que tudo. E, quando sua mão subiu para a minha virilha, também descobri outra coisa sobre Jack e o sexo: não queria ser o mesmo filho da puta que Mike Heath tinha sido comigo e com Amy.

"Vou continuar a sessão biográfica", falei. A mão de Nickie estava dobrada por debaixo da minha perna. Não queria me levantar. Com certeza iam perceber. Gaguejei e tentei não pensar na mão dela. "É uma história de fantasma, de um menino que viveu na Califórnia nos anos 1880. Seu nome era Seth Mansfield."

## QUARENTA E QUATRO

### A história de Seth [3]

Em 1885, em uma manhã de verão escaldante, tio Teddy nos visitou pela primeira vez. Atravessou a fazenda olhando reto, a passos duros. Ia em direção à cidade. Sentado nas escadas da varanda, logo após o café da manhã, eu observava Hannah alimentar as galinhas. Foi quando o vi ali, parado, segurando sua pouca bagagem debaixo do braço, esperando ser convidado para entrar. Davey trabalhava no moinho e papai já tinha saído para cuidar das vacas. A culpa parecia pesar ainda mais sobre mim naquele dia, pois aquele homem parecia o próprio diabo, que vinha cobrar o preço de meus pecados com Hannah.

Tio Teddy levantou a mão e disse, "Olá, crianças".

Hannah deixou o balde no chão. "Vou chamar mamãe."

"Vou com você. Talvez ele vá embora."

"Seth", Hannah me repreendeu. Com um leve tapa na minha cabeça, entrou pela porta da casa.

Aos 14 anos, duas coisas eram verdades imutáveis para mim: Hannah e eu nos amaríamos para sempre e um dia seríamos marido e mulher. Ela também acreditava: me dizia isso todas as vezes que fugíamos para a floresta ou para o celeiro de papai. Em nossas escapadas, nos acariciávamos e nos beijávamos de boca aberta, com as mãos por baixo das roupas, chegando perigosamente perto de fazer aquilo que meninos da nossa idade jamais poderiam ser pegos fazendo.

Queria ser puro, ser uma pessoa boa, e sabia que era errado o que eu e Hannah fazíamos. Mas a todo momento, dormindo ou acordado, era consumido pelas fantasias do próximo momento em que ficaríamos a sós.

Davey tinha 18 anos naquela época e sabia muito bem o que estava acontecendo, mas nos amava tanto que fazia de tudo para que mamãe não nos visse. Sempre nos sentíamos desesperadamente culpados. Todos nós.

Tentava medir as consequências do que então já se tornava uma atração incontrolável. Às vezes, me convencia de que papai e mamãe receberiam bem nossa relação, mas, na maioria delas – principalmente quando estávamos todos bem vestidos, sentados no banco da igreja um ao lado do outro: papai, mamãe, Davey Hannah e eu –, sentia-me um pecador pervertido por ter pensamentos tão vulgares.

Mas então me senti ainda mais culpado, de várias formas, quando o antigo pastor tinha adoecido e morrera no fim do inverno, porque Necker's Mill não tinha mais um padre, o que me deixava muito aliviado, já que não seria mais escrutinado pelo Senhor a cada domingo.

Quando viu que ia em sua direção, tio Teddy deixou a sacola no chão e exclamou:

"Mas que rapaz aprumado!" Ele sorriu e estendeu a mão, mas não a apertei como um homem de verdade deve fazer. Tio Teddy suava muito, e eu contraí os cantos da boca, tentando disfarçar a repulsa que meu rosto queria demonstrar.

"Sou o reverendo Theodore Markoe, mas todos me chamam de tio Teddy. Necker's Mill ainda está muito longe, meu jovem?"

"Não muito distante", eu disse, e, pensei que era melhor mudar minha atitude, já que Hannah e mamãe se aproximavam.

Mal tinha chegado, mamãe já me fazia carregar a mala de tio Teddy até a casa. Tinha convidado o reverendo para o café da manhã, dizendo que não seria direito deixar um homem de Deus caminhar tanto sob aquele sol sem uma refeição decente. Prometeu até pedir a papai ou a Davey que o levasse pelo resto do caminho em nossa carroça.

Não foi difícil para a população local se ajustar ao Preterismo de tio Teddy. Era uma vertente do Cristianismo muito popular entre várias comunidades dos Estados Unidos daquela época e trazia uma espécie de alívio aos pecadores já que, como tio Teddy prometia, "o acerto de contas já estava feito" e vivíamos na era da glória de Deus.

Eu tentava acreditar naquilo sempre que saía às escondidas com Hannah.

A única coisa que podia fazer era suportar. Quando o assunto era a missa de domingo, não podíamos contestar. Davey dava o melhor exemplo de resistência quando o desafio era permanecer sentado por horas no banco da igreja. Tinha me ensinado, desde que eu era bem novo, a me concentrar em outras coisas mais interessantes, como caçar e pescar. Ainda assim, devo admitir que esperava ansiosamente pelo momento das orações: era quando podia segurar a mão de Hannah sem ter de me esconder.

Hannah tinha pensamentos tão corrompidos e desvirtuados quanto os meus. Na primavera daquele ano, comemoramos meu aniversário de 14 anos na data em que papai tinha me encontrado dormindo no meio do mato e da lama, como sempre fazíamos. Era apenas uma estimativa da minha idade, mas os Mansfields chegaram à conclusão de que eu era um ano mais novo que Hannah, talvez ao verem o quanto era franzino quando me despiram no dia do meu primeiro banho. Mesmo assim, com 14 anos eu já era mais alto que a mamãe e minha fisionomia e meu porte estavam mudando.

Então, naquele dia, pouco mais de um mês após a visita de tio Teddy, Davey e eu fomos nadar no rio antes do jantar, essa era a única forma de tomarmos banho no verão, pois a água do poço ficava muito gelada. Hannah saiu escondido de casa e se esgueirou pelas árvores para nos observar. Era muita ousadia fazer aquilo, ela nos encontraria sem roupas.

"David Ewan Mansfield!", ela chamou. Soava toda imponente quando dizia nossos nomes completos. "Vista as roupas e volte para casa. Mamãe está chamando."

Davey estava ao meu lado, os dois com a água esverdeada até o pescoço.

"O que ela quer?"

"Não perguntei."

Começamos a nadar até a margem e gritei, "Hannah, olha para o outro lado".

"Ela não te chamou, só o Davey."

"Droga." Davey disse para si mesmo.

Foi alarmante ouvir a reprovação de Davey. Logo ele. Talvez tio Teddy tivesse surgido em uma boa hora, afinal de contas.

Davey vestiu as calças, jogou o resto das roupas sobre o ombro e desapareceu pela vegetação.

Ouvi a risada de Hannah.

"Davey vai ficar furioso comigo, Seth. Mamãe nem está em casa."

"Isso foi maldade, Hannah, Por que você fez isso com ele?"

"Porque eu queria ficar a sós com você, ora." Então Hannah saiu de trás das árvores onde estava escondida.

"Quer entrar na água?", perguntei.

"Não, sai você."

"Então olha para lá."

"Não."

"Então não vou sair."

Hannah se virou e se sentou na grama. Fiquei olhando para ela enquanto esperava pacientemente que eu vestisse as calças.

"Pronto, pode olhar."

Hannah estendeu a mão e, quando a segurei, me puxou para sentar-me ao lado dela. Me sentei e olhei para seu belo rosto, ouvindo o sonolento barulho da água. Sabia, sem dúvida, que não havia ninguém nesse mundo de que eu poderia me sentir tão próximo, ou que seria mais bonita do que Hannah, sentada sob aquele céu de verão.

"O que você está olhando?", ela perguntou.

Fechei os olhos. "Você acredita no que tio Teddy diz? Que esse é o último dos mundos? O mundo da glória eterna?"

"Enquanto eu estiver com você, Seth, não me importam outros dias, nem passados, nem futuros."

"Você não se sente culpada?"

"Por quê? Você se sente?"

"Não por te amar. Mas fico com medo, às vezes."

"Apenas me sinto sozinha esperando por esses momentos em que posso ficar com você, Seth."

Corri os dedos pelos cabelos de Hannah. Suas bochechas coravam quando a beijei.

"Te amo, Hannah."

Ela trouxe um livro de casa, e o lia para mim enquanto eu estava deitado na cama, olhando para ela e me deleitando com sua voz tão bonita.

"Lembra onde paramos?"

"A Marcha", eu respondi.

"A Marcha de Miles Standish", ela respondeu, encontrado o passagem no livro.

Após alguns minutos, Hannah parou de ler e olhou para mim. "Já lemos essa parte."

Sorri e segurei sua mão. "Eu gosto dessa parte com os índios."

"Nós nunca vamos chegar ao casamento se ficarmos lendo trechos de guerra e morte."

"Casamento de quem?"

"O nosso. Ou o meu com Brett Whitmore, se você demorar muito."

Assim como mamãe, Hannah adorava provocar o Davey e a mim; e todos sabiam o quanto aquele Whitmore gostava de minha Hannah.

"Brett Whitmore daria um bom marido", provoquei de volta.

Hannah riu e colocou a mão sobre meu peito nu. Fui fraco. Não resisti e puxei sua boca para a minha língua.

Naquela tarde, sobre a grama tenra à margem do rio, Hannah e eu fizemos o que não deveríamos ter feito, aquilo que sabíamos ser inevitável. Depois, fiquei atrás dela à beira do rio, vendo ela agachada, com a saia levantada acima dos joelhos, se lavando entre as pernas.

"Te machuquei?"

"Um pouquinho."

"Desculpa."

"Não precisa pedir desculpas, Seth. Te amo muito."

"Me desculpa."

Eu me sentia tão consumido pela culpa e pela vergonha que assim que voltei para casa não disse nada a Hannah, fui direto para o quarto rezar por nós dois. Menti para mamãe que tinha febre e me tranquei no quarto até a casa ficar em silêncio. Juntei as roupas que podia e enfiei em uma fronha, convencido de que se ficasse mais um dia ali, acabaria por destruir a família que tinha me acolhido.

Não me esqueço do que testemunhei enquanto caminhava pelas ruas escuras do vilarejo: a maior chuva de meteoros que já tinha visto na vida. Como se os céus chorassem lágrimas cintilantes por mim e por Hannah. E pela minha alma vil.

Em tempo, mamãe e Hannah ficaram tão chateadas que Davey saiu à minha procura.

*Um menino chamado Whitmore.*

E eu sabia, agora me lembrava daquilo que me conectava a Seth.

"É uma história muito bonita, Jack", Rachel elogiou. Via a luz tênue da vela refletida em seus olhos.

"Muito romântica", concordou Nickie. "Onde você leu?"

"Vocês acreditam em fantasmas?"

Conner chutou minha canela debaixo da mesa. "Ele está brincando. É só uma lenda da nossa região."

"Eles ficam juntos no final?", perguntou Nickie.

"Seth foge para uma cidade chamada Napa e acaba sendo encontrado pelo Davey, quatro meses depois, no inverno."

"Chega, por ora. Acho que a gente podia fazer alguma coisa mais animada. Depois, na hora de dormir, o Jack conta mais historinhas.", Conner disse.

E riu.

Segurei a mão de Nickie. "Conto mais depois."

"Promete?"

"Prometo."

## QUARENTA E CINCO

Depois de comermos, fomos a uma boate. Estávamos suados e cansados quando chegamos ao hotel, às duas da manhã.

Nickie não soltou minha mão ao longo de todo o caminho e, enquanto caminhávamos pela calçada, encostou a cabeça no meu ombro e perguntou baixinho o que me assustava – porque ainda estava tão assustado.

*É o seguinte, Nickie. Ele fez alguma coisa com minha cabeça, e agora estou fudido.*

Tentei não me sentir envergonhado, estava feliz pelo escuro e pelo silêncio, e contei o que lembrava sobre aqueles dias, desde que fui sequestrado até a volta para a casa de Conner. Contei até como achava que merecia aquilo e que tinha machucado meu próprio tornozelo de propósito, mas não consegui falar sobre a morte de Freddie.

*Jack matou Freddie Horvath.*

Não por mim, mas por Conner. Não queria arrastá-lo para aquilo. Tudo o que Conner tinha feito, parecia, tinha feito por mim. O mínimo que eu podia fazer para retribuir era guardar o segredo.

Nickie parou de andar. Suspirou. A noite estava fria e podia escutar as ondas quebrando na praia.

"E se eu não for a ajuda que você precisa, Jack?"

"Não é isso, Nickie."

"E se ninguém puder te ajudar?"

Ela parecia assustada.

"Eu vou ficar bem", menti.

Conner e Rachel iam à frente. Ele parou, sorrindo, apoiado na porta aberta do quarto enquanto Nickie e eu nos beijamos uma última vez no corredor.

E, então, tudo desmoronou para o Jack, de uma vez.

Tinha sido fácil ocupar a mente com a música e as distrações de Blackpool, mas, logo que a porta se fechou no silêncio do quarto, Jack sentiu o pânico tomar conta. Tinha vergonha de tirar a roupa na frente das meninas e medo de estar afastando Nickie de mim. Mas não conseguia fazer nada. Sabia que Conner esperava que eu me livrasse dos óculos. Também tinha medo de Seth começar a fazer barulho. Tentava esquecer, sem sucesso, o que tinha visto do outro lado das lentes de Marbury: Griffin correndo assustado, gritando por minha ajuda, e ver Freddie Horvath lá, como se estivesse me esperando, caçando.

O espaço que separava os dois mundos já não era um abismo: era quase nada.

Frustrado, não disse nada. Peguei uma coberta e um travesseiro da "cama dos meninos" e joguei no chão, abaixo da janela.

"Pode dormir na cama, Con. Vou para chão", eu disse.

Tremendo, aterrorizado, olhava para o chão, como se fazer aquilo me deixasse invisível. Tirei a roupa o mais rápido que pude, antes que Conner fizesse algum comentário, e me enrolei na coberta.

"Tem certeza, Jack?"

"Sem problema, cara. Estou tão cansado que dormiria até na banheira de novo."

*Não devia ter falado aquilo.*

Tentava disfarçar, mas não conseguia tirar os olhos de Nickie enquanto ela deslizava as pernas longas e delgadas para fora das calças e subia a blusa pelos braços, bem ali ao meu lado, só de calcinha e sutiã.

Conner nem se alterou. Tirou as roupas despreocupadamente e se jogou na cama. "Jack, lembra do que eu te falei? Podemos dar um jeito naquilo amanhã de manhã, não é?"

É claro que eu sabia o que ele queria dizer.

Os óculos.

"Claro. Pode deixar. Boa noite, Con. Boa noite, meninas. Foi muito legal."

"Também achei", disse Rachel. "Gostei das suas histórias, Jack."

"É. Você é lindo", completou Nickie. Ela se ajoelhou ao meu lado para me dar boa noite e encostou sua boca na minha, foi a primeira vez que a língua de Jack sentiu a de uma menina. Se tivesse me beijado por mais um segundo, eu teria perdido o controle.

Nickie apagou a luz, mas continuei a olhar para suas pernas, e as de Rachel também, enquanto elas se deitavam. Meu coração batia tão forte. Jack nunca tinha sentido isso por alguém. Era assustador. E emocionante.

Ouvi a respiração pesada de Conner. Já dormia.

Mesmo cansado, eu não conseguia dormir. Era impossível relaxar minha mente por um segundo sequer: entre Nickie, Conner e os malditos óculos. Queria tanto me levantar só para pegá-los na mochila e voltar para Marbury, mas não faria aquilo com Conner. Estava determinado. Ou talvez fosse apenas um covarde com medo de deixá-lo nervoso de novo.

Fiquei deitado de lado, olhando pela janela.

*Vai se foder, Jack.*

Então, ouvi alguma coisa se mexendo e pensei, *Que ótimo, vai acontecer de novo.*

Mas era Nickie.

Bem devagar, Nickie levantou a minha coberta e enfiou as pernas embaixo dela, para dentro de minha pequena cama.

Achei que meu coração ia sair pela garganta quando ela me abraçou por trás e me beijou a nuca.

"Nickie", sussurrei.

Ela não respondeu. Sua mão percorria meu corpo e descia pela barriga.

Tremi. "Nickie, não dá, eu... não sei fazer nada..."

Sua mão desenhava um círculo em volta do meu coração e quando ela apertou o corpo contra o meu, percebi que ela não vestia nada. Podia sentir as pontas de seus mamilos se esfregarem nas minhas costas. Nickie me apertava forte. Me deixei levar, tremendo todo, como se sentisse uma coceira em cada nervo do meu corpo. Mas era bom. Ela me abraçou firme, sua língua suavemente provando meu pescoço.

Nunca imaginei isso.

Não queria estar em nenhum outro lugar.

"Eu nunca fiz isso", sussurrei. Estranhei minha própria voz. Estava assustado.

"Eu sei." Sua voz era um sussurro quente no meu ouvido.

Ela deslizou a mão pela minha barriga, seus dedos subitamente levantaram o elástico da cueca, sua mão morna seguindo a curva dos meus quadris. Quando seus dedos me agarraram, Jack parou de tentar se segurar; e tudo, rapidamente, jorrou para fora de mim, me senti como se tivesse virado do avesso, por todo lado, dentro de minha cueca, derramando tudo sobre a mão de Nickie.

"Ai, meu Deus, Nickie", sussurrei. Estava muito assustado e envergonhado. "Desculpa."

"Shhh..." Ela beijou minha orelha, e seus dedos deixaram uma trilha viscosa por minha barriga.

Eu me virei e me deitei de costas. Nickie colocou o ombro debaixo do meu braço e seus cabelos cobriram meu peito. Estava muito constrangido. Tinha feito uma bagunça nas cobertas e no chão, e minha cueca estava encharcada e grudada na pele. Nickie me beijava devagar.

Queria ficar ali para sempre.

Sob a tênue luz que vinha da janela, Nickie e eu fizemos amor outras duas vezes naquela noite.

E Jack finalmente dormiu.

## QUARENTA E SEIS

Acordamos quase ao meio-dia.

Conner e Rachel, sabe-se lá como, foram parar juntos na "cama dos meninos".

Aquela divisão não tinha durado nada, pensei.

Nickie e eu estávamos deitados, olhando o céu nublado pela janela, enrolados na coberta que tinha levado para o chão. Me lembrei o que fizemos naquela noite, me senti um idiota envergonhado. *Igualzinho ao merda do Mike Heath, não é, Jack?*

*Tal pai, tal filho, filho da puta!*

Logo Jack foi tomado por aquela compulsão terrível, tremendo, imaginando se havia uma maneira de enfiar a mão na mochila e dar apenas uma olhadinha pelas lentes, só para ver se Griffin estava bem e se Freddie Horvath estava lá mesmo, como tinha visto no banheiro antes do jantar.

Precisava olhar.

Então, ouvi o barulho de alguma coisa pequena rolando pelo chão, debaixo da cama em que Conner e Rachel estavam deitados.

Alguma coisa estranha acontecia comigo. Estava enjoado mas de uma forma que me assustava. Estava piorando.

Conner foi o primeiro a notar o que tinha acontecido naquela noite. Ele se arrastou para a beirada da cama e olhou para baixo. Quando nos viu deitados, seus olhos brilharam e disse, "Puta que pariu! *Não* se mova!"

Ele pulou da cama, tirou meu celular do carregador e, com suas pernas longas e peludas acima de nós, começou a tirar fotos, anunciando, "Obrigado, Senhor! Estou tão orgulhoso de meu Jack!".

Escondi nossos rostos debaixo da coberta e Conner tirou mais uma foto do meu dedo do meio estendido, enquanto Nickie me beijava debaixo das cobertas. "Bom dia."

"Então, agora que já tá tudo certo, ninguém vai precisar dormir no chão hoje à noite", Conner argumentou.

Nickie colocou a cabeça para fora e olhou para Rachel. "A gente tem que levar a Rachel para casa hoje, em Harrogate, e depois tenho que voltar para Londres, infelizmente."

Conner soltou um suspiro de frustração e se sentou na cama. Torci o canto da boca e vesti a cueca. Nickie enrolou a coberta debaixo do braço e foi com ela ao banheiro. Ligou o chuveiro.

"Rachel, traz as minhas coisas, por favor?"

Então, Rachel se levantou. Usava a camisa de Conner, que descia até o meio das coxas.

"Bom dia, Jack." Ela sorriu para nós, pegou a mala de Nickie, entrou no banheiro e fechou a porta. Podíamos ouvir elas conversando e rindo. Fiquei no chão, de joelhos dobrados, ainda tonto com tudo o que tinha acontecido na noite anterior.

"Cara", Conner disse, radiante. "Você finalmente, totalmente, completamente, *fez* o negócio."

E bateu a mão na minha. "Três vezes", completei.

Senti que ficava vermelho.

"Puta merda!" Conner balançou a cabeça. "Eu e a Rachel só dormimos juntos. Só isso. A gente só dormiu um do ladinho do outro. Como assim? Eu quase ganhando minha virgindade de volta com uma das meninas mais gostosas do planeta e agora ela tem que ir embora."

Sorri para ele e dei de ombros. "Se quiser, te dou umas dicas."

"Porra." Conner caiu de costas na cama, grunhindo, com o braço sobre os olhos. "Três vezes? Eu tô muito mal mesmo."

Dei um tapinha no joelho dele.

"Uma corridinha na praia enquanto as meninas se arrumam?", propus.

E me perguntei se Conner descobriria que estava apenas tentando distraí-lo.

"Tá bom." Conner resmungou.

Assim que vestimos os shorts, sentei-me ao seu lado para amarrarmos os cadarços. Tinha quase certeza de que tinha conseguido evitar o assunto, mas conhecia Conner. Ele nunca se esquecia de nada quando colocava alguma coisa na cabeça.

Era como se eu fosse um ladrão que tentava inventar uma forma de roubar de mim mesmo.

Senti um frio na barriga quando Conner me olhou duramente nos olhos e disse, "Então, Jack, agora vamos dar um jeito naquele troço. Me dá os óculos. Vou jogar essa merda no mar".

*Vai se foder, Jack.*

Apoiei os cotovelos sobre os joelhos e olhei na direção do banheiro. A água ainda corria. As meninas conversavam e riam.

"Não quero fazer isso ainda, Con."

"Cara, você vai foder sua cabeça. Sua vida!"

*Freddie Horvath*

*Fez alguma coisa.*

"Você não entende, Con. Não precisa ficar tão preocupado. Não é assim como você está pensando. Confia em mim. Não insiste, por favor."

Conner suspirou, levantou-se e foi até a janela. Ficou olhando para a praia.

"Foda-se", ele disse. E começou a esvaziar minha mochila. "Você prometeu, Jack. Você jurou pra mim."

"Chega, Conner."

*Chega, Jack.*

Ele jogou tudo no chão, uma pilha de coisas entre nós. Não sabia o que fazer: lá estava meu melhor amigo tentando foder minha vida. Fiquei parado, pensei em empurrá-lo, mas sua mão já saía da mochila agarrada a uma cueca. Tudo o que pude ver eram as hastes douradas dos óculos de Marbury.

"Não, Conner. Por favor", implorei.

*Ele está se tornando meu inimigo aqui também.*

*Estava tentando me matar.*

Tentei agarrar seu braço. Quando consegui, ele me empurrou. Foi quase um soco. Caí sobre a cama, e as lentes escaparam de sua mão. Enquanto caíam, girando no ar, eu via cenas de Marbury através delas. As imagens do outro lado chegavam aos meus olhos como faróis em uma estrada escura. Conner com certeza via tudo também: Griffin correndo, eu perseguindo alguma coisa pela vegetação. Eu até sentia os galhos se quebrando contra meu corpo enquanto abria caminho em uma corrida desenfreada, gritando "Griffin! Griffin!".

E vimos Freddie Horvath.

"Porra!", Conner chutou os óculos para debaixo da cama. "Não olha pra essa merda, Jack!"

Rolei o corpo e tentei esticar o braço para alcançá-los.

*Exatamente como se estivesse de volta na cama da casa de Freddie, não é, Jack?*

*Todo enrolado, Jack.*

Conner se enfiou por baixo da cama, procurando, com os braços estendidos.

"O que vocês estão fazendo?", Rachel saiu do banheiro, sorrindo. "Estão lutando?"

Tentei agarrar Conner pelos cabelos.

Queria matar o filho da puta.

Estava tão nervoso que queria gritar.

Conner ficou de joelhos e deu um sorriso amarelo para Rachel, "Nada, só deixei cair uma coisa".

Então, vi que ele enfiava os óculos por dentro do short.

Olhou para mim. Quase sorria, com um ar desafiador, como se dissesse, *E agora, Jack? Ganhei, já era. Desiste!*

*Você já era.*

Ele se virou, deu um beijo em Rachel e disse, "Vou correr com o Jack. A gente volta em vinte minutos, no máximo".

E saiu correndo pela porta. Fui logo atrás. Ele estava correndo rápido.

## QUARENTA E SETE

Vou te contar no que o Jack acredita quando o assunto é amizade.

Uma parte de mim – talvez a mais sensata, uma voz que soava como se estivesse sufocada por um travesseiro, ou talvez se afogando – sabia que Conner fazia aquilo porque me amava. O Jack sensato sabia. Ainda assim, persegui meu amigo – pela rua e pela pela orla da praia, correndo e correndo ao longo de todo o reflexo trêmulo do píer, em direção às águas escuras que o banhavam ao longe –, era como se um enorme dedo médio estendido repetisse *Vai se foder, Jack, este é o caminho para o fim do mundo, lá vamos nós, continue correndo!*, a cabeça de Jack berrava, *Foda-se esta merda*.

Conner não entendia.

Ele tentava me salvar, mas estava me matando.

Era como uma flechada no peito.

Fazia quanto tempo aquilo?

"Conner! Espera!"

Conner virava o rosto rapidamente e olhava para mim, sem sequer diminuir o passo, com a mão agarrada firmemente àquelas lentes.

Preciso delas. Preciso voltar a Marbury.

Tudo o que sentia era esse inexplicável e desesperado compromisso com Ben e Griffin, dois amigos que tinha acabado de conhecer, mas que talvez conhecesse há tempos; e, talvez, uma necessidade enorme de encontrar uma solução para meus fantasmas do mundo real – Conner, que eu amava, e Freddie Horvath, que tinha feito aquilo com a minha cabeça – então, percebi que estava completamente fodido.

Se Conner se livrasse daquelas lentes, eu sabia que estaria morto. Lá e aqui.

*Vai se foder, Jack.*

Então, você tem essa horrível escolha: salvar a mim mesmo ou salvar minha amizade. É por essa razão que os escrotos no poder transformam meninos em soldados: para nós, o que nos une é o mais importante – uma bandeira, um superior, seu companheiro – as coisas que merecem nossas vidas, mais do que nós merecemos elas.

Por isso, Seth tinha fugido de mim.

Por isso Conner agora fugia de mim.

E por tudo isso eu tinha de voltar a Marbury, pelo menos mais uma vez. Precisava salvá-los. Afinal, Conner estava lá também. Mesmo que isso significasse perder.

Fugir daqui.

Pelo menos uma vez.

Só uma olhadinha.

"Conner!"

*Foda-se este lugar.*

Quando Conner se aproximava da água, consegui alcançá-lo. Não queria brigar, mas tinha de fazê-lo parar. Saltei e agarrei a cintura de Conner, derrubando-o com a testa na areia. Caí por cima dele.

E não acreditava que ele queria me machucar, mas Conner acabou acertando meu rosto com o cotovelo, tentando se livrar de mim. Cortou meu lábio.

Fiquei tonto e sem ar, apoiado sobre as mãos e os joelhos, olhando as gotas brilhantes do meu sangue pintarem uma constelação vermelha entre meus dedos esticados na areia. Os óculos tinham se quebrado com a queda. Uma das lentes estava sobre a fina camada de água salgada: um pequeno buraco que descia até o inferno branco de Marbury.

Conner ficou de pé, encharcado e coberto de areia. Olhava para a lente aos seus pés, as hastes retorcidas ao lado dele, quase cobertas pela lama salgada.

"Porra, Jack!", Conner disse.

Eu não reconhecia aquele tom de voz.

Limpei a boca, deixando um rastro vermelho pelo braço.

Vi que Conner se virava. Ele apanhou a lente solta e o que tinha sobrado dos óculos, sem olhar, e atirou tudo ao mar.

Uma pequena onda veio, cobriu seus tênis e lavou o sangue entre meus dedos.

A maré estava subindo.

Naquele momento, Jack tinha desistido.

Abaixei a cabeça e a apoiei na areia. A maré veio e senti a água salgada em meus cabelos, em minha boca e nos meus olhos.

Era o fim. Não podia mais voltar.

Era como se o universo tivesse implodido quando Conner arremessou as lentes ao mar.

E agora a maré subia.

"Levanta. Deixa eu ver isso." Conner agarrou meu ombro. "Levanta, Jack."

Levantei a cabeça. Limpei o rosto com a camisa. Um casal nos observava da praia cautelosamente, tentando entender se estávamos brigando ou apenas brincando.

Nenhum dos dois, eu acho.

Eles se foram depois que me levantei e olhei torto para eles.

Com muito cuidado, Conner tentava levantar meu rosto para ver o estrago que tinha feito.

"Tá tudo bem." Afastei suas mãos.

"Quem era aquele menino?", Conner perguntou.

Comecei andar em direção à areia seca. Queria ir para casa, onde quer que ela fosse. Jack estava morto por dentro.

Conner vinha atrás. "Jack, quem era aquele menino?"

"Não sei de que merda você está falando."

"Eu te vi. Parecia que você estava correndo, em uma floresta. E vi aquele médico lá. Freddie. Não estou mentindo. Mas o menino. Ele estava te chamando, Jack. Não sei quem ele era.

"Só um menino. Griffin."

Continuei caminhando. Não queria olhar para ele.

"De onde você conhece ele?"

"Só conheço de lá. Ponto."

"Ele estava assustado. Ele estava fugindo de mim, não é?"

Continuei andando. "Tanto faz agora."

Não conversamos pelo resto da manhã. Queria chorar. Mas não chorei.

Claro que as garotas sabiam que alguma coisa tinha acontecido. Viram o corte na minha boca e que eu não conversava e nem sequer olhava para meu melhor amigo. Conner e eu ficamos um do lado do outro, emburrados, fingindo que olhávamos pela janela do trem na viagem de três horas até Harrogate. Eu fingi dormir.

Tentei pensar em outra coisa: telefonar para Wynn e contar que tínhamos decidido estudar em St. Atticus, o toque de Nickie, Freddie Horvath.

Freddie Horvath.

*Porra! Henry Hewitt e aqueles óculos malditos. Nickie não tinha visto nada neles. Nada.*

*Ela está morta lá, é por isso.*

*Como Henry.*

*Como todos.*

*Como Griffin.*

*Porra!*

Não podia aguentar a ideia de Nickie *não estar* em Marbury, porque sabia o que isso significava. Talvez estivesse naquele trem, em um dormitório. Ou talvez pregada de ponta-cabeça a uma cruz ao lado de uma loja de bebida.

Por que Conner fez aquilo comigo?

Estava ficando enjoado.

Trêmulo e pálido, fui cambaleando pelo corredor, me apoiando pelos assentos como um bêbado. Cheguei ao banheiro e, agarrado ao vaso, vomitei.

*Bem-vindo ao lar, Jack.*

Agarrado à pia de metal que balançava junto com todo o vagão, olhei para meu reflexo no espelho. Era como se o universo se abrisse em um precipício entre minhas pernas, camada por camada, até revelar a imagem de Jack, ainda bebê, esparramado no chão da cozinha.

*Que brincadeira legal, não é?*

Olhei para meus olhos fundos.

Parecia um viciado.

Queria muito quebrar alguma coisa. Fechei os punhos e quase esmurrei o vidro.

"Seth?", sussurrei.

Nada.

"Seth? Por favor." Implorava como um drogado.

Abri a torneira e molhei o rosto.

O que ela via em mim afinal de contas? Era um perdido na vida, um covarde. E agora parecia um drogado desesperado. Faria qualquer coisa para ter aqueles óculos de volta. Até mataria. Queria ver o fim daquilo tudo, dar um fim àquilo tudo. Mas não havia nada que eu podia fazer.

*Não deixe ele se tornar seu inimigo aqui, Jack.*

*Você está morrendo.*

Tentava pensar claramente. Ligar para casa. Minha mão não parava, mal conseguia segurar o telefone. Queria falar com Wynn e Stella, pouco importava que horas eram na Califórnia. Pouco importava que horas eram em qualquer lugar, a não ser em Marbury.

*Olhe as fotos.*

Jack corre pelas fotos: eu e Nickie na cama, juntos.

*Foi bom, não foi?*

*Você lembra, Jack?*

O dedo do meio de Jack.

*Vai se foder, Conner.*

Jack sem roupas no chuveiro em Londres.

*Foi quando acabava de voltar de Marbury, e três dias tinham se passado.*

*Vai se foder, Jack.*

*Espere.*

*Chamadas não atendidas.*

Olhei para os números recentes.

Henry.

Jack liga de volta.

"Já era", eu disse.

"Onde você está, Jack?"

"Em um trem. Porra. Eu não sei. Na merda de um trem em algum lugar."

Puxei uma toalha de papel e enxuguei o suor da testa.

Henry fumava um cigarro. Ouvia enquanto ele tragava. "O que aconteceu com os meninos?"

"Não sei."

"E com você?"

"Vai acontecer algo horrível, Henry. A gente precisa conversar. Sinto que vou morrer."

"Em Marbury?"

"Não. Aqui. Acho que vou morrer... que já estou morrendo. Agora."

Ele não disse nada.

"Estou voltando para Londres. A gente precisa conversar. Hoje. Chego às onze", eu falei.

"Sei onde te encontrar."

"Sim."

*Conner acha que você é um maluco, Jack.*

*Freddie Horvath deixou minha cabeça assim.*

Minha mão tremia. Sentia um nó no estômago. "Preciso saber de uma coisa."

"O quê?"

"Lá é de verdade? Você é real, Henry?"

Ele não respondeu.

"Henry? Me desculpa por ter ferrado tudo."

Desliguei.

Quando chegamos a Harrogate, Rachel se despediu de mim e de Nickie. Fiquei aliviado quando Conner foi com ela para longe da gente. Sentamos no saguão da estação e tomamos café, esperando o próximo trem para Leeds, onde pegaríamos outro para King's Cross.

Senti os dedos de Nickie envolvendo minha mão. "Agora me fala o que aconteceu, Jack."

Esfreguei os olhos. Não conseguia falar.

Nickie se sentou ao meu lado. Senti seu braço envolver minha cintura. "Jack?"

Levantei os ombros. "A gente brigou."

Por um momento, ela pareceu irritada. "Ele bateu em você?"

"Foi sem querer. A culpa é minha."

"Mas por que vocês brigaram?"

"Nada de mais." Ela estava ficando frustrada com as minhas evasivas. "Coisa de homem. Não precisava ter acontecido. Me sinto um imbecil."

Nickie colocou a mão sobre a minha perna. Por um segundo, só consegui pensar na noite anterior, quando ficamos juntos no chão.

"Sei que vocês são muito próximos. Vocês vão se acertar."

"Não sei."

"Jack, não posso te ajudar se você não deixar." Nickie soava nervosa, frustrada. E com razão.

"Nossa, Nickie." Eu a abracei com tanta força que quase derrubei a mesinha. Me esqueci do corte no lábio, até beijá-la. Com a dor, me afastei. Mas Nickie levantou meu rosto e me beijou cuidadosamente. Jack berrava por dentro porque seus olhos começavam a se encher de lágrimas.

*Jack não chora.*

"Desculpa se machuquei sua boca", ela disse. "Mas fiquei esperando um beijo seu o dia todo."

"Também queria te beijar. Não sei o que está acontecendo comigo. Estou ficando doido, sei lá. Fiquei perdido com tudo o que está acontecendo. Me sinto perdido, Nickie. Estou com medo. É assustador."

"Me promete uma coisa?", ela perguntou.

"Prometo."

"Promete que vai contar para alguém sobre aquele médico? Conversa com alguém, Jack. Você tem que tirar isso de dentro de você."

"Eu sei."

"Promete?"

"Nossa, Nickie. Eu sou um fracasso ambulante mesmo! Eu tenho o dom de ferrar com tudo." Não queria, mas tomei um gole de café. Passei as costas da mão sobre o lábio inchado. "Estou muito mal com o que aconteceu ontem à noite. Tinha prometido a mim mesmo que não faria aquilo."

Nickie desviou o olhar. Percebi que ficou magoada, e tinha certeza de que disse a coisa errada, que ela não entendeu o que eu quis dizer.

"Não quero foder a vida de todo mundo. Nunca tinha brigado com Conner antes." Parei por um momento. "Não quero ser como Mike Heath."

"Então não seja. Lembra que eu te disse que você já tem todas as qualidades que você diz que gostaria de ter?"

"Estou assustado por que tem coisas que não consigo entender."

"Sabe o que penso sobre ontem à noite, Jack? Ficar com você foi a melhor noite da minha vida. A melhor de todas."

"Nickie, tudo o que eu quero é ficar com você", menti.

*Jack, seu mentiroso de merda.*

A verdade era que ficar com ela era *uma* das coisas que mais queria. "Te amo de verdade, Nickie."

"Ama?", ela sorriu.

"Amo." Olhei para minhas mãos, que tremiam. "Olha o que você faz comigo. Só pode ser amor. Não quero estragar sua vida. De verdade."

Passei meu braço pelos ombros de Nickie.

Ela me beijou e sussurrou no meu ouvido, "Eu te amo, Jack."

"Mas o que acontece com a gente semana que vem, quando eu voltar pra casa? Queria poder ficar. Eu vou voltar logo, Nickie. Prometo."

*Você nunca vai voltar, Jack.*

*Nem para a Inglaterra. Nem para Marbury. Nunca mais.*

Arrastavam uma cadeira. Conner, desanimado, nervoso talvez, se sentou e suspirou.

Nickie se endireitou e tocou a mão de Conner. "Rachel pediu para você voltar, Conner?"

Nickie sorria, porque já sabia a resposta.

"Combinamos de nos encontrar em York um dia antes de voltarmos pra casa."

"Você vai adorar lá."

"Que bom", respondeu. Ele olhou pra mim, pude vê-lo pelo canto dos olhos, mas mantive o olhar fixo na minha mão e no copo de café vibrando na mesa. Conner limpou a garganta. "O trem de Leeds chegou. Vamos?"

Assim que nos levantamos, Conner me puxou pelo ombro, para que olhasse para ele. "Qual é, Jack?!" Conner falava baixo, não queria que Nickie o escutasse. Ela entendeu e se afastou.

"Desculpa, cara", ele continuou. "Principalmente por ter acertado a sua cara. Por favor, diga que ainda somos amigos."

Ele estendeu a mão para mim.

"Claro." Apertei a mão de Conner. Mas me sentia morto.

E me senti ainda pior quando me despedi de Nickie no metrô de King's Cross. Pelo menos, almoçaríamos juntos na segunda-feira. Ela se foi para Hampstead, enquanto Conner e eu caminhávamos solitariamente até a Great Portland Street.

Já caía a noite quando chegamos ao hotel, mas ainda faltavam duas horas para me encontrar com Henry.

Conner jogou a mochila no chão. Descalcei os tênis com os pés e me sentei na cama.

"Parece que a viagem foi muito mais longa", Conner disse.

"É."

"Quer sair e comer alguma coisa?"

"Estou cansado, Con."

Ele tentou descontrair a conversa. "Depois de ontem à noite, aposto que está."

Eu não disse nada.

"Quer uma cerveja, então?"

"Tá, pode ser."

Conner tirou duas garrafas do frigobar e me entregou uma. Descalçou o tênis e se recostou na cama.

"Vamos ficar amigos de novo mesmo ou o quê?"

Soltei um longo e exasperado suspiro. "Conner, a gente ainda é amigo, mas agora tudo está me fazendo mal demais. Me machucando. Não sei explicar. Estou perdido e não sei se estou aqui ou lá."

"Por isso foi bom eu ter jogado aquele troço no mar, Jack. Ouve o que vou dizer. Você está aqui."

Olhei para a cerveja que segurava. O gole que eu tinha tomado descia rasgando a garganta.

*Há algo de errado com você, Jack.*

"Você acha que aquele lugar existe de verdade?"

"Não, cara. Esquece aquele lugar."

"Mas eu não terminei o que eu tinha que fazer lá. Você não devia ter jogado as lentes no mar, Con. Porra!"

*Jack não chora.*

"Já pedi desculpa, Jack."

"Vou superar. Eu não estou bem. Estou estranho." Esvaziei a garrafa. "Mas vou melhorar. Não tenho escolha. O que eu posso fazer? Vou dormir."

Puxei as cobertas e Conner apagou a luz.

Jack olhava o relógio.

Conner devia estar acordado o tempo todo também, porque, meia hora depois, quando me levantei e comecei a me vestir, ele perguntou, "Tá fazendo o quê?".

"Nada. Só vou sair um pouco."

"Quer que eu vá junto?"

"Não."

Quando abri a porta, Conner disse, "Quando você vai parar de me tratar assim, Jack?"

## QUARENTA E OITO

"Perdi a merda dos óculos."

Eu disse, logo que me sentei. Henry tinha um copo de cerveja cheio na mão e outro me esperava sobre a mesa. Ele pulou como se tivesse levado um soco ao me ouvir dizer isso.

Ele deu um gole. "Perdeu como?"

"Meu amigo, o Conner. Ele jogou no mar." Empurrei a cerveja cheia para ele. "Não quero beber. Estou passando mal. Estou me sentindo mal demais."

Henry balançou a cabeça.

"Seu amigo não usou os óculos então?"

"Ele usou. Mas acho que ele não entendeu o que estava acontecendo. Não entendeu nada sobre, você sabe, nós. E eles. Pelo menos não até hoje de manhã, quando ele se livrou dos óculos."

"Mas ele os jogou fora? Você viu?"

"Vi."

"Tem certeza?"

Eu não disse nada. Henry deu de ombros. "Nunca pensei que alguém fosse capaz de abandonar os óculos depois de estar em Marbury. Ele deve ser muito forte."

"Como faço para voltar agora?", perguntei.

"Não sei. Acho que não dá mais."

Olhei para meus braços esticados sobre a mesa. Tremiam tanto que parecia que eu estava sendo eletrocutado novamente.

*Vai se foder, Jack.*

"É como se tivesse deixado uma parte de mim lá, como se tivesse sido arrancado de dentro de mim. Estou com medo porque só piora. O buraco. Acho que vou morrer."

"É assim mesmo."

"Preciso voltar."

"Não posso te ajudar, Jack. Não sei o que fazer."

"Mas por que você fez isso comigo?" Bati na mesa. Era patético. "Você era meu melhor amigo em Marbury."

*Freddie Horvath deixou minha cabeça assim e preciso de ajuda.*

"Bebe." Henry empurrou a cerveja de volta para mim. "Você vai precisar."

Levantei o copo e bebi. O líquido descia gelado e rasgava meu estômago como cacos de vidro.

*Que brincadeira legal.*

Henry via a dor que eu sentia. "Me desculpa, Jack."

"Todo mundo só sabe pedir desculpas! É só isso que vocês fazem! Vão se foder!"

"Agora você vai me falar sobre Marbury? Vai me contar o que aconteceu lá?"

Contei tudo o que tinha visto desde a primeira vez que fui para Marbury: os meninos, como Griffin tinha me salvado, Seth, o trem, as pessoas crucificadas, o massacre na montanha, o cânion e o rio. Henry ouviu tudo. Bebeu três copos de cerveja em silêncio enquanto eu contava a história. Já eu não conseguia beber mais nada depois do primeiro gole. Continuava me sentindo cada vez mais fraco. Quanto mais falava, mais queria voltar para lá.

Por várias vezes, tentei entender, especificar, a coisa ou a combinação de coisas que me atraía com tanta força de volta para aquele inferno. Henry entendia, acho. Mas ele não precisava mais se preocupar, porque não podia mais voltar. E quanto mais falava com ele, maior minha certeza de que eu estava morrendo do lado de cá.

Estava morrendo.

Não contei sobre Freddie Horvath em Marbury, ou sobre Nickie não enxergar nada através das lentes. Henry não precisava saber toda a patética história de Jack. Sentia-me culpado, traído até, pois ele supostamente era o meu melhor amigo em Marbury, mas aqui, deste lado das lentes, eu não ia muito com a cara dele.

Por que tinha me encontrado com Henry, afinal? Sabia que ele não poderia me ajudar. Mas já não tinha esperança, precisava de alguém que me entendesse.

Henry deve ter visto que eu ficava cada vez mais fraco. Talvez estivesse apenas muito cansado, mas minha cabeça pendia para frente e meus olhos se fechavam. Tudo doía. Ele tocou minha mão. "Você viu o mesmo fantasma de Marbury do lado de cá? Com você?"

"Só uma vez. Ele me disse que estava com medo. Mas esteve aqui várias vezes. Geralmente, ele aparece quando estou indo para lá. E uma vez até fez as coisas voarem pelo quarto."

Estávamos apenas eu e Henry no Prince of Wales. O garçom começava a guardar as coisas para que saíssemos.

"Sabe", disse Henry, "há sempre um motivo por trás de tudo. Conheço bem aquele lugar para entender. Toda vez que um fantasma te ajuda, ele fica mais fraco, um pouco mais difícil de ver. Já notou? Mas há um motivo para isso."

Eu tinha notado aquilo. Talvez por isso Seth não tivesse aparecido novamente, pensei.

"Nada faz sentido nessa merda toda. Nem lá, nem aqui", respondi.

"Jack, eu realmente acredito que faça sentido. Mas quem sou eu para saber?" Henry fez um gesto para o garçom. "Só mais uma, por favor?"

O garçom acenou com a cabeça e começou a encher mais um copo.

"Você sabe o bastante pra foder minha vida."

"Não foi de propósito. Não podia fazer mais nada." Henry suspirou. "Não tive escolha, você era minha última chance. Você sabe. Éramos apenas algumas pessoas naquele mundo enorme contra centenas daquelas criaturas. Você não era o único com quem me importava e em quem confiava, mas foi simplesmente o único que consegui encontrar aqui. Quando fui capturado no assentamento, já tínhamos atravessado todo o deserto. Estávamos tentando encontrar mais pessoas, qualquer pessoa. Mas, para onde quer que fôssemos, encontrávamos apenas mais demônios nos perseguindo. Sabia o que eles fariam comigo quando fui pego. Você não imagina o quanto te ver no aeroporto me deu esperança de novo."

"Esperança de quê?"

"Equilíbrio, talvez. Não sei. As coisas sempre entram em equilíbrio, não é? Marbury está em desequilíbrio. Temos que salvar aquele lugar. E aqueles meninos. Você pode levar certas coisas daqui para lá. Você pode fazer a diferença naquele lugar. Eu acredito em você. Temos que salvar o que ainda é bom."

"Senão o quê?"

"Senão tudo começa a pender para um lado, até cair."

"Sabe no que acredito? Que você só fala merda."

Henry olhou para mim, ainda sem se alterar. "Para ser sincero, queria que você estivesse certo, mas já vivi muito tempo naquele lugar e sei o que falo. Você vai ver."

"Apoiei os cotovelos na mesa e afundei o rosto nas mãos. "Eu nunca me senti tão mal na vida. Você acha que vou acabar morrendo sem os óculos?"

"Cuidado com o abismo", ele disse.

"Quê?", estava tonto, não entendi.

"Se conseguir voltar, diga isso aos meninos. Cuidado com o abismo."

"Por quê?"

"Porque disse a eles que você diria isso.."

*O abismo*, pensei. O abismo que separava o aqui e o agora de Marbury estava desaparecendo. Tinha caído nele e estava preso entre os dois mundos.

Senti uma pontada por dentro. "Quando você encontrou aqueles óculos?"

Henry sorriu. "Tinha a sua idade. Dez anos atrás, quando era apenas um menino. As coisas eram muito diferentes naquela época. Marbury era apenas outro lugar, simples e agradável."

Ele se aproximou, buscando meus olhos. "Eu matei um homem, Jack."

"Como assim?" Mordi o lábio. Talvez ele soubesse. Talvez Henry fosse mesmo um policial louco, como Conner disse.

"Ainda era menino. Eu era estúpido. Foi um acidente. Mesmo assim, não consigo esquecer. Nunca contei para ninguém. Nunca ninguém descobriu."

"O que aconteceu?"

Henry deu de ombros. "Não interessa."

"Me interessa", insisti.

"Foi que... apenas brigamos. Nem o conhecia até aquela noite."

"O que você sabe sobre mim?", perguntei.

Henry levantou os ombros e balançou a cabeça.

"Aquilo me corroía", Henry continuou. "Já tinha passado uma semana. Chovia, eu me lembro. Estava atrasado e tinha perdido o ônibus da escola. Enquanto esperava, uma mulher veio com aqueles óculos no rosto. Fiquei maravilhado com eles. Ela sorriu e tirou os óculos, e me disse: 'Você é o Henry Hewitt. Te conheço de lá'. Eu não fazia ideia do que ela estava falando, é claro, mas, a mulher me entregou os óculos e eu não conseguia tirar os olhos das lentes. Quando olhei de volta, a mulher simplesmente tinha ido embora. Simples assim. No princípio, ir e voltar era muito fácil. Mas veio a guerra e a doença e tudo desmoronou terrivelmente em Marbury. O que eu sei sobre você? Conheço você desde que era criança. Éramos alguns dos poucos sobreviventes. Conheci seu pai e sua mãe quando ainda eram vivos."

"Fodam-se eles."

Henry deu de ombros. "Você viu como as pessoas podem ser muito diferentes do outro lado. Mas você não é, eu acho. Por isso, deixei os óculos com você antes que eu não pudesse mais voltar."

"Mesmo se o que você diz seja verdade, agora não adianta mais", argumentei. "Não posso fazer nada. Provavelmente Ben e Griffin já estão mortos. E eu também."

"Se você estivesse, não estaria passando mal agora."

"Você também passou mal?"

Henry terminou a cerveja. "Sempre que voltava de lá. Menos da última vez."

Escuridão total.

Conner dormia quando entrei no quarto.

Doía tanto que eu mal conseguia ficar de pé, não conseguia respirar.

Tirei as roupas.

Sob a luz vermelha que vinha do relógio do criado-mudo, vi um papel sobre meu travesseiro.

Estava dobrado e do lado de fora estava escrito "Jack".

Não conseguia ler. Empurrei a carta para debaixo do travesseiro e me deitei, encolhido.

Sabia que estava morrendo.

Talvez não fosse real. Talvez fossem apenas as merdas que Freddie Horvath injetou nas minhas veias.

*Freddie Horvath me deixou assim.*

*Jack não chora.*

*Mas foda-se, de qualquer forma, Jack.*

*Você merece.*

Ainda segurava a carta de Conner, como se ela me ancorasse ali, deixando a dor mais tolerável. Eu tinha estragado tudo. Sabia. Tudo era culpa do Jack. Tudo – desde quando saí da festa de Conner até acabar preso na casa de Freddie Horvath. E, naquele momento, me sentia preso novamente – metade neste mundo e metade no outro. Tinha caído no abismo. Queria que Conner estivesse bem, ele não sabia o que estava fazendo.

Meu tórax se contraía em espasmos, mas eu não choro.

Rolando...

Tinha certeza de que estava ouvindo. Bem baixinho.

Rolando...

Daquela vez, por mais tempo. Mas de onde vinha?

Tac. Tac. Tac.

Conner se mexeu.

Tac.

Debaixo da cama.

Tac.

Outro barulho. Parecia uma moeda girando até parar.

Tac.

Contraí todos os músculos do corpo. Tinha câimbras. Consegui ficar de joelhos ao lado da cama e me abaixar. Meu suor molhava tudo. Cheiro de mar.

Quando olhei debaixo da cama, vi uma luz clara familiar, iluminando o colchão por baixo, subindo por um buraco no chão. Uma única lente.

Parecia o olho de Deus.

Era a mesma lente que se soltara dos óculos na praia de Blackpool.

Perdi o ar. E me perguntava se Jack não estava tendo alucinações.

Arrastei a mão encharcada pelo chão até sentir a curva gelada do vidro. "Seth."

A lente de Marbury.

Meus dedos cobriram a lente, abafando a luz e escondendo as formas que dançavam naquela janelinha.

*Pense, Jack.*

Pego uma meia do chão ao lado da cama.

Não posso deixar que Conner encontre a lente novamente.

Conner estica as pernas e se vira de lado.

Não acorde, Con.

Vou em silêncio até o banheiro e sussurro, "Obrigado, Seth".

"Seth."

"Seth, me ajuda."

# Parte cinco

SETH

## QUARENTA E NOVE

Eles tinham capturado Griffin Goodrich.

A culpa era minha.

Quando fomos nadar, tínhamos deixado todas as armas sobre os alforjes, perto das paineiras. Foi uma idiotice, e a culpa era minha. Os garotos confiavam em mim para tomar as decisões certas, para mantê-los seguros, e eu falhei.

Quando vi os Caçadores vindo em nossa direção, peguei a faca que estava usando para cortar os peixes. Os dois levavam clavas feitas fêmures humanos amarrados. Os ossos, cobertos de sangue seco, tinham pontas afiadas.

Conner e Freddie Horvath.

No princípio, vinham cautelosamente pelas árvores, um deles desenhava um ângulo com o braço, planejando a emboscada, talvez.

Freddie estava terrivelmente deformado, mas tinha certeza de que era ele. As manchas pela linha lateral de seu corpo eram negras e brilhantes como óleo. Tinha a pele toda pintada até os joelhos. Suas mãos retorcidas terminavam em garras recurvadas e pretas, e protuberâncias cinzentas de osso trespassavam a pele do queixo assimetricamente, curvando-se para fora. O cabelo do escalpo que cobria sua virilha era todo trançado e balançava como as patas de uma aranha quando ele andava. Sua marca era um traço diagonal fulgurante que ia do ombro esquerdo até a coxa direita, como se o cortasse ao meio.

Mas eu observava Conner e sua marca em forma de peixe logo acima da virilha, e me perguntei se ele seria capaz de fazer alguma conexão entre aquele mundo onde éramos inimigos ao outro onde éramos tão próximos.

Quando os Caçadores se separaram, e Freddie Horvath ficou espreitando por trás das árvores, Griffin correu em direção às armas.

Conner foi em seu encalço.

"Jack!", Griffin estava aterrorizado, não conseguia correr mais que Conner.

Do lado oposto, Freddie vinha em minha direção. Ben estava comigo.

Congelei. Quando me dei conta de que olhava diretamente para Freddie Horvath, tudo o que tinha acontecido comigo naquele outro lugar transformava minha mente em um cativeiro.

*Chega, Jack.*

Saquei minha faca.

"Conner! Conner Kirk!", gritei. Apenas por um segundo, talvez, Conner diminuiu o passo e virou o rosto em minha direção. Griffin se embrenhou no mato, na direção oposta de nossas sacolas, e Conner retomou a caçada. Corria tão perto de Griffin que quase o agarrou pelos cabelos.

Freddie hesitava, olhando para mim e para Ben, a apenas alguns metros de distância.

"Ben, vai pegar as armas", sussurrei.

"Jack!" Ouvi os gritos de Griffin atrás de nós.

"Ele o pegou, Jack! O filho da puta pegou o Griff!"

Freddie vinha pela vegetação. Dava passos firmes, mas cautelosos. Ouvia o estalar dos galhos enquanto ele se aproximava, empunhando aquele machado macabro acima da cabeça. Olhei para trás e vi Ben correndo pela clareira à margem do rio onde estavam nossas coisas. Conner ia em disparada para dentro da floresta, carregando o menino franzino sobre o ombro. Os braços de Griffin não paravam, esmurravam e empurravam, mas Conner seguia seu caminho, inabalado. O cachorro os acompanhava, em vão, com um ganido estridente.

Griffin continuava gritando meu nome. "Jack!"

Fiquei furioso. Estava preparado para enfrentar Freddie, mas não o via mais.

Ouvia apenas os urros abafados de Griffin cada vez mais distantes. Logo ele se tornaram sons indistintos, como se tivessem amordaçado, ou mesmo estrangulado o menino. Então, não havia mais sons, nem mesmo os ganidos do cão.

Silêncio.

"Porra!" Chutei o chão e cortei o ar com a faca.

Ben estava logo atrás de mim, perto das nossas sacolas. Sentado sobre os calcanhares, com o braço apoiado sobre o joelho, segurava a arma apontada para o chão. O outro braço cobria seus olhos e vi que lutava para conter os soluços. Chorava.

Fui até lá e tirei nossas roupas molhadas dos galhos do salgueiro, enrolei as de Ben e as joguei para ele.

"Levanta, Ben."

"Porra de lugar!", ele gritou.

"Veste a roupa e vamos logo. Vamos salvar o Griffin. Ainda dá tempo, mesmo que eles estejam de cavalo, você precisa reagir. Eles não vão matar o garoto, ainda."

Ben sabia.

As criaturas deixariam o menino viver até que se cansassem de brincar com ele; até que ele estivesse mais morto que vivo.

Então o comeriam.

Os demônios tinham vindo a cavalo, nos seguindo pelas montanhas. A culpa era minha. Não deveria ter voltado pelo mesmo caminho apenas para poupar Griffin da verdade sobre o suicídio da freira que matara o velho.

A agora Griffin tinha sido capturado.

Procurava não pensar no que estariam fazendo com ele, ou em quanto tempo ainda tinha de vida.

Os captores de Griffin não tentaram encobrir suas trilhas. Queriam que os seguíssemos.

Olhei para Ben, que cavalgava ao meu lado.

"Ben, vou te pedir uma coisa."

"O quê?"

"Eles não podem estar muito distantes. Provavelmente menos de uma hora. Quando os capturarmos, não importa o que aconteça, por favor não mate aquele mais novo que saiu carregando o Griffin."

"Aconteça o que acontecer?", Ben não acreditava no que estava pedindo a ele.

"É."

"Não posso prometer isso, Jack."

Não respondi, então ele disse:

"Se você quer que eu prometa alguma coisa, pelo menos vai ter que me contar por quê. Agora não é só um velho doido, é o Griffin. Acho que a primeira coisa que vou fazer é matar aquele lá. A não ser que você mate primeiro."

Acelerei o passo. Não queria olhar para Ben, mas ele não deixava espaço. Nem entre nossos cavalos, nem para que eu evadisse suas perguntas.

"Você vai me contar como sabe o nome daquele lá ou vai mentir para mim também? Vai me tratar como um menininho?"

"Porra, Ben."

"Então?"

"Cuidado com o abismo." Fiquei olhando para Ben em busca de alguma reação. Vi imediatamente que aquilo fazia sentido para ele.

"Como você sabe?"

*Não há abismo.*

"Henry me mandou dizer isso para você e para o Griffin."

"Ele está bem?"

"Está."

"Não entendo essas merdas. Ele disse que se você falasse 'cuidado com o abismo' a gente teria que confiar em você e fazer o que mandasse, mesmo sendo estranho."

"Bom saber."

Ben apertava os olhos, trilhando com o olhar o caminho à nossa frente. Devíamos estar bem próximos. Quase sentia a presença dos dois.

"Então você conhece aquele que estava carregando o Griffin? Do outro lugar? Onde o Henry está?"

"Conheço."

"Quem é ele?"

"Meu melhor amigo."

Ben olhou para mim por alguns instantes. "Já que o Henry falou, tenho que confiar em você. Mas se a vida do Griffin depender de mim, não posso prometer nada."

"Acho que é justo."

"Jack, como você vai para o outro lado?"

Cocei a cabeça. "Não sei. Sou levado. Estou sempre indo de um lado pro outro. Uma parte de mim está aqui, a outra, lá, onde Henry está. Às vezes acho que vou morrer disso. Dói demais. É horrível, mas não consigo parar."

"Você pode levar a gente?"

"Se pudesse, levaria."

"Mas o Henry te trouxe."

"Ele deu sorte, só isso."

"Sorte? Como raios você acha isso? – Ben perguntou. "A cabeça dele acabou em um muro onde empalaram partes dos corpos de toda a nossa gente, exceto nós três. O Henry te enganou para que ficasse comigo e com Griffin. Provavelmente, sabia alguma coisa importante sobre você. Se ele não tivesse feito isso, seu cadáver estaria ao lado do dele, e Griffin e eu estaríamos mortos também."

Parei meu cavalo e estendi o braço para que Ben parasse também.

À nossa frente, no fim do caminho de terra seca e rachada que subia a encosta da montanha, vi um breve clarão vermelho.

Freddie Horvath.

Achamos eles.

Eles estavam muito perto.

Vi outro vulto ao lado do cavalo de Ben. Seth. Seu rosto estava inerte e os olhos, vidrados. Mal enxergava seu contorno, mas uma luz intermitente e intensa vinha de dentro dele, invadindo meus olhos: janelas de um trem de metrô passando pela estação.

Era uma força que me puxava para trás.

"Não. Ainda não."

"Que porra é essa?", Ben disse.

Ele também estava enxergando aquilo.

"Não, caralho!", gritei.

E um sussurro sibilante, "Seth".

*Vai se foder, Jack.*

## CINQUENTA

Uma estação.
O metrô de Londres.
Era noite.
Estou sozinho.
O trem emerge da escuridão do túnel como um dragão de aço, parando estridentemente diante de mim. A porta se abre como se fossem centenas de bocas famintas.
*Bem vindo ao lar, Jack.*
Sou jogado para trás, contra os azulejos encardidos da parede. Sinto sua superfície quente e úmida do calor da cidade. Um nó no estômago. Caio sentado em um banco; os olhos arregalados, a cabeça apoiada nas mãos. Preciso me concentrar: tênis (*brancos, Puma. Mas eu não tenho tênis dessa marca*), concreto, não estou de meias (*não saio sem meias. Por que fiz isso?*), calças jeans (*rasgadas no joelho, as barras estão escuras e molhadas. – deve estar chovendo lá fora*), minhas mãos estão para baixo: Elas parecem cinza, como se não tivesse nada vivo dentro de mim.
*Jack está morrendo devagar desde que entrou no carro de Freddie, e eu não aguento mais.*
*Força, Jack.*
*Força.*
Com cada músculo das pernas, fico de pé, mas tudo gira. Estou flutuando, como se estivesse no redemoinho da maior privada do mundo.
*Que se foda este lugar.*
Me agarro a uma lata de lixo e esvazio o estômago.
Quase não percebi as pessoas que iam e vinham, tentando me ignorar, fingindo que o cara doente vomitando até virar do avesso não estava ali. Passavam por mim como partículas em um túnel de vento.
Estação Green Park.

*O que eu estava fazendo ali, porra?*

Quando o trem partiu, a estação ficou como uma caverna iluminada. Silêncio total. Sentado no banco, tentava pensar. Estava tão fraco que parecia que eu não comia nada há dias.

Dias. Não fazia ideia das horas ou há quanto tempo tinha saído do Prince of Wales.

Coloquei a mão sobre o peito. Estava me sentindo menor, leve como uma pluma. Não entendi por que estava vestido daquele jeito. Meu cabelo estava molhado, usava uma camisa preta e desbotada, que não era minha, com um buraco na barriga. "The Ramones", estava escrito nela. A jaqueta bege, de tecido, toda respingada de chuva, eu também nunca tinha visto. Não usava cuecas, apenas as calças, que também não eram minhas. Nem cinto usava. Aquele não era o Jack.

Quanto tempo tinha se passado?

Vasculhei os bolsos. Tudo ali. Olhei o celular.

Não acreditei quando vi.

Apertei os olhos, desliguei e liguei o celular novamente.

Era quarta-feira.

Conner e eu voltaríamos para casa na sexta, em apenas dois dias.

Tinham se passado quatro dias desde que Seth trouxera para mim a lente de Marbury, na noite em que chegava de Blackpool, depois de brigar com Conner.

Tudo culpa do Jack. De repente me senti culpado por tratar meu melhor amigo assim.

Quatro dias. Não fazia a menor ideia do que tinha acontecido ou de como tinha chegado à estação Green Park, com aquelas roupas que não eram minhas, em uma linha que nem imaginava de onde vinha e que não ia para qualquer lugar que pudesse me interessar.

Quase cinquenta chamadas não atendidas: Nickie, Stella... A última era de Conner, vinte minutos atrás. Várias mensagens que não tinha coragem de ler.

*Você sempre faz merda, Jack.*

Assustado, liguei para Nickie. Enquanto ouvia o telefone chamar, quase desliguei antes que ela atendesse, mas continuei na linha.

"Jack?"

"Oi."

"Onde você está?" Parecia preocupada. Talvez decepcionada. Jack sabia que tinha estragado tudo de novo.

"Ahn. Estação Green Park."

"Tudo bem?" Nickie parecia ter chorado.

"Não."

*Jack não chora.*

Engoli em seco. "Nickie. Preciso te ver. Conversar com você."

"Estou ligando para você desde que você foi embora."

Ela obviamente estava chorando agora.

"Eu sei. Tem algo errado. Muito errado."

"Te procurei no hotel e o Conner está ligando toda hora para saber se eu tive notícias suas. Onde você estava? Ele está preocupado, liga pra ele."

"Ligo, mas vamos nos encontrar, então?"

"Ah, Jack." Ela não tentava esconder que estava magoada. "Ontem à tarde, antes de você ir embora, você falou que nunca mais queria me ver."

"O quê?" Não podia acreditar no que ouvia, mas pensei, *Porque caralho eu não acreditaria nisso?*

"E... eu não sei o que está acontecendo comigo, Nickie. Preciso encontrar alguma coisa, sei lá." Meu estômago se revirava de novo e as imagens daqueles quatro dias começavam a voltar, ainda bem fracas, como as luzes da estação. Alguma coisa com o irmão de Nickie, Ander. As roupas eram dele. Tinha passado uma noite na casa dela, em Hampstead. Foi na segunda-feira. Era um quarto estranho. Pensei sobre a lente, sabia exatamente onde a colocara – no bolso traseiro esquerdo dessa calça. Meus dedos sentiam a forma delas.

"Por favor", eu disse. "Posso te ver mais uma vez?"

Nickie hesitou. Segurava a respiração para não chorar.

"Não, Jack."

"Nickie." Soava doente. Patético.

"Não posso te ajudar enquanto você não fizer nada para se ajudar."

Ela desligou.

O telefone caiu da minha mão. O choque do plástico contra o concreto pareceu um estrondo ao ecoar pela plataforma.

Era assim que tinha de ser, pensei. Jack desmorona aqui e tudo desmorona em Marbury. Mas não, Jack não estava desmoronando. Jack estava destruindo a si próprio. Como Nickie tinha dito. Talvez por isso Seth tenha me trazido de volta. Pensei em tirar a lente do bolso, mas tinha nojo de mim mesmo.

Peguei o telefone e fui até o outro lado da plataforma para esperar o trem em direção a Oxford Circus e voltar para o hotel.

A chuva ainda caía quando saí da estação. Era bom senti-la em minha pele, quente e espessa, como sangue. Quando cheguei ao hotel, estava encharcado.

O quarto estava um caos. Minha mochila estava vazia, tudo espalhado pelos móveis e pelo chão. Conner não estava. Estava em York com Rachel, me lembrei. Doía tanto. Se ele estivesse ali, talvez pudesse impedir que Jack se perdesse de vez.

Deitado na cama, olhava para o teto. Ainda vestia as roupas molhadas do irmão de Nickie. Não me importava. Pela segunda vez naquele mês, eu quis morrer. Quis me matar. Não via saída, as coisas não iam melhorar. Talvez a única coisa que me impedia de dar um fim àquilo era não querer me tornar um fardo para Conner, Stella e Wynn. Deve ser muito difícil transportar um corpo para o outro lado do oceano.

*Que atencioso de sua parte, Jack.*

*Mas Jack não chora.*

Então tomei uma cerveja.

Vou te contar o que o Jack acha de Marbury e da lente de Marbury.

Continuo voltando para esta imagem das bonecas russas da Stella: coisas menores contidas em outras maiores, repetidamente, várias e várias vezes. Acho que existe uma teoria de Física, a Teoria-M, que diz que são onze. São dimensões, ou mundos, como quiser. Pode ser esse número mesmo, mas tanto faz no fim das contas.

Jack é uma flecha que atravessa todas as camadas ao mesmo tempo, com a ponta perfurando o núcleo. Acho que todas as pessoas são como flechas que apontam para o próprio centro.

A lente de Marbury seria uma espécie de prisma que separa essas camadas. Com ela, posso enxergar o outro Jack pelo buraco da flecha.

E Marbury é o buraco.

A única coisa que sei ao certo é que Marbury é um lugar terrível. Aqui também. De certa forma, é melhor que aquele mundo seja tão óbvio em sua brutalidade, porque ali não há qualquer dúvida sobre a natureza das coisas: o bem, o mal, a culpa e a inocência são coisas palpáveis. Não é como aqui, onde você pode estar conversando com um médico no parque e não saber o escroto filho da puta que ele é de verdade. Porque sempre esperamos que tudo seja lindo e certinho, mesmo sabendo que as coisas nem sempre funcionam assim.

Henry acreditava que Marbury era um mundo fora de equilíbrio.

Ele precisa dar uma olhada direito neste aqui.

Abri outra cerveja e me recostei na cabeceira da cama. Quando arrastei o travesseiro, vi a carta que Conner tinha deixado naquela noite em que me encontrei com Henry. Balançava o papel entre os dedos, hesitante. Seria igual a todas aquelas chamadas não atendidas, pensei. Uma lição de moral para Jack, o menino que só fazia merda e tinha que dar um jeito na vida.

O celular vibrou no bolso. Deixei tocar, mas tomei coragem para atender.

*Corajoso e atencioso Jack.*

Não olhei para o número.

"Alô?", eu disse.

"Onde você está?"

Era Nickie.

"No hotel."

"Me espera aí."

"Tudo bem."

"Não estou aguentando mais. Estou chegando aí."

O novo e corajoso Jack também resolve abrir o bilhete de Conner. Mas percebi que é fácil não ter medo quando você não tem mais nada a perder.

*Ei Jack,*

*É muito estranho – ter que escrever uma carta. Mais estranho é ficar tão sem jeito, logo com você. Você é mais próximo de mim que a minha própria família e não posso fingir que não está acontecendo nada. Nós temos que resolver o seu problema. Não sei como, mas eu vou te ajudar. Então, pensa e me fala. Você sabe que pode contar comigo. Se você decidir fazer alguma terapia para resolver o que aquele cara fez, eu vou com você. Já falei. Se você não quiser contar nada pra ninguém, também estou do seu lado. Ou, se quiser, conto tudo o que aconteceu pra polícia. Mas o mais importante é não deixar isso acabar com você.*

*Não sei qual é a história sobre aquelas lentes, mas, como falei, acho que aquele cara só está tentando brincar com a cabeça das pessoas pra ver a reação delas. Você não acha? Não tem outra explicação. É por isso que estou assustado com a sua reação. As coisas são simples, cara. São apenas lentes, que você nem sabia que existiam antes de vir para cá. Não sei por que você dá tanta importância para elas. Deixa pra lá. Somos amigos desde quando a gente mijava na fralda, cara. A única coisa que explica você ter ficado tão puto é o que aquele cara fez ou tentou fazer com você.*

*Espero que que você não fique puto por eu falar isso.*

*De qualquer forma, Jack, desculpa mesmo. Também estou mal com tudo o que aconteceu. Espero que você esqueça essa merda toda e que fique tudo normal de novo. Acho que você também quer a mesma coisa.*

*Sabe, depois que você saiu, fui atrás de você. Eu te vi no pub. E você nem olhou pra mim. Você estava falando sozinho, com alguém invisível, mas não tinha ninguém lá, só você, olhando para um copo de cerveja. Eu surtei, Jack. Não tinha ninguém lá.*

*Não fica puto, mas é verdade.*

*Depois que voltei, liguei pra Rachel. Combinei de ir para York na segunda passar uns dias com ela, então não vou poder sair com você e a Nickie. Não que você queira. Eu sei que você está de saco cheio de mim. Mas não preocupa, te encontro no aeroporto na sexta. Foi muito legal a viagem, mesmo com essa merda toda agora entre a gente.*

*Só para você saber: vou fazer o que você quiser que eu faça. E já disse: amo você, cara. (E, não, eu não sou gay. Pelo menos, não tanto quanto você ha ha.)*

*Conner.*

*Ele está mentindo para você, Jack.*

*Ele te seguiu.*

*Conner está se tornando seu inimigo aqui também.*

*Vai se foder, Jack.*

Como Conner não tinha visto Henry ao meu lado? Ficamos lá até o pub fechar.

*Isto é real.*

E Conner tinha visto Henry da outra vez. Tinha apontado para ele naquela foto minha com Nickie no metrô.

Minha câmera.

Procurei entre as coisas espalhadas pelo quarto. Encontrei. Liguei e apertei o botão para ver as fotos.

*Isto é real.*

"Cartão sem imagens".

*Preciso de ajuda.*

*Não é possível. Talvez nada disso tenha acontecido e Jack esteja amarrado à cama de um pervertido na Califórnia, completamente drogado.*

*Henry não é real.*

*Conner não é real.*

*Nickie não é real.*

Marbury é.

Por cima do brim das calças, girei a lente com os dedos, várias e várias vezes. Tinha medo de tocá-la. Sabia que aquilo era minha fraqueza. Se tirasse aquela lente do bolso, perderia a cabeça e destruiria qualquer chance de me redimir com Conner e Nickie.

Não conseguia evitar. Queria tanto voltar para Marbury que doía. Fazia de tudo para me distrair. Dobrei a carta de Conner e guardei. Comecei a juntar as roupas que tinha espalhado pelo chão, enfiando tudo na mochila, junto com a carta. A todo instante, eu parava e ficava escutando, na esperança de que Seth aparecesse para me tentar com seus ruídos, para eu saber que era hora de voltar para Marbury.

Mas ele não apareceu.

Tentava parar de pensar na lente dentro do bolso e de me preocupar com Ben e Griffin.

Quando senti que começava a suar novamente, abri outra cerveja e me forcei a bebê-la.

Então me deitei na cama e liguei para Conner.

*O corajoso Jack.*

"Oi, Con." Eu sei que é difícil ouvir a si mesmo, mas para mim, enquanto estava deitado na cama, soava como se estivesse morto. Miserável.

"Jack! Onde você esteve?", Conner parecia feliz em me ouvir.

Feliz.

Mas eu não sabia mesmo por onde tinha andado, então tentei evitar a pergunta.

"Na casa da Nickie, saindo, por aí..."

"Ela me disse que você terminou com ela."

Todo mundo sabe mais sobre o Jack do que eu.

"Devia estar meio doido." Tentei descontrair a conversa, mas minha voz estava pesada demais. "Ela está vindo pra cá agora."

"Que bom, então. Cara, eu tô, tipo assim, totalmente apaixonado pela Rachel. Casaria agora se pudesse. E a gente ainda nem fez sexo. Nem parece que sou eu. São Conner, O Virgem... Ai! Tá bom! Parei!"

Ouvi Rachel rindo ao fundo.

"Onde vocês estão?"

"Estou na casa dos pais dela, em Harrogate. Aqui é bem legal."

"Você vai voltar?"

"Amanhã à tarde. E aí a gente sai de noite. Vai ser a despedida, então vamos aproveitar."

"Pois é." Hesitei por um momento. "Conner, desculpa por tudo. O que você falou na carta faz sentido. Não sei o que está acontecendo comigo. Isso tudo me dá um medo do caralho. Quando voltar, a gente conversa sobre você me ajudar, tudo bem? Estou assustado pra caralho."

"Vamos dar um jeito nisso. Prometo."

"Con, você sabe o que aconteceu com as fotos na minha câmera?"

"Não, cara. Por quê?"

"Não tem mais nenhuma foto nela. A gente tirou foto, não tirou?"

"Tiramos." Conner ficou em silêncio por um instante. "O Wynn não vai ligar se você não tiver as fotos de St. Atticus. Fala pra ele que deu um problema no cartão."

"Foi tudo de verdade, né?"

*Isto é real.*

Conner suspirou.

"O que vocês estão fazendo aí?", perguntei.

"Assistindo TV."

"Fala pra Rachel que eu mandei um oi."

"Pode deixar." Então Conner mudou o tom de voz. Devia estar pensando que eu tinha ficado doido. "Jack, não vai fazer besteira, tá? Relaxa e espera a Nickie chegar. Eu também já estou chegando amanhã e vai ficar tudo tranquilo, beleza?"

"Beleza. Me liga amanhã quando estiver chegando que vou te encontrar em King's Cross. Saudade de você, cara."

Conner riu e disse, "Gay demais."

"Até amanhã, Con."

E, então, um silêncio mórbido. Fiquei ali, estirado na cama, esperando, como Conner tinha pedido. Quase sentia o calor daquela merda de lente no bolso, como se fosse um ser vivo precisando sair para respirar, sussurrando para mim como Seth fazia. Sabia que se tocasse apenas a ponta da unha naquela rodela de vidro, perderia a cabeça. Tentei me concentrar, repetindo para mim mesmo: "Nickie, Nickie, Nickie..."

Olhei para o relógio ao meu lado até cair no sono.

Meia-noite.

Tac. Tac. Tac.

*Porra.*

Abri os olhos e me sentei.

Era apenas a porta. Nickie.

Zonzo, fiquei de pé. Levei as cobertas, úmidas da chuva. Ainda vestia as roupas do irmão dela.

Meu cabelo estava caído na frente do meu rosto quando abri a porta. Eu não penteei para trás com minhas mãos, era um velho mecanismo de defesa de Jack quando não queria olhar nos olhos de Wynn e Stella. E estava envergonhado de Nickie me ver naquele estado.

Por alguns instantes, Nickie sorriu, cautelosa. Deixou uma bolsa de nylon azul no chão, ao meu lado.

"Trouxe suas roupas", ela disse. "Lavei elas."

Nickie ficou ali, com os braços largados ao lado do corpo, esperando na soleira da porta. Eu me sentia tão estúpido e estava tão confuso que não sabia o que fazer, apenas abaixei os olhos e disse, "Obrigado".

Nickie se virou para ir embora.

"Espera."

Fui atrás dela, mas Nickie continuava a andar.

"Nickie!"

"Realmente, é melhor cada um seguir seu caminho", ela disse.

Entrei em pânico. Não sentia o chão sob os pés. Continuei aos tropeços em sua direção enquanto ela esperava o elevador.

"Não sei o que está acontecendo comigo."

"Nem eu, Jack. E você também não sabe o quanto me importo com você. Não sei o que aconteceu com o menino por quem eu me apaixonei. Não imaginava que você era capaz de ser tão cruel e egoísta. Já estou cansada de me sentir uma idiota e estou com medo por você. Não quero ser parte da sua autodestruição."

"Desculpa. Não sou eu, Nickie." Era tudo o que eu conseguia dizer.

"Seja lá o que for, está te transformando em um monstro."

O elevador se abriu e Nickie entrou. Segurei a porta.

Seus olhos faiscavam, furiosos. "Me deixa. Estou cansada."

Ela estava falando sério.

Recolhi a mão.

A porta se fechou.

Me apoiei na porta, me segurando, tentando entender por que eu não fiz nada e deixei Nickie sair da minha vida de vez.

Não conseguia me lembrar do Jack que Nickie tinha conhecido no barco e nem do Jack que ela não queria ver nunca mais. E eu não conseguia encontrar motivos do porquê deixava aquilo acontecer.

Porque estava me tornando um monstro.

Fui atrás dela, correndo pelas escadas, e a alcancei na calçada do outro lado da rua.

"Nickie, desculpa, de verdade. Fala comigo, por favor."

"Não acho que posso te ajudar, Jack."

"Nickie, eu prometo..."

"Promete o *quê*, Jack?"

"Por favor!"

"Não."

Ela me deixou ali.

Fiquei sentado na calçada, olhando os carros que iam e vinham.

Pensava no que poderia ter sido diferente, os outros lugares a que poderia ter ido – ou não ter ido. Teria sido tudo tão mais fácil se tivesse dito: "Sim, doutor Horvath, *pode* me matar agora".

Mas resolvi reagir.

E lá estava eu, sentado numa rua mijada e discutindo com minha cabeça se deveria voltar para o quarto e achar meu maldito telefone, para ligar para Henry Hewitt e perguntar – de novo – se o que estava acontecendo era mesmo real; ou se conseguiria levantar minha bunda para tentar encontrar Nickie uma última vez.

Doía tanto.

*Isto é real.*

O porteiro do hotel olhava para mim.

Usava óculos.

*Para de olhar para mim, porra.*

Corri.

A cada passo, a cada respiração, repetia para mim mesmo, *Isso é real, isso é real*. Não podia perdê-la, não podia continuar a afastá-la de mim. Nickie era a única coisa a que podia me segurar, a única coisa capaz de impedir que Jack se perdesse para sempre naquele outro mundo.

Ofegante, miserável e encharcado, virei a esquina e encontrei Nickie sentada em um banco, perto da estação Baker Street.

"Nickie?"

Ela ficou assustada.

Não queria mais assustá-la.

"Não vou desistir de você assim", eu disse. "Eu posso ser a pessoa que você acha que sou. Eu sou essa pessoa. Mas eu preciso de você para ser assim."

Ela tinha chorado.

"Me ajuda, Nickie? Vamos conversar?"

Ela fez "sim" com a cabeça.

Tudo escuro. Apenas um lençol nos cobre. Fico de pé e abro a janela para ouvir o barulho da chuva e deixar seu cheiro úmido entrar.

Nickie deita a cabeça sobre meu peito, passando a mão na minha barriga, assim como tinha feito em nossa primeira noite em Blackpool.

"Dá para ouvir o seu coração", ela sussurrou.

"Faz barulho de quê?"

"De um menininho zangado."

"Ah, é?"

"Bem, ele fica nervoso com tudo e com todos, mas, por dentro, eu sei que está apenas machucado."

"E como você sabe?"

"Ele finge muito mal. Ele acha que ficar triste não é coisa de homem e tenta fazer cara de bravo."

"Esse menininho tem que parar de te contar coisas sobre mim."

Abracei Nickie bem forte.

"Agora eu sei por que eu disse que não queria te ver de novo, Nickie."

Senti seus dedos se contraindo contra a minha pele, como se ela tivesse sido queimada.

"Por quê?"

"Porque eu nem lembrava o motivo de estar usando as roupas do seu irmão. Porque eu não me lembro de onde estava desde sábado à noite até quando te liguei da estação Green Park."

Ela não disse nada. Sentia sua respiração sobre meu peito.

"Tem algo de errado comigo, e estou assustado."

*Freddie Horvath deixou minha cabeça assim e eu vou te magoar, Nickie.*

Um nó na garganta.

*Jack não chora.*

"Não quero te magoar, eu te amo de verdade."

"Você não vai me magoar, Jack. Deixa o Conner te ajudar. Ele conversou comigo e vi o quanto ele quer te ver bem."

"Não quero que ele fique magoado comigo, também."

Nickie respirou fundo. Senti o ar frio no meu peito. "Você estava vestindo as roupas do Ander porque apareceu todo encharcado de chuva na segunda à noite. Você tinha se perdido. Era um pouco patético. Não foi a melhor das primeiras impressões para os meus pais."

"Nossa..."

Ela riu baixinho. "Depois eles se acostumaram com o meu amiguinho americano. E você dormiu lá."

"Com você?"

Nickie passou o dedo pelo meu peito. Senti seu rosto se contrair em um sorriso. "E tinha outro jeito? Não dava para você ir embora. Eu estava com todas as suas roupas. O Ander te emprestou um pijama e você ficou no quarto de hóspedes. Você falou que tinha vergonha de fugir para o meu quarto de noite com meus pais em casa, mas acho que estava mesmo era com medo de o Ander ser ciumento."

"Agora me lembrei dele. Desculpa, Nickie. Não posso fazer essas coisas com você. Eu sou tão perdido, fico me sentindo culpado por tudo, por não ter o controle das coisas..."

"Shhh...", Nickie apertou meus lábios com o dedo.

Então me lembrei do irmão dela me emprestando as roupas e tomando café da manhã conosco. Eu tinha dito a Nickie que estava com medo e precisava ir embora, mesmo que eu não quisesse. Ela não me entendia, e chorava. E, quando entrei na estação do metrô, queria chorar também, mas o Jack não chora. Tentei me perder na escuridão, na multidão que ia e vinha pelas entranhas da cidade.

Também me lembrava de ter conversado com Henry, de que ele sabia que Jack não estava aqui por inteiro. Depois de me encontrar com ele, vaguei por Londres a noite toda, sem direção, até recuperar os sentidos totalmente e ligar para Nickie.

"Me conta o resto da história, Jack", ela sussurrou.

*Aquela em que o Jack se mata no final?*

*Você não vai gostar, Nickie.*

"Acho que essa história nunca vai terminar."

"Quero dizer aquela do menino. Seth. Você prometeu que ia acabar de contar."

"Ok."

## CINQUENTA E UM

### A história de Seth [4]

Consegui um trabalho de estivador em Napa. Trabalhava a semana toda, exceto aos domingos. Não era tão forte quanto meus colegas, mas era esforçado e me dava bem com todos. Para conseguir o emprego, tive de mentir a idade. Mas não era uma mentira de fato, afinal de contas, eu não sabia ao certo quantos anos tinha.

Ainda assim, acredito que o Sr. Pursely, o chefe do departamento de cargas, sabia que eu não tinha 18 anos, porque não se cansava de fazer comentários sobre meu rosto imberbe ou meu peito liso. Mas todo dia, depois do trabalho, eu escapava e dormia na floresta ou em algum celeiro silencioso, desde que estivesse quente o suficiente para isso.

Os outros garotos que trabalhavam ali sabiam que eu era um forasteiro, e órfão, mas nunca me faziam perguntas. Eu me desdobrava para estar sempre asseado e bem alimentado. Às vezes, desciam o rio até São Francisco para se darem com as mulheres de vida fácil. Eles me chamavam, mas eu já me considerava um pervertido desvirtuado, então pedia que respeitassem minha abstinência.

É claro que faziam chacota de minha pureza juvenil sempre que podiam, alheios à criatura vil que eu realmente era. Ainda que nunca faltasse à missa e atentasse para a palavra de Deus, não me sentia mais próximo da luz.

Em novembro, mudei-me para um quarto no Sutton House, um hotel de família onde podia desfrutar novamente do simples conforto de ter uma cama e tomar banhos regulares. Lá, a falta de privacidade era muito bem compensada pela água quente e abundante.

Tinha dois livros: a Bíblia e um exemplar de Longfellow. Sempre os lia antes de dormir, mas nem um nem outro me traziam conforto. Enquanto um me lembrava, noite após noite, de minha depravação, o outro apenas trazia de volta as memórias que tinha de Hannah. Eu sofria tão desesperadamente por ela que algumas vezes deitava na cama e chorava, muitas vezes naquelas noites frias e silenciosas quando minha solidão se tornava uma fragilidade particular. Sentia falta de cada um dos Mansfields.

Dezembro trouxe a pior das chuvas; o trabalho se tornou um fardo. Não tinha roupas para aquele clima e mal ganhava o suficiente para pagar minha estada. E foi, ainda me lembro, no dia 12 daquele mês, enquanto lia Longfellow recostado na cama e sob a luz da lanterna, depois de jantar, que uma visita inesperada bateu à porta.

Não usava trajes apropriados, então puxei as cobertas por cima das pernas e pedi que a pessoa entrasse.

E lá, pingando a água da chuva que tomara, e coberto de lama até os joelhos, estava meu irmão, Davey Mansfield.

Ele disse, "Seth Braden Mansfield, o que diabos você está fazendo neste lugar?"

A princípio, mal o reconheci. Tinha um chapéu que quase lhe cobria os olhos e uma espessa barba castanha que eu nunca vira tão cheia. Mas quando tive certeza, pelo seu olhar e sua voz, tirei as cobertas de cima de mim e fui ao seu encontro de braços abertos.

"Davey!" Fazia tempo que não me sentia tão cheio de alegria. Tinha me acostumado à vida aborrecida fora de Pope Valley. Segurei meu irmão pelos ombros e olhei em seus olhos. "Algum problema em casa?"

"Problema, Seth? Muito mais que problema! Mamãe e Hannah estão doentes com a falta que você faz, e papai não fala mais comigo, a não ser para reclamar quando não faço as coisas do jeito que ele gosta."

Olhava para Davey, suas roupas ainda respingavam o chão. Naquele momento, tive certeza de que, na tentativa de poupar minha família de minha depravação, fazia-lhes outro mal.

"Não quis magoar ninguém, Davey. Tinha medo do que poderia ter acontecido se tivesse ficado. Acredite em mim, nunca faria nada para magoar mamãe, Hannah ou qualquer um de vocês."

Davey suspirou. Ele sabia muito bem o motivo que me arrancara de casa, mas, mesmo assim, estava determinado a me levar de volta.

"Fazendo ou não fazendo mal, você já está condenado. Você não sabe o quanto eu andei até chegar aqui, e vai voltar comigo querendo ou não. Podemos partir agora ou amanhã pela manhã, como quiser."

Que estranha a vida, pensei, porque lá estava eu, sete anos depois, dando roupas limpas a Davey para que se trocasse, da mesma forma que os Mansfields fizeram ao me acolher como um de seu próprio sangue. Descemos para que a senhora Sutton desse comida a Davey, apesar de não ser seu costume cozinhar quando todos já tinham se recolhido. Como se tratava de um irmão, ela disse, não seria um incômodo. Também disse que Davey poderia dormir no meu quarto se não tivesse onde passar a noite.

Naquela noite, quando estava a ponto de adormecer, Davey disse, "Seth. Sobre você e Hannah, ainda não está na hora. Entenda bem, meu irmão. Você volta comigo agora para que mamãe tenha paz, mas desta vez você vai se comportar como um homem decente e esperar o momento certo. Você saberá quando ele chegar. Estamos de acordo?"

"Estamos."

"Que bom. Boa noite, então."

Na manhã escura e enevoada do dia seguinte, com meus poucos pertences sobre um burro de carga entre nós, Davey e eu partíamos para Pope Valley debaixo de uma chuva fraca, mas insistente. Era domingo, e sentia um mau presságio por estar perdendo a missa, minhas mãos tremiam bastante com cada batida de meu coração, na expectativa de sentir o toque de Hannah novamente.

Eu sabia que estava amaldiçoado.

O clima prolongou a viagem ainda mais, e já era terça-feira à noite quando levamos aquela pobre mula para o celeiro de papai. Imagino que Davey tenha notado minha expressão de alívio enquanto meus olhos percorriam aquele lugar tão familiar, buscando o rosto de Hannah. Sentia sua presença tão forte que minhas pernas estavam completamente bambas.

Quando entramos pela porta da casa, mamãe chorou e me abraçou, sem se importar com minhas roupas encharcadas. Ela exaltava Davey por ter me salvado mais uma vez. Mas Hannah não veio. Ficou no fim do corredor me encarando e, então, subiu para o quarto sem dizer uma palavra, com o rosto angustiado coberto de lágrimas.

Papai apagou seu cigarro. Veio até nós, me beijou a cabeça molhada. "Seth Mansfield, você deve ter uma longa história para contar, não é, garoto? Agora subam e troquem as roupas para jantarem. Você quase matou sua mãe e sua irmã de desgosto, meu filho. Estavam preocupadas com você, e com Davey também, ainda mais com o frio que está fazendo."

"Me desculpe, papai", disse, e subi com Davey até o quarto.

Na escuridão do corredor, parei à porta do quarto de Hannah. Davey me olhava. Ela chorava. Sentia-me totalmente desamparado. Levantei minha mão para bater, mas Davey disse, "Não".

Abaixei o braço. Davey abriu a porta de nosso quarto e esperou. Não tirou os olhos de mim até que eu entrasse.

Era como ele tinha dito: fosse como fosse, eu já estava condenado.

Na hora do jantar, mamãe subiu para buscar Hannah. Davey olhava, preocupado, enquanto Hannah me puxava o pescoço com os braços e me cobria as bochechas e a cabeça de beijos. As lágrimas dela molhavam meu rosto. Tentava ficar ali, imóvel, ou colaria meus lábios nos dela. Nunca tinha desejado tanto sentir sua língua na minha. Sentia um frio no estômago e enrubescia, não conseguia evitar a atração. Senti um golpe na nuca e ouvi uma gargalhada. Fiquei atordoado. Davey ria: Hannah tinha me acertado um safanão. "Seth Mansfield, se você aprontar uma dessas de novo, vou te buscar eu mesma!"

"É, garoto", papai completava. "Acho melhor você não mexer com essa moça, ela é brava."

Papai acendeu um cigarro e se sentou à mesa, olhando enquanto seus dois rapazes jantavam.

Estava afobado e mal me saíam as palavras, mas baixei as talheres e olhei para Hannah, dizendo com uma voz vacilante e arrependida, "Hannah, me perdoe. Não irei abandoná-los novamente. Nunca mais."

As bochechas de Hannah coraram, mas só eu notei.

Naquela mesma noite, Davey ia comigo pelo corredor, nos preparávamos para dormir. Vimos que Hannah estava em seu quarto, esperando, espreitando pela fresta da porta. Com a mão firme, Davey me segurou pelo ombro. Sabia o que ele queria dizer, mesmo sem usar palavras.

"Pode ir dormir, Seth. Preciso ter uma conversa com a Hannah."

Fiquei ali, parado, enquanto Davey entrava no quarto de sua irmã.

Chegou o Natal. Tudo já tinha se normalizado, e era quase como se eu nunca tivesse fugido de casa. Pela manhã, fomos todos a Necker's Mill levando comida para tio Teddy. Oramos com ele, e papai deixou que bebêssemos um pouco de cidra quente. Gostei da bebida, principalmente porque fazia mamãe e Hannah rirem até corar o rosto.

Antes de voltarmos, Davey e eu fomos buscar a carroça enquanto papai fumava e tomava mais um copo com tio Teddy. Há dias esperava por uma oportunidade para conversar com Davey a sós, mas me faltava coragem.

"Davey, quero te pedir permissão para uma coisa", eu disse. "Estou fazendo um presente para Hannah, mas preciso que você permita que eu dê a ela."

"Mas por que eu diria não?"

"Bem, quero entregá-lo a sós. Só eu e ela."

Ele olhou nos meus olhos. Não podia dizer que Davey não confiava em mim. Nossos laços fraternos eram fortes, e não havia segredos entre nós. Por isso, também, precisava de seu consentimento.

Davey soltou um longo suspiro. O hálito quente subia-lhe o rosto naquela tarde fria. "Espero que você se comporte como um homem decente, Seth."

"Obrigado, Davey."

E foi tudo o que dissemos.

Mais tarde, enquanto mamãe preparava a ceia, admirávamos os casacos e chapéus que ganháramos de presente, e papai contava histórias dos Natais de sua infância. Estava me sentindo bastante desconfortável porque sabia que Davey observava a mim e a Hannah, e a data parecia deixar meus pecados ainda mais evidentes. Meus pensamentos eram invadidos pelas memórias do último verão à beira do rio com Hannah. Não podia evitar.

Ganhei coragem e me aproximei dela. Cutuquei seu pé com o meu. "Tenho um presente para você."

"Onde?" Hannah não tirava os olhos de mim, não piscava. Sob aquele olhar, era como se eu encolhesse até desaparecer.

"Bem", olhei para papai, depois para Davey. "Não quero que ninguém veja antes de você, no caso de você não gostar."

Papai deu de ombros. Hannah estava confusa. Davey parecia estar a ponto de me acertar um tapa. Com os olhos, eu pedia que nos desse apenas alguns minutos, e ele não nos impediu.

"Vamos." Levei Hannah pela mão. "Vista o casaco, seu presente está no celeiro."

Olhei de relance para Davey, e saí com Hannah.

No celeiro, acendi um lampião.

Fechei o portão.

E tranquei. Estava tão ansioso que não dizia nada, mas também não queria.

Não podia tirar minhas mãos dela, Hannah estava linda. Tinha esperado por tanto tempo. Tentava ser uma pessoa melhor, mas nada mais importava naquele momento em que estávamos sozinhos e finalmente juntos. Sua pele estava tão fria e macia. Parecia vidro para os meus lábios.

Sua boca tinha gosto de cidra. Finalmente me sentia vivo de novo. Com os dedos entre seus cabelos, apertei seus quadris contra os meus, e fui tão fraco que poderia ter atirado nossas roupas pelo chão, sem me importar, mas tentei pensar em Davey e em nossa família e recobrei o juízo.

"Te amo tanto, Hannah."

"Pensei que fosse morrer quando você foi embora, Seth."

Ela começou a chorar, e senti que lágrimas surgiam em meus olhos, também, então a abracei forte e senti o perfume de seus cabelos.

"Não precisa chorar", eu disse. "Tenho um presente de verdade para você."

"Não preciso de presentes, Seth. Só preciso de você."

"Veja."

Levei Hannah pela mão até a bancada de marceneiro de papai.

"Fiz isso para você."

Eu tinha entalhado um cavalinho de madeira: um Appaloosa cinza de crina preta e cascos listrados, todos envernizados. A tinta acabara de secar. Era pouco maior que minha mão. Tinha usado um carretel da mamãe como rodinha, presa às patas traseiras por uma borracha. Mostrei a Hannah que, quando puxado para trás, o cavalinho andava para frente alguns centímetros e levantava as patas dianteiras, batendo três vezes no chão.

Rolando...

Tac. Tac. Tac.

Hannah ria, com as mãos no rosto.

"Seth! Acho que é a coisa mais linda que já vi!"

Não conseguia dizer nada, apenas observava. O rosto de Hannah resplandecia, e me hipnotizava.

"Posso brincar com ele?"

Coloquei o brinquedo sobre a bancada e, com minha mão sobre a dela, puxamos para trás.

"Agora é só soltar." Eu falava com os lábios colados à orelha dela e eu peguei de propósito uma mecha de seu cabelo com minha boca.

Rolando.

Tac. Tac. Tac.

Ela riu de novo, leve, e se jogou em meus braços, aos beijos.

Desajeitado, subjugado por minha fraqueza, agarramos nervosamente as roupas um do outro e caímos, emaranhados, no chão bem abaixo de nossos pés.

Limpamos apressadamente a terra do corpo, ofegantes. Apaguei o lampião enquanto Hannah enfiava seu cavalinho por baixo do casaco, junto ao peito. Com mais um beijo, juramos eterno amor, e voltamos à casa pelo chão enlameado.

Sentado com minha família à mesa da ceia de Natal, sentia-me um animal desprezível. Quando papai começou as orações, tive a sensação de que morreria ali mesmo, porque sabia que tinha deixado o demônio tomar conta de mim. Hannah, ao contrário, estava radiante de contentamento, com seu novo cavalinho sobre a mesa, entre ela e Davey. E, por baixo da mesa, roçava o seu pé no meu.

Não dormi naquela noite. Estava tomado de pensamentos impuros. Tinha certeza de que Davey estava acordado também, vigiando, enojado de minha depravação. Ele sabia. Era um alívio que Davey não tivesse perguntado nada. Caso tivesse, teria confessado que fui fraco de novo e não era capaz de ficar longe dela.

Sabia que iria para o inferno, mas tinha me decidido: desistiria do céu para viver com Hannah na terra.

E assim seria.

Estava resignado com minha impureza.

O verão depois de comemorar meus 16 anos foi um ponto de mudança em nossas vidas, eu acho. Davey tinha se casado e, com minha ajuda e a de papai, construiu uma casa para ele e a esposa, bem perto da nossa, do outro lado do pasto. Após a mudança de Davey, meus encontros com Hannah se tornaram mais fáceis.

Aos 17 anos, Hannah já era uma bela moça.

Às vezes, em nossa depravação, ela se esgueirava até meu quarto no meio da noite e dormíamos juntos, fazendo juras, abraçados até o amanhecer, sem que ninguém soubesse. Até que, como estava destinado a acontecer, confirmou-se minha maldição: dois meses depois do meu aniversário, Hannah me disse que esperava um filho meu.

Aquele foi o dia que mais marcou minha vida, por uma série de motivos.

Naquele mesmo dia, mamãe e papai tinham ido visitar Davey, e eu tinha ficado em casa para empilhar os blocos de feno que tínhamos comprado para as vacas. Suava com o calor que fazia na parte de cima do celeiro. Hannah me observava e senti que ela estava diferente, que queria me contar alguma coisa. Quando disse que estava grávida, tive de parar e me sentar.

Limpei o suor da testa e tomei uma concha de água do balde, derramando um pouco sobre o peito, por dentro do macacão que usava.

"Como você tem certeza?"

"Estou sentindo, Seth. Estou mesmo grávida."

Admito que fiquei zonzo quando recebi a notícia. Olhei para ela um tanto incrédulo. Nunca a vira tão feliz. Já eu, não sabia ao certo o que sentia, mesmo tendo certeza de que aquilo acabaria por acontecer, uma vez que agíamos sem qualquer juízo.

Hannah veio andando devagar e se sentou sobre o feno ao meu lado. Ficamos de mãos dadas por alguns instantes, em silêncio. Ouvia apenas minha respiração.

Olhei pela janela do telhado, admirando aquele azul perfeito e as nuvens pairando sobre as árvores, sobre o lar que tive a sorte de receber.

"Bom", eu disse, "vou contar para papai. E será hoje. Não podemos fazer mais nada, Hannah. Sabíamos que aconteceria mais cedo ou mais tarde. Duvido até que alguém se surpreenda."

"Você está feliz, Seth?"

Arranquei um talo do fardo de feno onde estávamos sentados e levei à boca. "Sim, acredito que eu esteja feliz com isso."

"Obrigada, Seth."

Coloquei a mão sobre a barriga de Hannah e fechei os olhos. "Acho que já estou sentindo nosso bebê aí dentro."

"Eu também."

Beijei seu rosto e corri os dedos por seus cabelos.

Tiramos nossas roupas e com elas fizemos uma cama logo abaixo da janela, por onde entrava uma brisa fresca. Passamos aquela tarde úmida de verão ali, nus e suados, sem pudores.

Sabia que o que fazíamos era errado, que era pecado. Sabia desde o primeiro dia, à beira do rio. Mas já tinha sucumbido àquela depravação. Já estava além da salvação. Então, naquele dia de julho, deitamos na cama de nossa união, sobre nossas roupas amassadas na penumbra do celeiro, enquanto Hannah enrolava seus dedos no meu cabelo e eu fechava meus olhos, ouvindo os pássaros cantar sob o sol da tarde. Agarrei-a com força e joguei meu corpo sobre o dela mais uma vez.

Então, uma sombra pairava sobre nós.

Ouvindo os nossos gemidos, tio Teddy tinha subido ao celeiro à nossa procura, bufando e bradando suas proclamações, denunciando o mal que se apossara de nós.

"Sangue do seu sangue! Irmão e irmã amaldiçoados! Uma abominação!", bramia. Segurava o cabo quebrado de um ancinho e acertou meu ombro. Urrei de dor e senti que ia cair, mas fiquei de pé para tentar proteger Hannah de seus ataques.

"Pagãos incestuosos!" E, mais uma vez, me golpeou com sua arma improvisada, acertando em cheio minha nuca.

Minha visão turvou por um momento.

Quando abri os olhos, estava com a mão sobre a cabeça. Sentia o sangue escorrer pelo rosto, secando entre os cabelos, grudando no feno pálido abaixo de mim. Ainda estava nu e não me lembrava do que tinha acontecido. Comecei a recobrar a consciência quando ouvi Hannah chorando e se debatendo ao meu lado. Com o cinto, tio Teddy fustigava suas pernas e costas furiosamente.

Era repulsivo. Fiquei furioso, tinha de proteger minha Hannah. Tentava recobrar as forças desesperadamente enquanto Hannah olhava para mim, aterrorizada. Mas tio Teddy estava determinado a fazê-la sucumbir. Hannah queria se cobrir com nossas roupas, mas sempre que tentava, tio Teddy acertava seu braço. Suas pernas e costas ficaram cobertas de marcas cruzadas que começavam a sangrar.

"Rameira! Rameira!", o reverendo gritava.

Agarrei o que estava mais próximo, um gancho de feno, e, quando tio Teddy erguia o braço para golpear mais uma vez, investi contra ele. Não sei se tive a intenção de feri-lo, mas a ponta do gancho entrou certeira entre suas costelas, por onde lhe escapou o ar em um jorro espumoso. Empurrei o reverendo para longe de Hannah. Ainda com o gancho enterrado no tronco, tio Teddy dava passos para trás, cambaleante.

Quando ele parou, deixou o cinto cair.

Até então, tio Teddy não percebera a gravidade de seu ferimento. Olhou para baixo. O gancho, cravado em seu corpo, subia e descia com sua penosa respiração. E então levantou o rosto para mim, com olhos inquietos, aturdido. Deu mais dois passos para trás, enquanto suas mãos ensanguentadas tentavam retirar o metal que lhe perfurava o tórax. A cada respiração do reverendo, ouvia um assobio borbulhante que soprava pela ferida e o sangue descia-lhe pelas calças até o sapato.

Tio Teddy continuou se afastando, perplexo, trêmulo. Patético. No próximo passo, já não encontraria o chão. Acabou por cair do sótão, sentado sobre a carroça de papai, resignado e derrotado. Ainda agarradas ao gancho, suas mãos não tinham mais forças para puxar. Seu rosto empalidecera e seus lábios flácidos apenas balbuciavam sílabas frouxas.

Fui ao socorro de Hannah. "Ele te machucou muito?"

"Não."

Teria matado aquele homem ali mesmo se a resposta fosse outra.

"Vamos pedir ajuda", eu disse.

"Ai, Seth, olhe pra você."Com os dedos, Hannah tocou levemente o corte na minha cabeça.

"Estou bem, Hannah, vamos pedir ajuda.".

Hannah se enfiou no vestido e lavou as roupas de baixo em um balde d'água. Então, lavou o sangue que me lambuzava e me beijou.

"Estou morrendo de medo, Seth."

Tio Teddy gemia baixinho, com a cabeça pendendo sobre o ombro. A enorme poça de sangue engolia todas as tábuas da carroça onde ele tinha caído e, com a queda, a ponta do gancho emergira de suas costas, como o chifre do próprio diabo. Não sabia que uma pessoa podia sangrar tanto.

Vigiava o pastor enquanto vestia minhas roupas, mas assim que comecei a me calçar, tio Teddy se deitou para trás e esticou as pernas, como se fosse só tirar uma soneca. Morreu ali, no nosso celeiro.

"Não olhe", sussurrei.

Descemos do sótão.

Tentei retirar o gancho, mas era quase como se Teddy se recusasse a devolvê-lo. Finalmente se soltou, com um puxão violento.

Limpei a ferramenta na manga da camisa do reverendo e a joguei de volta para o sótão.

Quando voltava à casa dos Mansfield com Davey naquela manhã chuvosa de dezembro, tinha certeza de que era amaldiçoado. Mas eu mesmo tinha escolhido aquele caminho na vida: escolhera ficar ao lado de Hannah e dar minha vida a ela. Então, no dia em que matei tio Teddy, contei a papai toda a verdade sobre mim e Hannah e sobre o que acontecera no celeiro. Papai apenas seguiu fumando seu cigarro enquanto ouvia. Nem mesmo perdi perdão, pois sabia que era algo que ninguém podia me dar. Quando parei de falar, papai colocou a mão sobre a minha cabeça. E apenas disse que me amava.

"Dormiu?", perguntei.

Com a cabeça sobre meu peito, Nickie estava muda.

"Não. Eu adoro isso, Jack. Adoro ouvir sua voz... ficar aqui com você. E o que aconteceu com eles?"

"Coisas horríveis."

"Quando você conta, parece até que você esteve lá."

"Mas eu estive."

"Como?"

"O menino agora é um fantasma. É difícil explicar, mas ele meio que me deu a vida dele, eu acho. Eu mesmo não entendo direito como funciona." Olhei para o teto. "Eu sei que parece maluquice minha, mas não é."

"Acredito em você, Jack."

Eu me sentei e olhei para Nickie sob a luz acinzentada que vinha da janela. Queria saber se ela realmente acreditava em mim ou se me achava um doido, como eu mesmo achava às vezes.

Ela acreditava em mim.

Me levantei da cama. "Preciso te mostrar uma coisa."

Chutei as roupas espalhadas ao pé da cama até encontrar as calças que usava na noite anterior. Apertando o jeans, sentia a forma e o peso da lente de Marbury dentro do bolso. Fechei os dedos em volta da lente, voltei para a cama e me deitei novamente com Nickie.

"Olha só." Mostrei o punho fechado,

Então abri minha mão.

Tentei não olhar, mas o quarto já tinha sido inundado pela luz pálida de Marbury. Estava à beira do maior penhasco que poderia imaginar e um sopro quente e implacável me empurrava para as profundezas de seu abismo branco.

*Não olhe, Jack.*

*Ainda não.*

Relances de Ben Miller desmontando de seu cavalo, Conner e Freddie Horvath. Griffin deitado de lado no chão entre eles. Queria ir para lá. Algo estava acontecendo.

Em um solavanco, perdi o ar, como se fosse eletrocutado.

*Até agora você durou mais que os outros, Jack.*

Olhei para o outro lado, apertei a lente com força e a enfiei debaixo do lençol, para fazer parar.

"Você viu?", perguntei, ofegante. Já não tinha mais certeza se estava mesmo ao lado de Nickie. "Você viu aquilo?"

Tentava respirar, ainda sentia a força daquela lente maldita sob o lençol.

"Você está tremendo, Jack."

Nickie me acariciava as costas.

*Como Hannah fez daquela vez, enquanto eu tremia na água fria do poço.*

"Você viu?"

"A lente? Eu via a lente. É isso que você quer dizer, Jack?"

Puxei Nickie pelo ombro com a outra mão e virei seu rosto para o meu. "Você não viu nada além disso?"

"Não, o que era?"

Suspirei e me deitei de no travesseiro, tremendo, suando. Virei de bruços e fechei os olhos.

*Preciso que você deite de barriga para baixo. Faça isso.*

Estiquei o braço até o chão e enfiei as lentes de volta no bolso das calças de Ander.

*Vai se foder, Jack.*

Nickie colocou as mãos entre meus ombros, massageando. "O que está te assustando, Jack?"

"Você acha que eu sou doido, né?"

"Shhh...", Nickie beijou minhas costas. "Não fala assim. Me diz o que você viu."

Ela me beijou de novo e se deitou sobre mim. Sentia cada parte de seu corpo contra o meu.

*Isto é real.*

"Coisas horríveis."

## CINQUENTA E DOIS

Tinha de voltar.
À noite enquanto eu dormia, Seth veio.
Rolando...
Acordei.
Tac. Tac. Tac.
"Seth?", sussurrei.
Olhei para Nickie. Ela estava de os olhos fechados. "O que você disse?", ela perguntou baixinho.
"Ouça." Sussurrei de novo, "Seth?".
Nickie abriu os olhos, buscando os meus. Apertei sua mão contra meu peito.
Rolando e...
Tac.
Tac.
Tac.
"É ele, Nickie. Dá para ouvir?"
"É o cavalinho, não é?"
Ouvimos o sussurro etéreo dele: "Seth".
Suor.
Estou tremendo.
Nickie corre os dedos pelo meu peito molhado. "Jack, você está tremendo de novo. Está pálido."
"Você ouviu."
"Ouvi, Jack."
"Então é real."
"Está acontecendo mesmo."
"Nickie, preciso fazer uma coisa. Me ajuda?"
"Jack, estou com medo", ela diz, acariciando meu rosto.

"Eu também. Mas não me deixa fazer besteira."

"Como o quê?"

Não consigo responder. Os tremores não me deixam falar. Estou encharcando a cama de suor e a voz de Nickie vai ficando cada vez mais distante. "Jack? Jack, o que está acontecendo?"

Rolando...

Tac.

"Jack?"

"Não sai de perto de mim, por favor."

Tac.

Nickie chora. "O que ele quer?"

"Não deixe eu me perder."

Eu acho. A lente está na minha mão e me deito de novo ao lado dela.

"Nickie, fala que me ama."

"Jack, estou com medo." Nickie continua a chorar.

Sinto seu rosto junto ao meu, seus lábios ao meu ouvido. "Eu te amo", ela diz. Seu hálito é como um fantasma cobrindo minha pele úmida.

Tac.

*Já é hora, Jack.*

*Só uma olhadinha.*

Abro a mão e os olhos.

Não nos viram. Não faziam ideia do que éramos capazes. Com a pressa, fiz Ben deixar tudo para trás naquele lugar perto do rio. Tudo menos as armas.

E as roupas de Griffin.

Ele voltaria conosco.

Tínhamos deixado os cavalos a cem metros de onde estávamos e continuamos a pé, sempre nos escondendo pelas árvores e atrás do cascalho que descia das montanhas e se acumulava. Antes de nos aproximarmos mais, puxei Ben pelo ombro, para ele olhar para mim, ver que falava sério.

"Não esquece o que eu falei. Você não pode matar o mais novo."

Ben não respondeu. Apenas olhou para suas .45, uma em cada mão, como se dissesse que não podia me prometer aquilo.

Quando finalmente alcançamos uma elevação acima deles, Ben me parou com o braço.

"Está acontecendo alguma coisa." Ele espreitava por trás de uma árvore. Estávamos tão perto que podíamos senti-los.

Ouvimos sons de uma luta, alguém estava apanhando, sendo jogado de um lado pro outro.

"Parece que estão brigando por causa do Griff, olha só." Ele agarrou meu ombro e me empurrou para um ponto onde tinha uma visão clara do que estava acontecendo.

Griffin estava deitado, com os punhos amarrados às costas e o tornozelo preso por uma corda.

*Freddie faz a mesma coisa aqui.*

Mas Griffin estava acordado e atento. Seus olhos saltavam de Freddie para Conner enquanto lutavam.

Conner não era páreo para Freddie Horvath, seu rosto estava ensanguentado. Ele levou um soco e foi cambaleando para trás, então pegou um dos machados e investiu furiosamente contra o oponente.

Tentavam matar um ao outro.

Ben ergueu uma das armas, fazendo mira.

"Espera." Segurei Ben pelo braço.

Conner cortou o ar ao tentar acertar Freddie, que revidou projetando a cabeça e as garras para frente, ele mais parecia um leopardo que um homem com aquelas manchas negras ao longo da lateral de seu corpo. Freddie se atirou sobre Conner, envolvendo a cintura dele com os braços e enterrando a cara em sua barriga.

Conner urrou um gemido terrível ao sentir os chifres do queixo de Freddie perfurando seu abdome. A cena me deu um nó no estômago. Freddie ergueu seu adversário com as garras. Conner tossia jorros de sangue sobre seu peito, e se debatia enquanto sua pele era rasgada a mordida. Por fim, foi jogado sobre as pedras onde Griffin estava deitado.

Ainda segurando o braço de Ben, sacudi a cabeça e virei o rosto. Senti seus músculos se contraindo enquanto assistia ao que Freddie estava fazendo.

Olhei novamente. estava caído de barriga para cima, coberto com seu próprio sangue, os olhos vidrados no céu. Mexia os braços e as pernas, mas eu sabia que ele não se levantaria mais.

Freddie agarrou Griffin nos braços e começou a lambê-lo, lambuzando seu rosto de sangue e saliva, enquanto o menino tentava virar a cabeça, fechando os olhos e a boca. Ele gemeu quando foi puxado pelos cabelos como se não pesasse nada, e arrastado até Conner, que ainda estava no chão. Freddie enfiou a cabeça de Griffin no sangue que se acumulava no abdome de Conner e abriu a boca dele com as pontas das garras negras.

"Bebe! Bebe, seu bostinha!", Freddie disse, enfiando a cara de Griffin na ferida. Ouvia o garoto engasgar no sangue, lutando para respirar.

"Bebe!"

Levantei o rifle.

"Que se foda este lugar!"

Um tiro. Foi rápido, mas vi a fumaça e o jorro vermelho saírem por trás da cabeça de Freddie.

*Vai se foder, Freddie.*

*Está morto de novo.*

Ele soltou os cabelos de Griffin, e o menino caiu em cima de Conner. Freddie, perplexo, procurava pelo atirador, como se não tivesse uma cratera atrás da cabeça, mas logo se sentou e, curvando-se para frente, morreu.

Assim que puxei o gatilho, Ben correu pela grama alta com as duas pistolas apontadas para Freddie.

Griffin assoava linhas viscosas e vermelhas pelo nariz, tentando limpar o sangue de Conner do rosto, se debatendo e lutando contra as cordas que o prendiam. Tentava se afastar da poça de sangue no chão.

"Griffin!", gritou Ben.

"Por que vocês demoraram tanto, porra?", Griffin berrou, cuspindo de novo.

Segui Ben até a clareira. Não disse nada enquanto me aproximava. Ben tentava desatar as cordas dos punhos de Griffin, que continuava cuspindo e assoando, sobre Ben e sobre si mesmo.

Fui até Conner. Seus olhos estavam arregalados: duas pedras lisas, uma branca, outra preta, sem alma me encarando. Com a respiração entrecortada, ele gemia, gorgolejando sangue. Vi sua marca em forma de peixe e o escalpo amarrado sobre os genitais por uma corda de tripa que trespassava dedos humanos secos e escurecidos. No pescoço, um colar de molares, pintados do vermelho de seu próprio sangue.

*Que se foda este lugar.*

"Conner?" Eu olhava nos olhos dele. "Conner Kirk?"

"Jack", Conner piscou e sussurrou.

*Vai se foder, Jack.*

Ouvir meu nome da boca de Conner era um chute no saco. Dei um passo para trás e vi o contorno de Seth ao longe. Seth desapareceu e Conner balbuciou meu nome novamente.

"Jack?"

"Jack?", Nickie insiste, sacudindo meus ombros.

Estou dentro de uma banheira.

Gelo.

*Jack não toma banho. Nunca.*

Sinto a água gelada congelando a pele. A luz da manhã vem do quarto, acompanhada dos ruídos dos carros.

Aperto os olhos. Ainda vejo imagens gravadas neles: pessoas que nunca vi, mas que sei quem são – Hannah e Davey, rindo de mim enquanto mamãe me dá banho na água do poço. Freddie Horvath, mergulhando o rosto de Griffin no sangue de Conner, forçando o menino a beber.

Conner.

Freddie Horvath.

Seth.

"Porra!" Jogo o corpo e os braços para frente de uma só vez, meus joelhos emergem da água. "Puta que pariu!"

Dou um soco na água gelada.

Meu corpo está todo contraído, meus músculos estão travados em protesto ao frio. Mas ainda assim começo a sentir os suores, e o enjoo.

Náusea.

Nickie busca uma toalha e tenta cobrir meus ombros; meus pés molhados escorregam pelo piso quando tento me levantar.

*Exatamente como tinha nascido.*

*Você vai cair, seu bosta.*

*Não importa.*

Nada importa quando você está vomitando suas entranhas, vendo elas se afogarem numa maldita privada.

Tremores.

"Jack?"

Estou entrando em colapso, implodindo, camada por camada, tudo está sendo sugado para o vazio escabroso de um buraco negro: o coração de Jack Whitmore. Nickie esfrega minhas costas com a toalha para me esquentar, e me sinto melhor – é como a mão de Hannah.

Mas desisto.

Estou cansado.

Jack começa a chorar.

Pela primeira vez em sua vida de merda.

"Não aguento mais, Nickie. Não aguento mais essa merda."

Não conseguia entender. Nunca tinha me sentido assim em toda minha vida, e não conseguia controlar todas aquelas cenas bombardeando meus pensamentos. Conner morreu em Marbury, Ben e Griffin precisavam de mim... E por que Nickie aguentava um minuto sequer das merdas que eu fazia? Mas a amava tanto. Tanto. O frio na barriga, um nó na garganta, e as lágrimas – a merda das lágrimas – desciam pelo rosto.

"Shhh..." Ela secava meus cabelos com a toalha, descendo pelas costas. "Você vai melhorar, Jack. Vai ficar tudo bem."

Nickie se levantou. Ouvi a água correndo da torneira. Voltou com um copo d'água.

"Aqui. Bebe um pouco."

Quando deixei o copo vazio no chão, Nickie me abraçou, bem devagar. "Isso, vem. Com calma."

Nickie me levou para o quarto e me secou. Fiquei ali, anestesiado, como um paciente. Então, me cobriu e se sentou na cadeira ao lado da cama, acariciando meus cabelos. Como uma melodia, sua voz repetia, "Vai ficar tudo bem, Jack. Vai ficar tudo bem".

Eu não acreditava nela.

Deitado ali, sentindo seu toque, me achei ridículo por ter os olhos cheios de lágrimas. Mas não queria secá-las, não queria que Nickie percebesse, por mais que soubesse que ela notara.

Jurei a mim mesmo que não voltaria a Marbury, e me senti ainda mais ridículo.

*Jack, seu mentiroso de merda.*

Também estava triste pelo que tinha acontecido a Conner. Tinha medo de voltar e descobrir que perdera meu melhor amigo, logo quando ele tinha me reconhecido.

Ainda assim, tinha medo de não voltar e ficar imaginando o que poderia ter acontecido a Ben e Griffin, ou a mim mesmo. Mas talvez houvesse alguma razão, como Henry acreditava, para que eu e todos nós estivéssemos ali. Talvez eu pudesse fazer alguma diferença se ajudasse aqueles meninos.

Seria um idiota de pensar que não voltaria novamente.

Morreria aqui se não voltasse.

*Vai se foder, Jack.*

Os dedos de Nickie corriam pelos meus cabelos.

Fechei os olhos.

Nickie se sentou ao meu lado e não tirou as mãos de mim. Dormi, me sentindo seguro.

Acordei antes do meio-dia.

Nickie beijou minha testa e sorriu. "Você está bem melhor."

Estava envergonhado e me sentia fraco. Afastei os cabelos do rosto. "Nickie, obrigado por ter ficado."

"Quer que eu peça o café da manhã?"

Então me levantei e percebi que não vestia nada. "O que aconteceu ontem à noite, depois que ouvimos o Seth?"

"Fomos dormir. Acordei e você não estava na cama, tinha ido ao banheiro. Pensei que estivesse dormindo. Você estava tremendo de frio."

A lente.

Arregalei os olhos e me levantei de uma só vez, olhando para o relógio.

"Viu meu celular?" Olhei para os dois criados-mudos. Nickie se abaixou e pegou meu telefone entre nossas roupas no chão.

Conner tinha me ligado duas vezes, e Henry uma.

Saí da cama enrolado nas cobertas. Não sei por que me sentia tão ridículo, tão frágil. Ficava vermelho só de pensar em sair sem roupa na frente de Nickie.

"O Conner deve estar em King's Cross agora", eu disse. "Tinha me esquecido completamente."

Eu me virei para o outro lado, soltando a coberta e logo vestindo as calças que pegara emprestado do irmão de Nickie. Devia ter vestido outra roupa, mas não queria que ela percebesse minha preocupação com aquela lente. Abotoei as calças e senti o volume no bolso. Era bom saber que estava ali, ao alcance. Olhei para Nickie, que me observava, o que me deixou novamente envergonhado.

Estava mesmo precisando sair do quarto. A chuva tinha lavado a cidade, que tinha cheiro de mar. A caminho do metrô, liguei para Conner. Seu trem estava atrasado uma hora e meia, então tomei um café com Nickie na estação.

"Não quero voltar", eu disse.

Ela tomou um gole e secou os lábios com o guardanapo. "Queria que você pudesse ficar."

Segurei a mão de Nickie e ela disse, "Promete que você vai acalmar esse menino nervoso e assustado aí dentro?"

"Prometo", respondi.

E nos beijamos.

"Talvez eu possa te visitar nos Estados Unidos antes de você voltar para cá."

Olhei Nickie nos olhos para ver se falava sério.

"O Wynn e a Stella nem vão notar se você passar a noite no meu quarto", respondi.

Ela riu.

"Jack, me fale mais sobre isso."

Ela passou o braço pelas minhas pernas, sem fazer qualquer esforço para não me acariciar, e enfiou a mão no bolso da calça para pegar a lente.

Eu era estúpido por me enganar ao achar que ela não sabia o que eu tentava esconder.

"É uma lente", respondi.

"Daqueles óculos?"

"Isso. Ela se soltou no dia em que briguei com Conner, em Blackpool."

"Mas o que ela faz?"

"Ela me mostra outro lugar, mas acho que a maioria das pessoas não consegue ver nada."

*Porque a maioria delas já morreu lá, como você, Nickie.*

"E esse lugar é bonito?"

"Não."

Nickie tomou outro gole. "Eu não consigo enxergar nada, mas o Conner consegue, não é? É por isso que vocês brigaram?"

Respirei fundo e suspirei. "É. Mais ou menos isso. Eu não queria que ele usasse os óculos."

"Por quê?"

"O lugar ia fazer mal para Conner. Só isso. Queria proteger aquele cabeça dura, proteger nossa amizade, mas ele não entendeu." De repente, era como se meu corpo não coubesse na cadeira, não conseguia pensar quando Nickie encostava em mim. "Você acha que sou louco?"

"Não, Jack. Ontem à noite eu vi o que essa lente faz com você."

"E ouviu o barulho, não é? Você sabe que eu não estou inventando essas coisas."

"Não sei em que acreditar."

"Desculpa. Eu também não entendo." Envergonhado e atropelando as palavras, perguntei: "Você dorme de novo comigo, hoje à noite?"

"Acho que o Conner vai ficar com ciúme." Ela ficou vermelha e sorriu.

"Por favor?"

Nickie roçava a perna na minha. Não queria ter saído tão cedo do hotel.

*Não a machuque, Jack.*

*Não seja Mike Heath.*

Eu desejava o corpo de Nickie mais que tudo naquele momento e, ao mesmo tempo, tinha nojo de mim mesmo, por quão fraco e irracional eu estava sendo.

Nickie deitou a cabeça no meu ombro. Seus cabelos perfumados desceram pelo meu rosto e por dentro da gola da minha camiseta, refrescando minha pele.

"Ok. Então me conte mais."

"Conto o que você quiser."

"Me conta o resto da história. Do menino."

Não queria contar. Seth não queria que eu fizesse.

"Não acontece muita coisa, Nickie. E a história é triste."

"Quero que você conte. Como se o próprio menino que estava brincando com o cavalinho debaixo da cama estivesse contando para mim e para mais ninguém."

## CINQUENTA E TRÊS

### A história de Seth [5]

Papai se sentia terrivelmente mal e assumiu toda a culpa pelo acontecido. Na escuridão do celeiro, antes de sairmos com o corpo do pastor, papai me disse que tinha pedido a tio Teddy para nos chamar para o jantar na casa de Davey.

Eu veria minha bela Hannah apenas mais uma vez depois daquela manhã em que papai e eu arrastamos tio Teddy para uma vala e o queimamos. Acho que estávamos os dois enojados, mas fazíamos aquilo para o bem de Hannah, e isso era tudo o que importava. Papai estava zangado comigo, com razão, mas juramos um ao outro que jamais contaríamos o que acontecera a Hannah, em qualquer circunstância.

No caminho de casa, papai parou à beira do rio. Enchi um balde d'água e, com uma escova e sabão, tentei remover o sangue seco e escurecido das tábuas da carroça. Mas estava agarrado à madeira. Mesmo eu que esfregasse por semanas, sempre veria aquelas manchas e, quanto mais olhava para aquelas tábuas mórbidas, mais enxergava a nódoa na forma exata do corpo de tio Teddy, na posição em que se deitara para morrer.

Imaginava tio Teddy me seguindo e marcando minha testa com traços fulgurantes, denunciando meus atos. Talvez atraísse uma alma pura que fizesse a justiça de Deus e me matasse.

"Não quer sair", disse.

Papai fumava à beira do rio. "Achei mesmo que não fosse sair, Seth."

Papai enrolou outro cigarro e estendeu o braço. "Toma. Sempre quis te chamar para fumar um cigarro comigo, e agora é uma boa hora."

Eu me sentei ao lado de papai e ficamos olhando o rio correr enquanto pitávamos nossos cigarros.

Quando chegamos, a casa era de um silêncio fúnebre. Sentia-me um monstro pelo sofrimento que tinha causado à minha família. Fui à cozinha e beijei mamãe, mas ela não disse nada, olhando fixamente o jantar que cozinhava. Era um fardo pesado demais para ela, pensei. Jamais perdoaria o que tinha feito à sua filha.

Deixei papai e subi as escadas. Ele sabia que eu procurava por Hannah.

Ela estava sentada na cama, admirando o cavalinho que tinha ganhado de Natal. Parecia tanto tempo atrás.

Deixei a porta aberta. Hannah entendeu que eu tinha jurado não mais a desrespeitar papai e mamãe.

"Oi, Hannah."

Ela ergueu os olhos marejados, então eu me sentei ao seu lado, passando os dedos por seus cabelos macios. "Você está cheirando à fumaça."

Hannah colocou o cavalinho no colo.

"Fumava com papai."

"Papai não te acha um depravado. Eu também não."

"Hannah, eu quero que você saiba que tudo o que eu fiz foi em nome do pelo meu amor por você, e agora as coisas serão como sempre sonhamos."

Abraçados, nos beijamos.

"Dói muito?", perguntei.

"O neném? Não, ele não me dá dores."

"Não, suas costas e as pernas."

"Ah, isso vai sarar." Hannah segurou minha mão. "Seth, e eu quero que você saiba que tudo o que eu fiz nesta vida foi pelo meu amor por você."

E nos beijamos mais uma vez, e durante esse beijo ouvimos alguém bater insistentemente na porta. Procuravam por mim e por papai, queriam nos levar embora.

As mulheres choravam.

Estava feito. Não resisti, nem papai. Também não tivemos qualquer ímpeto de fugir.

Depois de nos levarem para fora, acorrentaram nossos punhos. Tinha tanto medo que minhas pernas estavam bambas, mas papai permanecia impávido. Virei o rosto. Mamãe e Hannah se abraçavam na varanda, olhando enquanto nos levavam.

Foi a última vez em que nos vimos.

Justiceiros de Necker's Mill. Já os conhecíamos da igreja e um deles trabalhava no moinho com Davey. Eram cinco: dois nos levavam em uma carroça, e os outros três seguiam a cavalo.

O maior deles, senhor Russ, guiava a carroça. Era um sujeito bronco, bastante irritadiço.

"Dois calhordas idiotas, é o que vocês são! Alvin Hanrion viu tudo o que aconteceu, do início ao fim."

Hanrion vinha a cavalo, confirmando com a cabeça, como um fantoche.

"O que vocês tinham na cabeça desafia minha compreensão", continuou Russ.

"Eu suponho que desafia", respondeu papai.

"Não carece de levar vocês até Napa se podemos fazer o serviço deles aqui."

"Não carece", concordou Hanrion. Os outros, sisudos e mal-barbeados, apenas nos encaravam.

"Aqui está bom", ordenou Russ.

A quinze quilômetros de casa foi o local onde decidiram enforcar a mim e a papai.

Russ levou a carroça até uma árvore, olhando para cima e para baixo, escolhendo o galho com a altura certa.

Parou a carroça e puxou o freio.

Fui tirado da carroça, não suportava mais tanta agonia. Deixaram papai lá e Russ disse, "Primeiro o pai, depois o menino".

"Não tem necessidade de machucar o menino", papai protestou. "Fiz tudo de própria vontade."

"Não foi o que o Hanrion viu", Russ respondeu.

Dois deles me agarraram pelos braços, um de cada lado, e me colocaram de pé. Estava tremendo muito, como se estivesse congelando, mas era pleno verão.

Por cima de um galho, Hanrion arremessou uma corda, que balançava de um lado para o outro sobre a carroça.

"Levem a carroça para perto do tronco, para caber o menino", Russ disse.

Com um laço e um nó corredio, Russ colocou a corda em torno do pescoço de papai, e depois o puseram de pé. Papai olhou nos meus olhos, mas eu não consegui suportar e olhei para baixo. Ele não disse uma palavra sequer. Olhei para suas pernas. Papai não tremia ou se debatia. Apenas olhei seus pés.

Hanrion esticou a corda pelos galhos de uma outra árvore. Papai ficou na ponta dos pés

Ouvi o freio se soltando.

A carroça foi para a frente.

Olhava apenas para os pés de papai.

Papai não se debateu quando a carroça foi para a frente e o deixou sem apoio, mas eu ouvi o estalar seco de ossos se quebrando em seu corpo no exato momento em que ele morreu.

Não consigo me mexer sozinho.

Três dos homens me colocaram na carroça.

O corpo de papai pende como se não tivesse peso, as pontas de seus pés roçam as tábuas da carroça. Tudo ao meu redor parece amplificado. Minha respiração era como um furacão dentro da cabeça, como se estivesse submerso. É como se o mundo tivesse se reduzido a apenas um metro ao meu redor.

Os homens me seguravam ao lado de papai.

Ainda não consigo olhar para ele. Sinto-me profundamente culpado e envergonhado. Se não fossem meus caminhos tortos, papai não estaria ali.

Percebo que minhas mãos estão atadas atrás de mim. Tento me lembrar de uma prece, mas não me vem nada, além da minha própria voz me dizendo, *Por que Deus me ouviria depois de tudo o que eu fiz no mundo Dele?*

Quando os homens soltaram meu braço, eu caio.

Os homens dizem alguma coisa, estão praguejando, mas não ouço nada, apenas o estrondo incessante em meus ouvidos.

Truculentos, dois deles me põem de pé novamente.

Russ arremessa a corda sobre o galho e sinto sua ponta me acertar as costas na queda. Ainda estão me segurando.

Vejo Hanrion pegar a ponta da corda com as duas mãos.

O outro homem está ao seu lado, me olhando enquanto urina na mesma árvore que tinham escolhido para enforcar a mim e a papai.

Russ passa o laço pela minha cabeça, arranhando-me as orelhas. Sinto cada uma das rebarbas daquela amarra espetar enquanto ele aperta o nó.

Isso me deixa tonto antes mesmo de Hanrion começar a segurar uma das pontas.

Quando ele amarra a corda na árvore, faço como papai fez. Sou forçado a ficar o máximo que consigo na ponta dos pés.

Os homens descem. O som de suas botas sobre a madeira da carroça ressoa como trovões. O freio cede. As rodas se soltam e a carroça começa a se mover.

Enxergo o horizonte através das árvores.

Nunca vira cores tão espetaculares.

Penso em minha Hannah e sinto seu cheiro, mesmo que já não entrasse ar pelos meus pulmões. Estou flutuando.

Meus pés se debatem.

Meus sapatos voam.

Chutando.

Minhas calças caem com a força dos chutes.

Não tiro os olhos do horizonte.

Nunca tinha visto nada tão perfeito.

Dói.

Meu estômago se revirava novamente.

"Merda." Era tudo o que conseguia dizer, a única palavra. Apertei os olhos com as palmas das mãos. Estavam cheios de lágrimas pela segunda vez naquele dia. "Merda."

Senti a mão de Nickie, descansando suavemente sobre minha perna, seus dedos me apertando ligeiramente, como se estivesse assustada.

"Desculpa, Seth", eu disse.

Só tirei as mãos do rosto quando senti o abraço de Nickie. Ela deitou a cabeça no meu ombro e chorou.

Tudo está tão alto. Eu ouço estrondos, assim como Seth.

Tenho que tocar a lente, mas ainda não consigo mover as mãos.

"Jack, deve ter um motivo para ele ter te escolhido", Nickie sussurrou.

*Quem? Freddie ou Seth?*

*Ou Henry?*

Tento respirar, estou sufocando.

"Ele sabia quem eu sou. Whitmore Foi o nome que Hannah deu ao filho dele."

Agora sei que preciso voltar, e Nickie diz, "Te amo".

## CINQUENTA E QUATRO

"Jack!" Conner já tinha nos visto antes de percebermos que ele havia descido do trem.

Ele sorriu e me abraçou. Também abraçou Nickie e deu um beijo no rosto dela.

Conner estava radiante, vivo, como eu queria estar.

"Cara", ele disse. "Parece que você perdeu uns vinte quilos! E qual é a dessa calça rasgada?"

Conner não mudava nunca. Gostava disso nele.

Enquanto voltávamos pela plataforma em direção ao metrô, Nickie disse o que eu temia.

"Acho melhor ir para casa agora. Tenho certeza de que vou ter problemas quando meus pais perceberem que eu não dormi em casa."

Conner me deu um tapa na bunda. "Cara."

"É nossa última noite, Nickie." Minha voz soava patética e chorosa. "Eu e Conner vamos sair. Vem com a gente também, por favor."

"Opa! Vai rolar um *ménage*", Conner disse.

"Cala a boca, Con."

"Não sei", disse Nickie. "Ligo para você mais tarde. Se não puder ir, prometo que vou ao aeroporto amanhã para me despedir."

Suspirei.

Assim que me despedi dela com um beijo na estação de metrô, Conner me deu um tapinha no ombro e disse, "Só para constar: eu e a Rachel finalmente também fizemos o que você está pensando".

"É mesmo? Que alívio", respondi, revirando os olhos.

"Eu que o diga, cara."

Fomos correr pela última vez no Regent's Park. Tentei não me distrair – com a lente, Marbury, Nickie ou a volta para casa –, mas não conseguia me concentrar. Suados, andamos em direção ao hotel pela Marylebone Road. Conner não conseguia disfarçar seu andar orgulhoso e radiante.

"Você está diferente", ele disse.

"Você já falou." Passei a mão pelos cabelos. "Estou mais magro, né?"

"Não, é a sua cara, Jack. O sexo fez bem para você, meu caro."

"Tá bom."

"Você ama ela?"

"Estou totalmente apaixonado por ela, Con."

"E ainda tá puto comigo?"

"Nem um pouco. E como você está com a Rachel?"

"Pois é, vou sair do Glenbrook e vir estudar aqui no próximo semestre."

"Eu também."

Enquanto Conner tomava banho, voltei a suar e a tremer. Minhas pernas e costas colavam ao vinil da cadeira. Não tirava os olhos das calças jeans emboladas ao lado da cama.

*Não faça isso, Jack.*

*Será que você não consegue ficar uma noite sem estragar a vida de quem você gosta?*

Estava enjoado, olhei para o telefone, queria ouvir a voz de Nickie. Talvez ela pudesse me salvar dos meus pensamentos.

Fui ao frigobar, abri duas cervejas e, no banheiro, estendi uma garrafa para Conner. "Toma. Hora da balada."

Tentava Fazer qualquer coisa para ficar longe da lente de Marbury.

"Agora sai logo desse chuveiro porque eu quero me arrumar também", eu disse.

Odiava quando aquilo acontecia. Quando andava de um lado para outro segurando o celular, esperando uma ligação, olhando e olhando a tela vazia. O telefone começou a tocar quando entrei no banho. Girou meio círculo sobre a pia de mármore, vibrando.

Fechei a torneira e sacudi a água dos braços e das pernas. Atendi.

Não era ela.

"Henry", eu disse.

"Queria saber se você tinha voltado. Você não estava *aqui* de verdade quando veio me visitar na terça, ou estava?"

"Não me lembro."

Jack não se lembra de nada.

Peguei uma toalha e me enrolei, tentando manter a voz baixa para que Conner não viesse. A televisão estava ligada no quarto. Parecia uma versão inglesa de *A Hora da Ametista*.

"Está tudo bem então?"

"Os meninos estão bem agora."

"E você?"

"Todo fodido, como sempre. Volto para casa amanhã."

Silêncio.

"Sei."

"Pois é."

"Jack? Depois me conta como tudo terminou?"

"Depois", respondi. "Tchau, Henry."

Desliguei o telefone.

Fiquei pensando se ele estaria magoado em relação a Marbury. Ele disse que não, mas eu não acreditava. Ficava imaginando Henry naquele exato momento, segurando o telefone em algum lugar de seu apartamento imundo, sozinho e impotente, apenas esperando que as coisas acontecessem.

E não importava mais que Conner não o tivesse visto naquela noite ou ouvido sua voz ao telefone, nem mesmo se Henry Hewitt era real ou não, porque, assim que desliguei, estava certo de que nunca mais falaria com ele.

Me sequei e vesti uma camiseta e uma cueca limpas. Era bom. Fazia muito tempo que não me sentia limpo. Tentava me concentrar em sair com Conner e aproveitar nossa última noite em Londres, mas, quando entrei no quarto, ainda segurava o telefone, esperando aquela ligação.

Conner estava sentado, com um pé no chão e o outro sobre a cama. Já estava calçado. Era o Conner de sempre: o cara legal da propaganda de roupa de marca, que parece estar sempre arrumado para sair e se divertir. Mas o ouvi dizer "te amo" ao telefone, desligar o aparelho, olhar para tela e guardá-lo no bolso.

Limpei a garganta. "Namoro sério, hein, Con?"

"Cara." Pelo tom de voz, era mais uma das piadas de Conner Kirk. "Era uma mensagem de voz surpresa para *você*."

"Sei, sei."

Conner parou de sorrir. "O que aconteceu, Jack?"

"Ah, nada. Tudo bem."

Comecei a procurar uma calça.

"Nossa. Está tudo sujo", eu reclamei.

"Se você não vivesse como um drogado, isso não aconteceria."

Então, me lembrei de que Nickie tinha deixado uma sacola de roupas limpas. Ainda estava perto da porta. Quando abri a sacola, foi quase como voltar no tempo. Todas as roupas que tinha usado naquele dia estavam limpas e dobradinhas. Até as meias. Peguei-as e me sentei na cama para calçá-las.

Foi aí que vi que Nickie tinha deixado um bilhetinho. Ela escreveu "Te amo". Peguei o papel e fiquei olhando.

Conner veio bisbilhotar. "É pra mim?"

"Ela lavou minhas roupas."

Tirei as calças jeans da sacola. Estavam muito bem passadas, como se fossem novas. Tinham o cheiro da casa de Nickie.

"Isso aqui", Conner provocou, "se chama dobrar. As pessoas normais dobram as roupas para elas não ficarem iguais a um jornal velho achado no lixo. Observe, zé ruela."

Em sua demonstração, Conner pegou as calças de Ander ao lado da cama e as sacudiu.

Foi quando a lente de Marbury caiu do bolso.

Não sei o que veio primeiro, o "Puta que pariu!" de Conner ou o meu singelo "Caralho!", ou se dissemos ao mesmo tempo. Sei que o quarto foi tomado por um clarão e um túnel de luz se abriu sobre a cama. Tão poderoso que sentia o cheiro e ouvia os sons de Marbury. Olhei para as lentes ali, disparando um buraco sobre os lençóis amarrotados, uma abertura para outra eternidade.

Conner viu também. "Como essa porra veio parar aqui?"

Olhei para ele, seus olhos vidrados na lente.

"Consigo te ver lá, Jack!"

Olhei para baixo, vi um inseto preto do tamanho do meu antebraço andando pela cama.

Depois, não sabia de mais nada.

## CINQUENTA E CINCO

Aquele barulho.
Mastigando.
Eu tinha um nó no estômago. Olhava para Conner, imaginando como seria Marbury pelos olhos do meu amigo.
"Aqui", Ben entregou uma garrafa a Griffin. O menino derramou a água sobre a cabeça e lavou o sangue do rosto e do peito.
"Agora se veste." Ben segurava as calças de Griffin em uma mão e o cinto com as armas dele na outra.
Eu estava ajoelhado ao lado de Conner, que respirava lentamente, engasgado com o próprio sangue.
O necrófago que eu tinha visto estava escavando a cabeça de Freddie pelo buraco da minha bala. Outro se enfiava por um círculo perfeito que acabara de rasgar logo abaixo do esterno. Mais um punhado deles começava a abrir caminho pelo corpo.
Mastigando.
Nenhum deles tinha se aproximado de Conner ainda.
Cheguei bem perto de Conner e olhei em seus olhos.
"Ei, Jack", ele sussurrou. "Dói demais."
"Como assim, Jack? Que porra é essa?", disse Ben.
Ben começou a vir em minha direção. Estendi o braço para que ele ficasse.
"Não, Ben. Eu explico depois."
"Jack, mata o filho da puta."– Griffin disse, confuso. "Dá logo um tiro na cabeça dele."
Olhei para Griffin. "Não posso."
Conner estendeu o braço, tentou me alcançar.
Segurei sua mão.
*Jack não chora.*

Seth assistia a tudo de longe, perto das árvores que cercavam a clareira.

"Anda, Jack", Ben insistiu. "Ou mata o desgraçado ou vamos embora. Precisamos voltar para buscar nossas coisas. Eu voto para que a gente volte."

Ben levantou a mão.

Griffin também levantou a sua. "Assim como eu."

Me levantei. "Então vão em frente e me deixem aqui."

"Não podemos, Jack. Você concordou em fazer tudo o que a gente votasse. Todos concordamos. Você concordou." Ben argumentou. "Vai se foder se você vai desrespeitar isso agora."

*Vai se foder, Jack.*

Olhei para Seth. Sua imagem mal formava um contorno.

"Seth, você pode me ajudar?", pedi. "Só mais uma vez. Faz aquilo de novo. Você consegue?"

Seth desapareceu, mas logo reapareceu entre mim e os meninos.

Dois dos necrófagos abandonaram o corpo de Freddie e começaram a cercá-lo. Seth desapareceu novamente e, em seguida, vi que estava de pé ao lado de Conner.

E então Seth falou. Foi a única vez que escutei sua voz claramente e não em sussurros. De certa forma, podia ouvi-lo em sua história, mas desta vez era realmente audível. Real. A voz clara e confiante de um garoto.

"Acredito que não te verei novamente, Jack." Seth esvanecia enquanto vinha em minha direção. Sentia sua presença. Necrófagos formavam um círculo em torno de nós. "Você ama aquela menina, não ama?"

"Amo."

"É, dá pra ver." Vi seus lábios se abrindo num sorriso. "E quanto a este aqui, Jack. Você o ama também, eu suspeito."

Olhei para Conner.

"Você sabe quem eu sou, não é, Seth?", perguntei.

"Desde o dia em que nasceu. Bem, talvez nunca mais veja você novamente, Jack. Então, obrigado por contar minha história."

Seth se transformou naquela névoa cinzenta e entrou no corpo de Conner Kirk.

Os insetos pararam, voltaram para o corpo de Freddie, com as juntas estalando.

Conner ergueu o corpo de uma só vez, convulso, como se uma lança o perfurasse. Então se deitou de lado. Encolhido e ofegante, ele se contorceu de dor como um animal abatido, apertando os olhos e cruzando os braços sobre a ferida que Freddie abrira em seu abdome.

"Jack." Ben estava impaciente.

Ainda sem a camisa, Griffin vestiu as calças com as armas dependuradas e cruzou os braços.

Segurei o joelho de Conner e o deitei de costas. Ele gemia, com os olhos ainda apertados. Segurando seus punhos, afastei seus braços da ferida.

"Deixa eu ver isso", tentei acalmá-lo.

O sangue tinha estancado. Os buracos que os chifres de Freddie tinham feito eram agora apenas duas fendas, e a marca acima da virilha, que antes ardia como fogo, agora estava escura, nada mais que uma cicatriz, ou uma marca de nascimento.

O corpo de Conner tremia todo.

"Con?"

Ben se aproximou com uma das armas na mão, apontada para o chão. De repente, ergueu o braço, segurando a pistola na direção da cabeça de Conner.

Saltei na direção do menino e agarrei sua cintura, acertando o abdome com o ombro e deixando-o sem ar. Por reflexo, Ben disparou para o nada: o estampido foi tão alto que, por um momento, pensei ter sido atingido.

Caímos no chão, e estiquei o braço dele e prendi seu punho com minha mão. Ben tentava respirar, mas seus pulmões não respondiam. Sentado em seu peito, levantei o punho fechado.

Griffin se lançou em minha direção, interceptando meu golpe com as costas, e rolou comigo pelo chão.

O menino logo se levantou, como um macaco, pronto para saltar novamente.

"Para com isso, porra!" Griffin gritou, enfurecido.

Ben se sentou e pegou a arma que tinha deixado cair durante a luta.

Fiquei entre os garotos e Conner, e joguei o rifle para trás.

"Vai em frente, Ben!", abri os braços. "Atira logo em mim também! Eu não ligo mais pra essa merda toda!"

As mãos dele tremiam.

"Para com isso!" Griffin gritou.

Limpando a terra da roupa, Ben deixou a arma no chão e se levantou cuidadosamente. Não tirava os olhos de mim.

Quando me virei, Conner já estava sentado. Tinha a cabeça entre os joelhos dobrados e os braços em volta das pernas. Respirava fundo.

Olhou para mim. Não tinha mais aqueles olhos opacos. Era ele. Era Conner Kirk sentando ali no chão, bem à nossa frente.

"Que porra é essa, Jack?", Conner perguntou.

Olhei para Ben e Griffin atrás de mim. Estavam perplexos. Não entendiam o que tinha acontecido.

"É só um cara", disse Griffin. "Como a gente."

"Tudo bem, Con?"

Conner olhou para baixo e se assustou ao ver o escalpo e os dedos decepados em torno de sua cintura.

"Porra!" Arrebentou o cordão que os prendia e jogou o artefato macabro no chão. Os insetos logo se aproximaram para mastigá-lo. Em seguida, arrebentou o colar com um puxão, espalhando dentes para todos os lados. Passava as mãos pelo corpo, como se estivesse coberto de formigas. Quando viu o corpo de Freddie bem ao seu lado, rastejou para perto das árvores, nu, e ficou abraçado aos joelhos.

"Que porra é essa?" Apontava os olhos arregalados para cada um de nós, esperando uma resposta.

Conner não se lembrava.

"Está tudo bem, Con. Vai ficar tudo bem."

Fui em sua direção, mas Conner rastejou para trás, como se tivesse medo de mim.

"Está tudo bem agora." Estendi a mão para ele.

Conner parou, tremendo e sem ar. Eu me ajoelhei ao seu lado.

Então vi aquela névoa novamente, como o vapor da respiração em uma manhã fria, girando em torno de Conner e ganhando forma: o contorno sutil de Seth. Mesmo que agora estivesse quase imperceptível, todos notaram sua presença.

Atraídos para o centro da clareira, os necrófagos já saíam aos montes pela vegetação, e se amontoavam sobre o corpo de Freddie Horvath e em volta dos adornos que Conner tinha descartado. O som de seus cliques mecânicos, o zumbido de suas asas, mastigando, aumentava a cada segundo.

Também cercavam Seth, agarrando os contornos de seus pés descalços. De alguma forma, conseguiam prender seu espectro ali. E, então, um ruído. Começou baixo e distante, mas se aproximou até ficar terrivelmente alto, como metal sendo destroçado. Ouvi um urro de dor, e os insetos negros se agarraram a Seth. Percebi que aquele gemido horrível vinha de dentro dele.

Seth pulsava em clarões, como da vez que o vira na estação do metrô. Todos víamos as mesmas imagens através dele, uma projeção trêmula de cenas desfocadas: Seth, ainda um menino franzino, tremendo dentro da água gelada da tina de aço enquanto Hannah ria; Freddie Horvath passando com sua Mercedes por trás das quadras de basquete do Steckel Park, em Glenbrook; eu e Conner brigando na água fria de Blackpool; eu de cuecas, olhando para o abismo luminoso que se abria na cama do hotel; os mortos do vagão; dois corpos pendurados a uma árvore, um ao lado do outro e, finalmente, o cavalinho de madeira *rolando e... tac, tac, tac.* Vi também outros lugares que nunca tinha visto antes: uma cidade construída apenas sobre pontes de pedra; uma floresta densa com revoadas de pássaros tão carregadas que pareciam um furacão, sentia cada batida de suas asas aos milhões; enormes montanhas cobertas de neve e tempestades que revolviam mares infinitos. Infinitos.

Então ouvi um disparo.

Ben e Griffin atiravam contra os necrófagos que atacavam Seth. As criaturas negras giravam, com suas entranhas laranja e amarelas voando pelo ar enquanto eram estraçalhadas pela chuva de balas. Girei o rifle para frente e comecei a atirar também. As imagens de Seth foram desaparecendo até sumirem completamente.

Então, Seth se foi.

Ficamos todos parados no mesmo lugar. Escutava apenas o zumbido no ouvido que se seguiu à rajada de tiros.

Olhei para Ben, Griffin e depois para Conner, que estava de pé, meio escondido atrás de um pinheiro. Quando o barulho parou, comecei a ouvir mais necrófagos mastigando.

"Spot!" Griffin gritou. O cachorrinho dele tinha nos seguido. Vinha todo encolhido, como se andasse sobre o gelo. Começou a balançar o rabo quando viu Griffin, mas, logo que o menino se aproximou para acariciá-lo, enfiou o rabo entre as pernas. Sentia o cheiro de sangue.

"Ah, coitadinho", – disse Griffin. "Agora já está tudo bem."

Andei até onde tinha visto Seth pela última vez. Vi alguma coisa se mexendo no chão. Tinha um brilho inconstante, que se retorcia como o reflexo da lua em um lago soprado pelo vento.

"O que tem ali?", perguntou Ben.

"Não sei."

Fui me aproximando, sem tirar os olhos do que Seth havia deixado.

"Caralho!" Estiquei o mão cegamente pelo chão e fechei os dedos. Enfiei aquilo no bolso.

"O que era?", perguntou Griffin. O cãozinho cheirava seus pés descalços.

"Nada", respondi. "Nada importante." Suspirei e olhei para Conner. Pela sua expressão, sabia que tinha visto. Ele sabia que eu estava mentindo.

Era fácil me convencer de que estava poupando os garotos de algo que eles não queriam.

Olhei para o corpo de Freddie, que se mexia como um fantoche enquanto os necrófagos rastejavam por baixo de sua pele, mastigando.

"Vamos embora."

"Ele vem com a gente?", perguntou Ben. Cauteloso, ele olhava para Conner, que ainda estava atrás da árvore.

"Eu voto sim." Levantei a mão.

"Eu também." Griffin levantou a dele.

"Ele ia te matar, Griff", protestou Ben.

"Ele não", respondeu Griffin. "Olha só, ele mudou. É só um menino como a gente. E se o Jack falou que está tudo bem, isso basta!"

"Então tá. Vamos embora", concordou Ben.

## CINQUENTA E SEIS

Dois discos de vidro: perfeitamente circulares, de um azul escuro como lápis-lazúli. Lentes. Quando as vi no chão depois de Seth desaparecer, notei reflexos de pessoas e coisas indo e voltando do outro lado delas, da mesma forma que tinha notado nos óculos de Henry quando os vi pela primeira vez, em Londres.

Não deixava que ninguém as visse. O que mais poderia fazer? Tentava fingir que não estavam lá, mas lutava para aguentar a força de sua atração. Elas me faziam mal em Marbury, me transformavam no mesmo Jack doente e obcecado que tremia e suava pelo chão dos banheiros naquele outro mundo incerto.

Conner percebia o que estava acontecendo comigo.

E ficávamos os dois a imaginar como voltaríamos a Marbury da próxima vez. Se houvesse próxima vez.

Dois dias se passaram.

Cavalgando para o norte, chegamos à margem de um lago enorme. Talvez fosse o mar.

Não dava para saber. Não importava. Não tinha horizonte em Marbury, nenhum ponto de referência, começos ou fins: apenas a neblina branca infinita, sempre presente ao longe, não importava o quanto se andava em sua direção.

O cachorro seguia Griffin onde quer que fosse. Corria à beira da água, entre os cavalos.

Naquela manhã, íamos lentamente pela areia entre os destroços de um píer. Os imensos pilares de madeira saíam da água como dentes irregulares, tortos e apodrecidos. Alguns deles ainda sustentavam vigas e pedaços de asfalto que formavam pequenas ilhas flutuando no branco do céu. O vento soprava a água escura que vinha até nós, onda após onda. Provei. Era arenosa, morna e salgada.

"O que é isso?", perguntou Griffin.

"Não sei", respondi. "Um píer, eu acho. É um lugar onde as pessoas..." Parei. Não fazia sentido contar ao menino coisas de um mundo que nunca veria.

Olhei para Conner. Poderia ser Blackpool em outra época, sob outra forma.

O cavalo que era de Freddie Horvath carregava a maior parte do nosso equipamento. Conner usava calças militares que Ben tinha encontrado na mala de um daqueles soldados e o par de botas que Griffin se recusava a usar desde que saímos daquele trem. Também tinha dado a ele meu cinto de armas, com duas nove milímetros semiautomáticas nos coldres.

Ben e Griffin se acostumaram ao meu amigo, mas ainda estavam cautelosos. Tinham consciência, porém, de que não sabiam tudo sobre a gente. Ao menos, Henry tinha preparado os dois para as "coisas estranhas" que veriam.

Naquela manhã, vimos a silhueta de uma cidade que despontava no horizonte. Ficava bem rente à costa e era cercada por uma muralha, paramos nossos cavalos na praia. Os amarramos dentro de um cânion raso que surgia na encosta cinza que contornava a linha da arrebentação.

Havia alguns pássaros. Faziam ninhos de barro nos paredões rochosos. Notei que Griffin os observava, maravilhado, enquanto voavam para dentro de seus abrigos. Deve ser incrível ver pássaros pela primeira vez na vida, pensei.

Sentamos ali, na areia da praia, em silêncio, e observamos a cidade ao longe. Por horas.

Esperamos.

Não sabíamos se estávamos cavalgando em direção a um lugar bom ou ruim.

"Eu acho", disse Ben, apontando para a costa e a muralha da cidade, que a gente deve ir naquela direção, ou ir para o sul pela costa. O que não podemos é ficar aqui para sempre."

"Talvez a gente encontre mais pessoas lá", disse Griffin.

"Mas talvez seja melhor assim, sem mais pessoas", respondi.

"Cansei de ficar fugindo." Sentado de pernas cruzadas, Griffin mexia os joelhos, inquieto. "O Conner vai votar agora também, não é? E se der empate? A gente vai se separar?" Conner deu de ombros e virou o rosto. "Se você achar melhor, eu não voto, rapazinho."

"Mas ia votar em qual opção?", perguntou Griffin.

"Não vou falar."

"Então tá. Nesse caso, você não vota. Quando você puder votar eu falo."

"Griffin, as coisas não são assim", argumentei.

"Claro que são. Ele é novo aqui. A gente tem que ver como isso vai funcionar."

Balancei a cabeça. Ben se levantou e disse, "Acho que a gente vai ter que deixar isso pra depois. Olhe ali, Jack. Tem alguém vindo".

O cão de Griffin latiu e correu para o paredão onde tínhamos deixado os cavalos.

Vinham do sul. Seus vultos se aproximavam pela neblina; eram três. Corriam desajeitados. Um deles caiu duas vezes, e nas duas foi ajudado pelos outros dois, que o levantaram apressadamente. E corriam, tropeçavam, se aproximando cada vez mais.

Sacamos as armas. Agachados ou deitados sobre a areia, ficamos esperando e observando.

Mesmo sem enxergar seus rostos, percebi que eram pessoas quando ouvi que um deles chorava. Era a voz de uma mulher. "Papai, são pessoas? São pessoas?"

Olhei para Griffin, deitado tão rente ao chão que estava quase invisível, mordendo o lábio e apertando os olhos para mirar. Conner se abaixou, segurando as armas na frente do corpo. Quando ele encostou a perna na minha, senti o quanto estava assustado.

"Jack, que porra é essa?"

"Segura firme, Con. Vai ficar tudo bem. É só fazer o que eu fizer."

Ben, à minha esquerda, nos observava.

"Vocês são gente mesmo?" Daquela vez, era a voz de um homem que ouvíamos à distância. Eles pararam de correr antes de se aproximarem mais, mas suas respirações ofegantes ainda soavam como passos na areia.

Os garotos esperavam.

"Responde", Griffin sussurrou.

Um homem e uma mulher. Vestiam apenas trapos. Parte do escalpo do homem parecia ter sido arrancado. A ferida se estendia de sua sobrancelha esquerda até a orelha, coberta de sangue coagulado, que também cobria a manga rasgada de sua camisa.

O outro, que vinha mais atrás, era um menino. Vestia uma bermuda tão esfarrapada que parecia uma saia. Devia ter a mesma idade de Griffin. Ele parou ao lado da mulher. Seus olhos estavam sedentos e vazios; nos comeria vivos se pudesse.

Fiquei de pé. "Somos pessoas."

O homem relaxou os ombros e quase desmoronou de alívio. "Graças a Deus", ele disse.

O menino olhava para as armas. Acho que ele não fazia ideia do que elas eram capazes.

Griffin se levantou, seguido de Ben e Conner.

Deve parecer que estamos saindo de túmulos na areia, pensei.

"Que cidade é aquela?", perguntei, apontando.

O homem virou o queixo na direção que apontei. "Grove. Você não conhece?" Ele olhou para mim, surpreso. "A segurança não se compra com nenhum tipo de ouro. Você sabe, Grove. Achamos que vocês eram soldados de lá."

"Não, não somos", respondi.

Confuso, olhou de relance para a mulher e o menino e disse, "Todos os que estavam com a gente estão mortos. Estamos sendo seguidos. Temos que ir para Grove".

O homem tossiu. Não parecia ser nada grave, apenas uma breve tosse, mas em seguida ele caiu com o rosto no chão. Tinha uma flecha negra cravada abaixo do ombro dele e outra na espinha.

Mal o homem caiu, mais flechas vieram em nossa direção, cravejando a areia. Cruzavam o ar silenciosamente.

"Caralho!", Ben gritou. Griffin começou a atirar antes que ele terminasse a palavra.

Começamos a atirar assim que vimos os vultos das criaturas que seguiam os refugiados pela praia. Seus caçadores caem, um a um, enquanto a mulher e o menino se escondem atrás de nós, tapando os ouvidos com as mãos, chorando e gemendo.

Griffin gritou. Uma flecha furtiva atravessou seu braço, e ele caiu na areia.

"Griff!", gritei e corri até ele. "Griff!"

Ele se debatia sobre a areia vermelha de sangue.

"Griff! Aguenta firme!" Levantei o menino pelas pernas e braços e fui em direção aos cavalos. "Ben! Conner! Os cavalos! Griff está ferido!"

Ben e Conner se revezavam, atirando e recarregando, e as saraivadas de flechas foram diminuindo. Tropecei, e caí sobre a areia. Tentei me amparar para não cair em cima de Griffin, e ele gemeu com a queda. A ponta da flecha em seu braço caiu na areia e eu vi que minha camiseta estava toda suja com o sangue dele.

"Jack", ele disse. "Jack, eu vou morrer?"

"Não vai, não, Griff. Não diga isso."

Continuavam a atirar. Agarrei a haste da flecha e, com a outra mão, segurei o bíceps de Griffin. O garoto era tão franzino que meus dedos envolveram seu braço. Retirei a flecha rapidamente e apertei as feridas, tentando estancar o sangue.

Griffin gritava, mas não chorava.

Quando tentei me levantar, percebi que tinha caído porque uma flecha tinha atravessado minha panturrilha. Não podia me mexer.

"Porra!"

Eu me sentei ao lado de Griffin e apoiei o rifle no joelho. As penas da flecha tremiam com os espasmos da minha perna.

Os tiros pararam.

Silêncio.

Deitado na areia morna, olhei para o céu.

Vi a posição do sol: apenas um clarão indefinido no branco infinito acima de nós. Estiquei o braço e passei os dedos pelos cabelos de Griffin.

"Tudo bem aí?", perguntei.

"Merda."

"Vamos ficar bem, Griffin."

"Nossa, dói demais."

"Quem vai fazer os curativos agora? O Ben vai se assustar quando vir como estamos sangrando."

"Se ele não estiver machucado, vai deixar de ser fresco e aprender a fazer. Ele ou o seu amigo."

Ouvi passos na areia vindo em nossa direção e me sentei. Doía. Ben e Conner se aproximavam. Conner se apoiava sobre o ombro de Ben e o outro menino vinha logo atrás. Seguia os dois como um prisioneiro. Ben estava ferido. Quando se aproximaram, vi uma flecha saindo direto do lado direito do peito dele. Eles pararam, perto de mim e Griffin. O outro garoto sentou na areia e nos observou com o olhar vazio, como se estivesse entediado. Ele carregava uma flecha e desenhou círculos com ela entre suas pernas.

"Inferno!", Ben praguejou. "Vocês dois estão bem?"

"Ben?" – Apontei para a flecha cravada em seu peito.

"Não furou nada. Estou sentindo a ponta nas costelas. Vai sarar rápido, mas é melhor eu não ficar sentado. Alguém precisa me ajudar a tirar. Merda."

Conner franziu a testa e apertou os lábios. "Como assim? Que porra é essa, Jack?"

"Não sei, Con", disse, olhando para a flecha que atravessava minha perna. "Te acertaram?"

"Não."

"Matou quantos?", perguntou Griffin.

"Todos." Ben cuspiu e olhou para o menino sentado na areia. "Mas a mulher..."

Não precisou terminar a frase.

"Tem um kit de primeiros socorros nas bolsas", disse Griffin, deitado de barriga para cima, olhando para o céu, com um braço cruzado sobre o peito, apertando o lugar em que tinha sido flechado.

Conner foi em direção aos cavalos.

"Não vão embora sem mim", ele disse, tentando sorrir.

"Traz meu cachorro de volta", disse Griffin.

"Soldados!" Eu ouvi alguém gritando enquanto nos dirigíamos aos portões de Grove naquele dia, como se chegássemos para salvá-los. Talvez não percebessem que mal conseguíamos descer dos cavalos de tão exaustos.

No começo, eram cautelosos e escondiam-se sob as sombras de suas portas. Mas logo que a notícia se espalhou, sobre os garotos que voltaram da guerra, ficamos cercados de pessoas, milhares delas, dispostas a nos ajudar. Traziam comida e água; médicos e enfermeiras vinham nos prestar socorro, abrindo caminho entre as pessoas que se amontoavam.

"O Henry disse que você traria a gente até aqui", disse Ben, pálido e ensanguentado.

Griffin vinha ereto sobre seu cavalo, com o bracinho completamente enfaixado. Seus olhos brilhavam enquanto olhava toda aquela multidão, mesmo que mal deixassem nossos cavalos passar.

"Tem meninas aqui", ele disse.

"Não vai sair apalpando dessa vez, Griff", brinquei.

Uma movimentação começou em torno do cavalo de Ben. Ele estava chutando as pessoas que se aproximavam. Ben acertou o bico da bota na boca de um homem, que deixou um rastro de sangue e dois dentes na queda.

"Solta minhas armas, porra!" Ben apontou uma das armas indistintamente para a multidão, que se afastou.

"Jack!", chamou Conner.

"Sai, porra!" Ben ameaçou novamente.

"Jack!"

Vi Conner acertando coronhadas nas mãos insistentes que tentavam alcançá-lo.

"Jack, que porra é essa?" Griffin tentou sacar a arma com seu braço bom.

"Não!", gritei.

"Jack!", Conner gritava de novo.

Tentei dar um pontapé no cavalo para que ele recuasse, mas a dor que senti quase me derrubou do animal. Minha visão embaçou e senti o sangue colar a barra da calça à minha perna. Vi um clarão branco refletido sobre uma fina lâmina de água que descia por uma vidraça e, então, a fraca luz amarela de um poste.

*Vai se foder, Jack.*

## CINQUENTA E SETE

Era como nascer.
Quero ir para casa, mas já não sei o que é isso.
Estou encharcado, olhando para uma luz.
Minhas pernas estão esticadas. Vejo meus tênis, meus Vans. Como eles ficaram tão molhados?
"Puta merda!"
Bato com o calcanhar no chão. Só sinto o impacto após alguns segundos.
Jack está muito bêbado.
*Ei, garoto. Garoto. Tudo bem com você?*
*Vai se foder, Jack.*
*Vai se foder, Freddie.*
Sinto frio. Tremo. Minhas roupas estão todas molhadas e cheiram mal, como se eu tivesse saído de um bueiro. A chuva desaba e Jack fica sentado na calçada como um mendigo, olhando para a luz refletida nas janelas do outro lado da rua.
Rolo para calçada para me desviar de um carro que passa.
Sinto o jorro de água e o cheiro nauseante de pneus e fumaça.
Apoiado sobre os joelhos e as mãos, abaixo a cabeça e vomito.
Então, me deito de bruços, com a cabeça pendendo no meio-fio. É como deitar no chão com o chuveiro gelado aberto, mas de repente me sinto bem, sinto cada nervo do meu corpo sendo pressionado pela terra através de minha roupa molhada; penso em Nickie, no quanto queria estar com ela.
Alguma coisa mexe no meu bolso.
Meu celular.
Cuspo.
É quase meia-noite.
Conner me ligando.
"Con?"

"Onde você está?"

"Não sei, na rua em algum lugar."

"Onde?"

"Con? Você está aqui?"

Silêncio.

"Estou."

"Mas você estava lá comigo."

"Estava."

"Ben e Griffin também, certo?"

"Estavam."

"Qual foi a última coisa que aconteceu?"

"Jack, tô passando mal pra caralho."

"Onde você está?"

"No banheiro do pub. Vem pra cá?"

Meus olhos se ajustaram à luz e me apoiei no ponto de ônibus para me levantar. Agarrei o telefone no ar, antes que caísse.

"Dou um jeito de achar o caminho."

Conferi as ligações e vi que tinha conversado com Nickie duas vezes naquela noite.

Tive medo de ter estragado tudo de novo.

Segui cambaleante pela calçada e encontrei a estação Warren Street. Não estava muito longe de Conner, mas não sabia como tinha ido parar ali.

Precisava saber.

Liguei para Nickie.

"Jack." atendeu com voz sonolenta, como. Como se estivesse dormindo.

"Nickie, tudo bem aí?"

"Está. Já falei, Jack. Queria poder tirar esse medo de você. Eu te amo. Amanhã a gente se vê."

"Fiz alguma besteira?"

Ela riu. "Acho que você e Conner beberam um pouquinho demais, só isso. É melhor você ir dormir."

"Te amo, Nickie."

"Boa noite, Jack. Eu também te amo. Agora vai dormir."

A chuva já estava passando quando cheguei ao pub.

Parei sobre a soleira da porta do Prince of Wales. Tinha vergonha de entrar de tão bêbado e encharcado. O garçom olhou de relance para mim, mas logo me ignorou. Estava fechando o bar. Fiquei me perguntando o que tínhamos feito ali.

"Seu amigo voltou", o garçom me disse, acenando com a cabeça para o banheiro.

Conner veio andando em minha direção, deixou algum dinheiro sobre o balcão e saiu do pub.

"Você tá um lixo."

Dei de ombros. "E você tá ótimo, né?"

Começamos a voltar para o hotel. Conner colocou a mão em meu ombro e apertou. "Você caiu no rio ou o quê?"

"Cara, nem sei. Quando voltei, estava sentado no meio da rua. E você?"

"No bar, olhando aquele cara encher um copo de cerveja", ele disse. "Estou completamente bêbado, disso eu sei."

"Eu também." Comecei a tremer. "Preciso me secar."

Continuamos a caminhar.

"Você se lembra da última coisa que você viu?"

Eu o ouvi suspirar. "Eu estava lá com vocês e, então, vi uma luz brilhando na janela e depois já estava olhando para o copo de cerveja."

Chegamos à porta do hotel. O porteiro olhou para mim cautelosamente, um tanto incomodado. Minhas roupas respingavam em todo o chão.

*Para de olhar pra mim, porra!*

Entramos no saguão.

"Você estava comigo, Griff e Ben?", perguntei.

"E aquele menino também. No hospital."

"Que menino?"

"O menino da praia. O nome dele era Max. Foi a única coisa que ele falou. Max."

"Não me lembro como chegamos lá."

As portas do elevador se abriram.

"Ben começou uma confusão porque achou que iam roubar as armas dele. Ele estava meio doido, eu acho. Ninguém queria machucar a gente, não sei por que tanto medo deles. Daí todo mundo começou a brigar. Foi patético. Um bando de meninos machucados tentando brigar. Então o Griffin deu dois tiros para cima e todo mundo correu. Levaram vocês para o hospital, mas nem trocaram suas roupas. Tinham medo de encostar em vocês, de que eu faria alguma loucura se eles tentassem tirar nossas armas." Conner olhou para mim. "Colocaram cinco camas em um quarto e me deixaram ficar lá com você."

"E está todo mundo bem?"

"O Griffin deu um chilique quando alguém pegou o cachorro dele. Você teve que convencer o menino a não sair atirando em todo mundo no hospital."

Comecei a me aquecer assim que vesti roupas secas. Conner já estava na cama quando apaguei a luz, mas ainda tinha de resolver outras coisas.

Tinha de ter certeza.

Comecei a revirar minhas coisas.

"Jack, eu sei o que você está fazendo."

Gelei.

"E você quer que eu faça o quê, caralho?" Acho que nunca tinha ficado tão nervoso com ele. Não sei de onde vinha toda aquela raiva.

Ouvi Conner se sentar na cama.

"Eu sei o que você está fazendo porque também já procurei, Jack. Está dentro da sua meia, do jeito que você deixou. Quer que eu pegue pra você?"

Me sentei na cama. "Desculpa, Con. Desculpa."

Coloquei o rosto nas mãos.

*Jack não chora.*

"Cansei dessa merda, Con, mas não consigo parar. É meu dever continuar. Parece coisa de doido, eu sei."

"Acho que eu te entendo, Jack. Mas talvez tivesse sido melhor ter acabado com as lentes em Blackpool."

"Você até que tentou, mas o Seth trouxe uma delas de volta."

"Eu sei."

"Você sabe de tudo? Sobre ele? Quem ele era?"

"Sim." Engoli seco. "Você pode até não acreditar, Con, mas o Seth estava lá, na casa do Freddie comigo. Muito antes de encontrar Henry. Como se de alguma forma fosse para acontecer."

"Você estava certo, cara. O Henry não estava só tentando foder a nossa cabeça. Tem alguma coisa importante aí."

"Certeza, Con? Você tem certeza de que ele existe mesmo?"

Conner deu de ombros.

Fiquei de pé e enfiei o braço dentro da mochila. Precisava saber se estavam lá. Achei a meia, e Conner disse, "As azuis também estão aí. Eu as vi, estou com medo delas, Jack".

Ele acendeu a luz.

Encontrei a meia e senti o peso das lentes, mas não olhei dentro delas. Guardei o embrulho dentro de outra meia. "Vou parar com isso, Con. Prometo." Me sentei. "Eu vi alguma coisa naquelas lentes na noite em que as peguei."

"Eu também." Conner ficou de pé à minha frente. "E, Jack? Acho que alguma coisa está acontecendo comigo."

"Não é culpa nossa."

"Estou com medo, cara."

## CINQUENTA E OITO

Jack estava voltando para casa.

Encontramos Nickie na Paddington Station e pegamos o trem para o aeroporto de Heathrow.

Era triste. De mãos dadas, dissemos pouco mais de como o tempo ia demorar para passar até nos reencontrarmos.

Conner já tinha ligado para Rachel. Estava sentado do outro lado, melancólico, olhando para a paisagem do lado de fora.

Um soldado norte-americano passou pelo corredor, com o sobrenome bordado em sua camisa: STRANGE. Conner também notou. Ele olhou para Nickie, depois para mim. "Isso é muito zuado."

Pude ver em seus olhos. Ele estava enjoado.

Assim como eu.

Ele se levantou. "Tenho que ir ao banheiro."

"Vai passar, Con." Ele começou a se afastar e eu disse, "Vamos voltar logo".

Ele se virou e apenas acenou, com o queixo para cima.

Ele sabia o que eu queria dizer.

Não estava falando da Inglaterra ou da Califórnia.

Tivemos de nos despedir no check-in. Estávamos um pouco atrasados no momento que passávamos pelo que parecia ser um caminho sem fim de corredores e passarelas, entre a plataforma do trem e o terminal.

Nickie deu um beijo e um abraço em Conner. Tentava sorrir para mim, mas seus olhos estavam pesados de lágrimas. Ela me abraçou e me beijou como se fosse a última vez. Não queria soltá-la nunca mais. "Achei lindo o que você fez, Jack", ela disse.

Não entendi o que ela queria dizer.

Ela abriu a bolsa. Um cavalinho de madeira com uma roda de carretel entre as patas traseiras.

"Estava do lado de minha cama essa manhã. Não sei como você conseguiu entrar no meu quarto. Aposto que o Ander foi seu cúmplice. Mas é muito lindo. Obrigada. A história também é linda."

E nos beijamos mais uma vez.

"Que bom que você gostou", menti. "Não se esqueça de mim."

"E você, não se esqueça do que eu te disse."

Sabia o que Nickie queria dizer.

"Prometo."

*Não minta para ela.*

"As coisas vão melhorar, não é?"

"Vão."

"Então se cuida."

Conner observava.

Ele sabia.

Enquanto despachava a mochila, Conner não tirava os olhos de mim. Tinha me visto guardar as lentes, nervoso, tremendo. Por várias vezes, conferi se estavam lá.

"Tem certeza de que você aguenta, Jack?"

"Tenho, Con."

## CINQUENTA E NOVE

Glenbrook.

Um dia após nossa chegada.

Estamos os dois pálidos e suados na picape de Conner. Ele dirige. Sinto calor, mesmo sem camisa e com o ar-condicionado virado para mim.

O fim do verão é sempre muito quente em Glenbrook.

"Talvez dessa vez seja só um minuto", Conner diz.

Estou tremendo tanto que mal consigo pronunciar as palavras. "Estaciona aqui, Con."

*Só uma olhadinha.*

É uma piada, certo? Percebo que estamos no estacionamento do Steckel Park. Tínhamos voltado para onde tudo começou.

"Anda, Jack. Estou passando muito mal. Parece que vou morrer, ou sei lá."

"Eu sei."

Olho para cima. "Preciso de ar."

Abro a porta. "Desce, Con."

Estou segurando a meia. Não tinha tirado as lentes de lá desde quando as guardei em Londres. Posso senti-las, como se vibrassem ali dentro: um inseto zumbindo entre meus dedos, querendo voar. Conner se abaixa ao lado da porta. Ouço enquanto tenta vomitar, mas não consegue.

"Conner, levanta. Vem comigo."

Ele vem atrás de mim e nos sentamos na grama sob uma árvore.

"Não dá pra acreditar no que está acontecendo", ele diz. "Fiquei com medo de te mostrar antes, mas olha só o que aconteceu comigo."

Conner afasta o elástico da bermuda e me mostra uma pequena cicatriz, alguns centímetros abaixo da barriga. É um oito incompleto, na horizontal, como o contorno de um peixe.

"Eu não tinha isso", Conner diz. "Nunca tive."

Balanço a cabeça. "Não sei o que isso significa, Con."

Dois meninos jogam basquete.

Com as pernas dobradas, Conner esconde o rosto entre os joelhos.

Desenrolo a meia e tento não olhar.

Pronto.

Seguro a lente de Marbury na mão. Fico feliz apenas de senti-la entre os dedos.

Jack está feliz.

"Estão aqui", eu digo. "Está pronto?"

Conner levanta o rosto. Parece ter chorado, mas sei que é só o suor. Respiro fundo, enrolo a meia e guardo no bolso de velcro da bermuda.

Uma bola de basquete rola até os pés de Conner.

"Joga pra cá, por favor?"

Os dois meninos que jogavam agora estão à nossa frente. Ben Miller e Griffin Goodrich.

Ben convida, "Querem jogar?".

Conner agarra meu braço. "Puta merda, Jack!"

"Ei! Vocês são surdos? Joga a bola, por favor?", Griffin insiste.

Eu fico apenas olhando para eles.

Vê-los no parque me deixa aliviado, um pouco pelo menos. Penso em Marbury, em Henry, e no espaço entre aqui e lá.

"São eles", Conner diz.

"Acho que é real, Conner, mas preciso ter certeza."

Conner respira com dificuldade e treme. "Não, Jack. Vamos parar com isso."

*Não podemos parar.*

Conner pega a bola e arremessa para Griffin.

"Valeu. Vamos jogar dois contra dois?"

Com as pernas trêmulas, Conner se levanta e vira o rosto para mim, ele parece estar doente. "Jack, levanta! Vamos jogar."

Abro a mão.

Griffin olha hipnotizado para as lentes e, atrás dele, Ben fica parado na beira da quadra, nos observando.

Nos olhos dos meninos, consigo ver um reflexo pálido.

Algo enorme.

Um céu sem cor.

Este livro foi composto com tipografia Electra LT Std e impresso em papel Pólen Bold 70 g/m² na Intergraf.